海鳴りの詩《うた》

愛と哀しみの日々に生きて

村城　正
Muraki Tadashi

文芸社

海鳴りの詩　◆　目次

プロローグ

北海道の冬は早い。

内地では、これから本格的な紅葉の季節を迎えるというのに、札幌ではすでにちらちらと雪が降り始めていた。もうすぐ根雪がやってくる。中川貞心は、庭に出て植木鉢を取り込み、大きく育った庭木の枝を縄で吊るし、忙しく冬囲いの準備をしていた。

一九九八年十一月初旬のことである。

その時、家の中にいた妻の雪江が、

「お父さん。電話ですよ」

そう言って、庭に面したガラス戸を開け、電話の子機を夫に手渡した。

「もしもし、中川ですが……」

「もしかすると、昔の佐々木少尉さんのお宅ではありませんか」

ゆっくりとした、太い男の声だった。貞心は、その声を聞いて腰を抜かすほど驚き、あやうく子機を落としそうになった。

「おおっ、島津か。島津なのか。貴様、生きていたのか」

貞心は、そう言って絶句した。あれから五十年余りの時が経っていた。しかし、その声を聞いただけで相手が誰であるかがはっきりと分かった。貞心は、嬉しさと懐かしさで胸がいっぱいになった。

「ああ、生きていたとも。俺はこの通り無事だよ。今までお前のことを随分と探し続けたよ」

島津も喜びながら、興奮気味にそう答えた。

「それにしても、よく俺のことが分かったなあ」

貞心はしみじみと言った。貞心は、戦後、中川家に婿養子に入っていたので、佐々木貞心から中川貞心へと苗字が変わっていた。貞心は、島津はすでに亡くなっているものとばかり思っていた。

貞心は、少し躊躇《ためら》いながら、根掘り葉掘りと島津の近況について尋ねた。そして、二人で話し合っているうちに、貞心の心に五十年前のあの時の記憶がだんだんとよみがえってきた。

「いや、あの時のことは、もう恨んではいないよ。命令だから仕方がなかったのはよく分かっている。それより、一度会いたいね」

島津は電話の向こうでそう言った。貞心も久しぶりに会いたいと思った。

しばらく話をして電話を終える時、貞心は島津の住所を尋ねた。しかし、

「いや、とりあえずそちらの居場所が分かっただけで嬉しいよ。また、こちらから連絡するから……」

島津は、それだけ言うと自分の住所を明らかにしないまま電話を切ってしまった。

部屋に入って受話器を戻すと、貞心の脳裏にあの時の忌まわしい光景が再びよみがえってきた。

貞心が呆然としてその場にしばらく立ち尽くしていると、台所の方から戻ってきた雪江が心配して、

「顔色が悪いけど、どうかしたの？」

と尋ねてきた。

「昔の戦友からだ。てっきり死んでしまったと思っていた男が無事に生きていたので、ほんとにびっくりしたよ」

「それだったら、おめでたい話じゃないの。なのに、どうしてそんな浮かない顔しているの？」

雪江は、いつもの笑顔を見せながら、不思議そうに聞いてきた。しかし、貞心は眉間にしわを寄せてじっと考え込みながら、昔のことを思い出していた。

当時、相手先の番号が表示される電話機はまだそれほど普及しておらず、貞心の家では昔ながらの黒電話をようやくプッシュホンに切り替えたばかりであった。だから、こちらからかけ直すこともできず、再び島津から電話がかかってくるのを待つしかなかった。

貞心は、結婚してから今まで、妻にも詳しく戦争体験について話したことがなかった。

貞心には、暗い戦争の記憶しかなかったからである。日本人のみならず、多くの人たちに深い悲しみと苦しみをもたらし、甚大な被害を与えた戦争のことなど、とても話す気になどならなかったし、むしろそのことを忘れようとさえしてきた。そして、貞心が当時の話をあえて避けてきたのには、もう一つの理由があった。それは、戦争中に起こったある事件がそうさせていたからである。

夜になって、貞心は雪江に初めて当時の出来事を詳しく話した。

貞心は、島津からの電話があった日から、再び昔の悪夢に悩まされることになった。そしてそのことを思い出す度に、何も手に付かなくなり落ち着かない日を過ごした。

二回目の電話は、翌年の春にかかってきた。この時も、当時のことやお互いの近況について話し合ったが、島津は相変わらず自分の住所を教えようとはしなかった。

いつも「一度、必ず会おうぜ」と約束はするものの、「また電話するから」と言って一方的に切ってしまうので、貞心は島津からの電話を待っているしかなかった。

島津からの電話は、それからも二〜三ヶ月に一度くらいかかってきた。いつも「会社から電話をかけている」とのことであった。

しかし、その翌年になってかかってきた電話は、内地からではなく北海道からであった。

「今、仕事で札幌に来ている。明日会えないか」という突然の電話だった。だが貞心は、この時たまたま長崎の方に旅行に出かける予定をしており、その前日だったので、会うことができなかった。

それから二ヶ月ほどして、一人の女性から「島津が病気で亡くなった」という突然の知らせがあった。その時、貞心は外出中だったので、妻の雪江が電話を受けた。

二〇〇〇年初夏のことである。

貞心は、とうとう島津との再会の約束を果たすことができなかった。そればかりか、島津は自分のことを一言も責めることなく、あの世に逝ってしまった。貞心は、そのことを思うと胸が痛んだ。

島津が亡くなってから、貞心は彼のことを時々思い出し、心が晴れないまましばらく憂鬱な日々を送っていた。

それから二ヶ月ほど経った頃、坂本美鈴という女性から一通の手紙が送られてきた。その手紙には、戦時中のことや島津と一緒に暮らしてきた生活のことなどが細々と書かれており、「私も、貴方にお会いして、いろいろと積もる話をしたい。しかし、島津と約束したことなので、それができない」ということが書いてあった。

その女性からの手紙は、全部で三通届いた。しかし、どの手紙にも名前が書かれているだけで、住所は書かれていなかった。郵便局の消印は、一つは東京からであることがどうにか読み取れたが、あとはぼやけていて判読できなかった。

貞心は、何とかして島津の住んでいた場所を探し出し、せめて彼の墓前で手を合わせて詫びたいと思ったが、どうにも調べようがなかった。

しかし、そんな中でただ一つ、島津が住んでいた場所を暗示する手掛かりが見つかった。それは、彼女が出した最後の手紙の中に、奈良県に住んでいることをほのめかすくだりが書かれていたことである。

第一章　戦火の中の青春

（一）

私が、その家を探し始めてから、すでに二年近くが過ぎようとしていた。

その家は、車通りから少し東に入った閑静な場所にあった。

そこから更に奥へと進むと、道は東大寺の参道に通じていた。沢山の車が行き交う道路からほんの少し路地を入っただけなのに、車の音はほとんど聞えなかった。辺りには年輪を経た大木が小道の上にかぶさるように茂っており、沢山の木立が深い影を作っていた。周辺には、こぢんまりとした昔風の家が幾つも並んで建っていた。

その家は、小さな平屋造りの古い一軒家だった。入口の格子戸の上には「島津」と書かれたままの表札が掛かっていた。表札の文字はいくらか薄くなっていたが、はっきりと読み取れた。

私は、いつものように緊張して、入口の前に立った。その時、また徒労に終わるかも知れない、という弱気な考えが頭の中をよぎり、しばらく躊躇していた。しかし、勇気を出して入口の横にあった呼び鈴を押した。家の奥の方で呼び鈴が鳴っているのが小さく聞え、少しすると、「は〜い」という明るい声がした。そして、玄関の戸を半分ほど引き開け、中から和服姿の女性が顔をのぞかせた。台所で水仕事でもしていたのか、外したばかりのエプロンを手に持っていた。女性は、見知らぬ私を見て、少し眉根を寄せていぶかしげにこちらを見たが、すぐに気を取り直して、

「どちらさまでしょうか？」

と、微笑みかけながら玄関から出てきた。

「初めまして。村木という者ですが、少し島津さんのことでお聞きしたいことがあってお伺いしました」

　私は単刀直入にそう切り出した。彼女は少し戸惑った表情を見せながら、

「島津は、もう三年ほど前に亡くなりましたが、どういうご用件でしょうか」

　怪訝《けげん》そうな顔をしてそう言った。

「実は、北海道に住んでおられる中川さんという方から頼まれて、島津さんのことを探しているのですが、何か心当たりがないでしょうか」

　彼女の顔に一瞬、狼狽の色が浮かんだように見えた。私はこれまでのいきさつについて、手短に話をした。その間、彼女は私と目を合わせようとせず、足元の方に目をやりながら静かに聞いていたが、

「いいえ、そういう人は知りません。うちの島津とは関係ないと思いますよ」

　彼女は、そう言って否定した。しかし私は「関係ないと思いますよ」という曖昧な言い方に引っ掛かった。彼女は、つとめて平静を装っていたが、明らかに動揺していた。この時、私は、この人こそ島津氏と一緒に暮らしていた美鈴さんに違いない、ということを確信した。雰囲気や言葉遣いも地元の人とはどこか違っていた。

　私の胸に、探しに探してようやく巡り合えた嬉しさが込み上げてきた。私は続けて話し始めたが、その話がまだ終わらないうちに、

「すみません。今、台所で煮物をしていて手が離せないものですから……」

そう言って家の中に入ろうとしたので、私は慌てて、

「もしかして、あなたは坂本美鈴さんではありませんか？」

彼女の背中に向かって言った。すると、彼女は驚いてその場に立ち止まり、私の方に向き直った。そして、やや観念した様子で、

「ここではなんですから……。よろしかったら少し中にお入りください」

そう言って、玄関から出てきて格子戸を開け、私を家の中へ案内してくれた。

中に入ると、玄関から台所まで小さな廊下が続いており、廊下の左手には八畳くらいの部屋が二間続いていた。部屋の西側には、硝子を半分組み込んだ障子があり、小さな縁側に廊下が付いていた。廊下の薄いレースのカーテン越しに、こぢんまりした庭が見えた。庭向こうの隣の家とは木の塀で仕切られていた。

美鈴さんは、開けてあった奥の部屋のふすまを閉め、私を手前の部屋に案内して、座布団を差し出した。部屋は静まりかえっていた。美鈴さんが立ち上がって動く度に、微かに衣擦れの音がした。

部屋の隅には、テレビが置かれていた。その横に小さな茶箪笥と本棚、部屋の真ん中にテーブルが一つあるだけのすっきりした小綺麗な部屋だった。台所から、筍を煮ている甘い匂いが漂ってきていた。

「昨日、お隣さんから筍を頂いたのですが、まだ味がよく染みていないので、味見もしていただけませんわ」

そう言いながら、台所からお茶を運んでくると、小さなテーブルを挟んで、私の前に座ってそっと差し出した。そして、私の方を見てにっこりと微笑んだ。美鈴さんは、確か七十半ば過ぎくらいのはずである。しかし、実際より十歳以上も若く見えた。色白でやや面長のふっくらした顔立ちをしており、笑うと口元が少し大きく見えた。私は警戒されないように、

「決して怪しいものではありません」

と言って、勤め先の名刺を差し出し、自己紹介した。私の名刺には、勤め先である生協の名前と肩書が記されていた。

「コープさんにお勤めなんですね」

美鈴さんは少し安心したように見えた。

私は改めて、島津さんの家を探すことになったいきさつについて話した。

二年ほど前に、北海道に住んでいる知人から「奈良に住んでいた島津さんという人の住所を探してほしい」という手紙を受け取り、探し始めたこと。ただ、依頼した人は、「随分昔のことであり、『島津』という苗字だけしか分からず、名前の方は思い出せない」ということだったので、県内の島津姓の家をあちこち訪ね歩いたが、電話帳にもどこにも載っておらず、探すのに苦労したことなどを話した。

「でも、ようやく見つかって良かった。これでやっと、中川さんに知らせてあげることができます」

私が話している間、美鈴さんは手元の湯呑茶碗をじっと見つめながら黙って聞いていた。

（これで、どうにか約束を果たすことができる……）

そう思うと、私は少し肩の荷が下り安堵《あんど》した。当然、美鈴さんも納得してくれるものと思っていた。

しかし、美鈴さんの返事は意外なものだった。

「お願いですから、中川さんには私の居場所は教えないでください。これは、主人と約束したことですので……。それに、あまりにも突然で、まだ気持ちの整理もうまくできませんので、少しそっとしておいてくださいませんか。落ち着いたら、必ずお話ししますから。だから、それまでは、知らせないって約束してください」

美鈴さんは、懇願するように言った。

私は、美鈴さんが中川氏に「本当は是非一度会いたい」「会って積もる話ができれば」という手紙を送っていたことを知っていた。なのに、どうして自分の居場所を知らせようとしないのか。美鈴さんが中川氏に宛てた手紙には、すべて住所が書かれていなかったという。一緒に暮らしていた島津氏も、中川氏と会うことを願っていたということだったが、とうとう最後まで会わないで亡くなってしまっていた。

私には、分からないことが沢山あった。

（そこにはきっと何か深い理由《わけ》があるのだろう）

しかし、美鈴さんの意思を無視するわけにもいかないので、私は美鈴さんが話してくれるまで待つことにした。

「分かりました。その代わり、時々お邪魔させてもらってもいいですか？」

そう言うと、美鈴さんは静かに頷《うなず》いて了解してくれた。

私は、それから夏までに二回ほど美鈴さんのお宅を訪問した。一度は、梅雨もまだ明けない雨の日、仕事の帰りに立ち寄った。もう一度は、七月に入って、桜井市にある三輪神社の近くまで仕事で行った折、帰宅の途中に立ち寄った。鳥居のすぐ横にある老舗の最中《もなか》を手土産に持って行くと、美鈴さんは喜んでくれた。しかし、その時も、中川氏のことはこちらからあえて話さなかったし、美鈴さんの方も触れようとはしなかった。仕事のことや世間話など、たわいない話をして帰ってきた。しかし、少しずつお互いに気心が知れるようになり、だんだんと親しくなっていった。

四度目にお伺いしたのは、八月十三日のお盆の日だった。朝からじりじりと太陽が照りつけ、バス通りから美鈴さんの家がある日陰の濃い路地に入っても、蒸し暑くて体中から汗が吹き出た。沢山の蝉の鳴き声が頭の上から降り注ぎ、そのことがより暑さを感じさせた。美鈴さんは、いつものように和服を着ており、その日は色無地の薄い茶色の銘仙に紺の帯を締めていた。私を座敷に案内すると、

「暑いからクーラー入れますね。いつも自然のままで冷房を入れていない時が多いんですよ」

そう言って、美鈴さんは開け放された縁側のガラス障子やふすまを閉めて回り、エアコンのスイッチを入れた。少しカビくさい臭いが辺りに漂った。先ほどまでのやかましい蝉の鳴き声が遠くなり、部屋の中が急に静かになった。

私が、お盆なので島津さんにお線香をあげさせてほしいことを伝えると、美鈴さんは奥の部屋に

入って少し片付け、タンスの上に置いてあった白い箱のようなものを何やらガサガサと押し入れの方に仕舞い込み、それから奥の部屋に案内してくれた。その部屋は、寝室になっているらしく、鏡台と洋服ダンスが置かれており、もう一つの低い整理ダンスの上に小さな仏壇が置かれ、花が添えてあった。私は、仏壇にお線香をあげ、手を合わせた。

「ご主人の写真はないのですか」

私は、気になったことを思い切って尋ねてみた。

「実は、島津の写真は一枚もないいんです。誰にも撮らせなかったから……」

私の横で、美鈴さんは仏壇の方を眺めながら静かにそう言った。淋しそうな声だった。

美鈴さんは、台所から冷たいジュースを持ってきた。テーブルを挟んで話している時、私はふと思い出して言った。

「そう言えば、あさっては、終戦記念日ですね」

「敗戦の日ですね。忘れもしませんわ。私はあの日、天理市の柳本というところにいました。大変暑い日でした」

美鈴さんは少し前かがみの姿勢で、両手でグラスを包むようにして、氷をじっと見つめながら、何かを思い出しているようだった。添えられた細長い白い指が印象的だった。美鈴さんは、しばらく手でグラスを少し揺らしながらもてあそんでいたが、

「あれは、私が女学校に通っていた頃でした……」

やがて、ぽつりぽつりと話し始めた。

私が飲み干したコップの中の氷が、コロンと小さな音を立てた。

（二）

坂本美鈴は、一九二五年（大正十四年）、東京市墨田区に生まれた。一九三一年（昭和六年）、美鈴が尋常小学校一年生の時に満州事変が起こった。

当時、日本は、日露戦争によって手に入れた遼東《りょうとう》半島の租借権や南満州の権益を守るために関東軍を配置し、領土を更に拡大する機会を狙っていた。しかし、近代化を進める中国の国民党勢力が、不平等条約の撤廃や奪われた権益を取り戻すために行動し始めたことに、関東軍や日本政府が大きな危機感を抱き、柳条湖《りゅうじょうこ》付近で南満州鉄道を自ら爆破して、これを中国軍の仕業として軍事行動を起こした。そして、「居留している日本人を保護するため」と称して大規模な軍隊を出兵させ、錦州への都市爆撃など、中国への侵略を開始した。ここから、十五年にも及ぶ戦争が始まっていった。

翌年、一九三二年になると、傀儡《かいらい》国家である「満州国」を作り上げ、このことを非難する国際連盟の決定を不服だとして、日本は国際連盟から脱退し、一九三七年には北京郊外で日中両軍が盧溝《ろこう》橋《きょう》で衝突したことをきっかけに、中国との全面的な戦争に入っていく。

日本は、ここから不幸な戦争の時代へとどんどん突き進んでいった。

美鈴が小学校に入って間もなく祖父が亡くなり、祖母も中等学校の時に亡くなったため、美鈴一家は、父親の敬三と母の静子、そして弟の正夫と妹の栄子の五人で暮らしていた。父の敬三は、下町にある深川精機という会社で技師として働いていた。美鈴の母は、どんな人も分け隔てせず、人の世話をよくしていたため、隣近所の人たちから好かれていた。美鈴も、そんな母親に似て世話好きで、小さい頃から弟や妹の面倒をよく見て、いつも二人の遊び相手になっていた。また、本を読むのが好きで勉強もよくでき、小学校から中等学校まで首席で通した。

一九四一年（昭和十六年）四月、美鈴は東京女子高等師範学校に入学した。当時、国立の女子専門学校は東京女子高等師範と奈良女子高等師範の二つしかなかった。入学試験は前年の十二月に行われたが、その当時の日本の勢力範囲を反映して、東京と奈良以外にも京城や天津、南京、台北など、五か所で実施された。美鈴が受験した文科の定員は三十名であったが、応募者は三百名を超えた。美鈴はあまり自信がなかったが、運よく狭き門を突破して合格することができた。

美鈴の学校は、東京市小石川区大塚町にあった。市電で大塚窪町の女高師範前で降りると、すぐ前に立派な正門があり、そこから正面玄関まではイチョウ並木が両側に続いていた。並木の右側には付属の高女があり、左側には付属小学校と幼稚園の建物が並んでいた。

入学後の二年間は全寮制になっていたが、太平洋戦争が始まってからは、東京に家がある者は二年目以降から自宅通学が許されるようになった。美鈴は最初の一年間は寮で過ごした。美鈴が入っていた第一寮は、正面校舎の右側にある図書館の脇の緩やかな坂を上りつめたところの左手にあり、四棟が並んで建っていた。秋になると、正面玄関前に植えられた大きな金木犀の木が甘い香りを周りに漂わせ、小さなオレンジの花が芝生の上にいくつもこぼれ落ちた。寮では、一室八人から十人ずつくらいが一緒に生活していた。規則も厳しく決められており、特に門限時間は厳しく遅刻が許されなかった。美鈴たちは、遅刻しそうになると図書館脇の坂道を友達と息を弾ませて走って上った。消灯時間は九時と決められていたが、試験間際は消灯時間の延長が許されていた食堂に集まって勉強した。皆が寝静まっても、廊下の電灯の下で勉強する人もいた。美鈴は、そんな寮での生活を息苦しく思う時もあったが、だんだんと慣れるにつれて結構楽しく過ごした。

学校の外では、戦争への道を突き進み、暗雲垂れこめる重苦しい雰囲気が漂うようになっていたが、学校の中は、平常通りの授業が続けられていた。美鈴は、友人たちと楽しく生活していた。そんな中に、鈴木美佐子もいた。美佐子は大阪の出身であったが、東京での生活に憧れて、この学校に入学してきたということだった。美鈴とは、寮で同じ部屋だったこともあり、すぐに仲良くなった。美鈴たちは、熱心に勉強もしたが、それぞれ好奇心も旺盛であった。友達と一緒に本屋に出かけたり観劇に行ったり、時にはあんみつを食べに行ったりして学生生活を楽しんだ。また、美鈴は、週末には時々外出許可をもらって家に帰り、セツルメント活動にも出かけて行った。セツルメント活動には、時々美佐子も連れ出した。美鈴は母親の影響もあって、中等学校の頃から地域の保育事業や学童クラブの補習事業などに時々参加していた。

美鈴が女高師範に入ったその年の暮れ、太平洋戦争が始まった。

一九四一年（昭和十六年）十二月八日未明、日本はハワイの真珠湾においてアメリカの艦隊に奇襲攻撃を加えた。午前七時過ぎ、美鈴は寮で起きたばかりだった。まだ眠気が覚めないまま、ゆっくりと洗面所の方へ向かおうとしていた時、同じ部屋の仲間が慌てて駆け込んできた。

「美鈴、大変よ！　戦争が始まったわよ」

美鈴たちは急いで食堂に集まった。沢山の寮生がすでに集まり、ラジオのニュースに耳を傾けていた。ラジオは、勇壮な軍艦マーチとともに、繰り返し放送していた。

「臨時ニュースを申し上げます。臨時ニュースを申し上げます。大本営陸海軍部、十二月八日午前六時発表。帝国陸海軍は今未明、西太平洋において、米、英軍と戦闘状態に入れり……」

美鈴は恐ろしさと不安で胸がいっぱいになり、もやもやとした黒い雲のようなものが心に覆いかぶさった。アメリカとの関係が悪化していたことは、美鈴も何となく聞いてはいた。しかし、実際にこうして戦争が始まるなどとは思ってもいなかった。

（これからどうなっていくのだろうか）

そう思うと落ち着いていられなかった。これまで学校の中では戦争というものをあまり強く意識することがなかったが、そうではなくなってきた。その日も、いつものように授業が行われたが、美鈴はほとんど授業の内容が耳に入らなかった。学校の外では、人々は真珠湾攻撃の成功で沸き立っており、この日を境にして、国民は戦勝報道に酔いしれ、生活のすべてが軍事色に染まっていった。


二年生になると、美鈴は寮を出て家から通学することにした。弟や妹の世話を母親だけに任せておくわけにいかなかったこともあるが、通学の大変さを差し引いても、寮での窮屈な生活より、伸び伸び生活することができると思ったからである。自分の家なら誰にも気兼ねすることがないし、近所には小さい頃からの知り合いも沢山いる。

そんな中に、幼い頃からの知り合いである藤本洋もいた。藤本は美鈴より一つ年上のお兄ちゃんだった。藤本の父は、美鈴の父と同じ深川精機で働いており、工場長をしていた。二人の父が同じ会社の同僚ということや、家も同じ墨田区で美鈴の家からもそう遠くなかったので、洋はよく遊びに来た。美鈴は小さい頃から、洋のことを実の兄のように慕っていた。

そんな藤本に、びっくりする出来事が起こった。美鈴が、女高師範に入学した翌年の五月、自宅から通学するようになった頃である。地元の新聞に「通信局長である大川博士のもとで、レーザーの研究を行うために島津義明（東京帝国大学）、藤本洋（早稲田大学）、佐々木貞心（法政大学）の三人の学生が選抜された」という記事が掲載されたのである。美鈴が家に帰ると、近所中がその話で持ちきりだった。そして、大川博士が深川精機の役員と懇意な間柄であったこともあって、レーザーの研究はその敷地を借りて行われることになっていた。美鈴は、さっそくお祝いがてら藤本宅を訪問した。そして、レーザーの研究が始まるや、美鈴は時々研究室の方にも顔を出すようになった。

当時、日本は情報の解読やレーザーの研究において、欧米よりもすでに遅れをとっていた。アメリカは、日本の真珠湾攻撃よりも前から、国をあげて全力でレーザーの研究に取り組んでおり、この頃から戦場で大きな威力を発揮し始めていた。それまで夜戦を得意としていた日本海軍が、米英の共同開発による高性能なマイクロ波レーザーによって察知され、ことごとく敗れるようになった。日本がそのことに気がついたのはしばらくしてからである。昭和十八年に入るとパノラマレーザーを搭載したB29爆撃機が日本の地形を正確にとらえ、夜の市街地にも焼夷弾の雨を降らせるようになる。厚い雲に覆われていても、夜間であっても、高性能レーザーはそれを可能にした。また、飛行機と戦艦による戦闘でも、日本は飛行機が侵入してくる方向に向けて、ただ闇雲に銃弾を打ちまくるだけだが、すでにアメリカは小型受信機を内蔵した高射砲まで開発しており、終戦の頃にはアメリカの高射砲の命中率は、日本よりも格段に高かった。

戦争が始まると、日本本土への攻撃に備えて、各地の主な海岸には「防空監視哨《しょう》」が設置された。しかし、これはただ大きなアンテナで電磁波をとらえるだけのものであり、敵の飛行機が本土に侵入してきても、距離や機種、機体の数等は、監視兵の勘に頼るしかなく、正確に把握できるような代物ではなかった。こうしたことから、昭和十七年に入って日本も遅ればせながら極超短波や電磁波、超音波等の研究があちこちで進められるようになった。海軍の艦政本部の下に設置された海軍技術研究所を頂点として、大川博士のように海軍から委託を受けた民間の研究所もいくつか作られた。藤本たちは、海軍の監視下でこうしたレーザーの研究を行うことになったのである。

研究は、深川精機の中の研究棟の一室を借りて行うことになった。そこは、もともと時計や精密機械を製造していた会社であり、設備も整っており、研究には好都合だったからである。美鈴にとっては、小さい頃から父に連れられて行った場所だったこともあり、顔も出しやすかった。研究室では、大川博士の指導のもとに三人の学生がレーザーの研究に取り掛かっていた。初めて訪れた時、美鈴は緊張しながら部屋に足を踏み入れたのを今でもはっきりと覚えている。恐る恐る部屋に入っていくと、藤本が笑顔で迎えてくれた。

「やあ、美鈴さん。本当に来てくれたんだね」

そう言いながら、奥の部屋にいた二人に声をかけた。

「おい、美女が差し入れ持って来てくれたから、少し休もうか」

藤本が声をかけると、奥から二人の男が出て来た。美鈴はその一人を見て「あっ」と小さな声を上げた。その中の一人、島津のことを知っていたからである。島津は東京帝国大学のセツルメントに所属しており、墨田区で活動していて、その頃に美鈴は二、三度会っていた。

当時の日本には、国が国民生活を保障するという考えはなかった。都市部の下町だけでなく全国いたるところで貧困や生活難が蔓延《まんえん》していた。一九一八年（大正七年）には全国で米騒動が勃発し、生活苦が社会問題となった。東京では一九二三年（大正十二年）に起こった関東大震災がそれらに追い打ちをかけた。そうした状況の中で、震災孤児や生活困難にあえぐ人たちを援助するセツルメントと呼ばれる活動が、民間社会福祉事業の一つとして広がっていった。無料や低額による診療活動、家庭婦人のための授産活動など、様々であった。美鈴が住んでいた墨田区や本所区周辺には沢山の施設ができていた。美鈴と島津は、そこで活動していた時に偶然顔を合わせていたのである。

「やあ、君だったのか。久しぶりだね」

島津は美鈴を見るなり明るく挨拶した。日焼けした浅黒い顔の島津の口から、健康そうな白い歯がこぼれた。

「なんだ、島津君は美鈴さんのことを知っていたのか」

藤本は少し残念そうに言った。

「藤本君が、そのうち知り合いの美人が差し入れ持って来るからって、いつも自慢そうに話していてね。それがこの人のことだったたってわけか」

島津は美鈴の方を見ながら、目鼻立ちのはっきりした顔で、太い眉毛を動かしながら答えた。

「美鈴さんとは、いつ頃からの知り合いなんだ？」

藤本が尋ねた。

「いや、セツルメントの活動で何度か会ったくらいだよ。そんなに親しいというわけではないよ」

事実、美鈴も島津の顔と苗字をかろうじて知っていた程度で、新聞に掲載された「島津」が彼のことだったとは、今の今まで気がつかなかった。藤本が美鈴に向かって言った。

「美鈴さん、もう一人紹介するよ。こちらも同じ仲間の佐々木君です」

「初めまして、佐々木と言います。法政大学の学生です」

横にいた背の高い青年が、美鈴に丁寧に頭を下げて挨拶した。落ち着いたゆっくりした仕草、細身の顔に丸い眼鏡を掛け、少し神経質そうに思えたが誠実さが感じられた。佐々木は大川博士と親戚関係にあり、その縁故で選抜されたのだと言った。

「お忙しいところをお伺いして、邪魔になりませんか？」

美鈴が藤本に向かって、改めて恐縮しながらそう言うと、

「いや、そんなことはありませんよ。大川博士もいつもここにいるわけでないし、我々だけだと殺伐としているから大いに歓迎しますよ。なあ、みんな。遠慮せずに来てください」

島津が横から、藤本と佐々木の方を見やりながら、半ば二人の同意を求めるようにして言った。どうやら、島津はこの中でリーダー的な存在らしいと美鈴は感じた。

美鈴は、それから休講の日を利用して、また週末にも度々研究室に顔を出した。お菓子を差し入れたり、お茶を入れてあげたり、食事の世話をしたり、何かと三人の研究を応援した。美鈴が行くと、よく三人で論議をしていた。真空管の構造がどうだとか、レーザーのマイクロ波がどうだとか……美鈴にはさっぱり理解できなかったが、休憩の時は一緒に加わり、楽しく談笑した。週末には三人で酒を飲みに行くこともあり、時々、美鈴も加わった。最初は堅苦しい研究の話が多かったが、だんだんとお互いの気心が知れるにつれ、家庭のことや初恋の話なども飛び出すようになった。

ある時、佐々木に向かって島津が、

「ところで、佐々木はどうして貞心という名前なんだ？　実家がお寺なのか」

と、空いた徳利を右手でぶらぶらさせながら聞いた。

「いや、実家は寺ではないが、親父が妙に名前に凝っていてね。自分はまだいい方だよ。弟なんかは菊之介という名でね」

隣にいた藤本が、御猪口《おちょこ》を手にしたまま噴き出した。飲む寸前で、口元まで運んでいた御猪口の酒が飛び散った。美鈴も横にいてたまらなくおかしくなった。

「なんだその名は。まるで歌舞伎役者みたいじゃないか」

藤本がそう言いながら、肩に手を置いてもろ肌を見せるような格好で役者のまねをした。皆、おかしくて笑い転げた。

「でも、いい名前ですね。すぐ覚えてもらえるし……」

美鈴は気の毒そうな佐々木を気遣った。

「今はもう慣れたけど、自分の名前も小さい頃は嫌で嫌でしょうがなかった。親父はどうしてこんな名前を付けたのかと恨んだよ」

「そりゃそうだろうな。しかし、こんな坊主みたいな名前だと、一度聞いたら絶対忘れないだろうな」

島津がそう言うのを、皆は頷いて聞いていた。佐々木は酔いが回っていてもどこまでも真面目だった。そうして、最後になるといつも皆で拳を振り上げ「貴様と俺とは同期の桜……」と合唱した。美鈴は、シラフの時が多かったが、こうして一緒に楽しく飲みながら談笑する時間が愉快で好きだった。

しかし、大川博士が研究室にやって来る時は別だった。来る度に博士から実験結果を厳しく批判し指導され、そんな時は三人とも博士の意見に真剣に耳を傾け、実験に取り組んだ。監視役である海軍将校も時々研究室にやって来た。将校は、軍刀を前に置いて両手を添え、睨《にら》みを利かせて椅子に座っていた。研究室には張りつめた空気が流れ、美鈴も怖かった。美鈴は、邪魔にならないように気を使ってお茶を出したりしていた。

将校は、容赦がなかった。

「一体、いつになれば完成するのだ。貴様らは大学で何を勉強してきたのだ」

そう言って怒鳴られたことも一度や二度ではなかった。時には、軍刀で殴りつけられることもあった。まさに、地獄の研究生活であった。しかし、博士や将校が帰ってから、三人が互いに励まし合ったり論議したりしている姿を、美鈴は応援し、そっと横で見守っていた。

だが、いくら優秀な三人とはいえ、研究者として考えると所詮学生の域を出ず、基礎研究の範囲を出ることができなかった。三人が試作したレーザーの機器は稚拙なものであり、それに製作用の材料すらなかなか手に入らなかった。ある時、大川博士が手に入れてきたB29の真空管や機器を分解して、見様見真似で電波探知機を製作してみたが、敵の機影を補足した時は、すでに敵機は遥か前方に通り過ぎているという具合で、試験結果は惨憺たるものであった。そんなことをしているうちにどんどん時間が過ぎていき、研究に取りかかってから半年経っても期待された成果は得られなかった。

帰りにいつも会食する場所は、研究室からそう遠くない深川周辺が多かった。会食を終えての帰りは、美鈴と藤本、島津は、そこから一緒に歩いて帰った。方角が同じだったからである。佐々木は、水道橋近くに住んでいたので、東京駅まで出て市電を乗り継いで帰った。藤本は小名木川を渡り両国近くまで来たところで別れ、そこからは美鈴は島津と二人きりだった。島津の家は浅草寺の近くにあったので、美鈴を家まで送ってから、言問橋から隅田川を渡って浅草まで帰っていった。

島津はレーザーの研究をしている間も、休みの日は時々セツルメントに顔を出し、活動を続けていたので、美鈴もそこで顔を合わせることが多かった。最初、島津たちは市民館を中心に、本所区や向島区で地域の子どもたちを預かって、保育事業や学童クラブの支援をしていたが、母親たち自身も生活が苦しくて内職や仕事をしなければならず、十分な教育を受けられない環境にあったので、働く婦人たちの支援にも献身的に関わっていった。

美鈴は、そんな正義感ある島津の行動を頼もしく思いながら見ているうちに、だんだんと惹かれていった。そして、忙しい合間を縫っては、時々、二人だけの逢瀬を楽しむようになった。なるべく人目を避けてそっと映画を見に出かけたり、公園を散歩したりした。中でも、隅田公園は二人の逢瀬には格好の場所だった。秋が深まり、周りの木々が色づくと、小さなベンチに腰掛けて、いつまでもいろんなことを話し合った。はらはらと二人の周りに落ち葉が散り、日が落ちても何時間も一緒にいた。美鈴は、何も話すことがなくなっても、会っているだけで心が満たされ、お互いに見つめ合っているだけで幸せだった。

北風が吹くようになると、そっと肩を寄せ合って、二人は将来のことについて話し合った。しかし、日本が始めた戦争は、もう抜き差しならないところまで近づいていた。若者だけでなく、日本中のすべての国民が、悲惨な戦争の渦にどんどん巻き込まれていった。これからの日本がどうなっていくのか……。不安が募るだけで、それは美鈴にも分からなかった。美鈴は小さい頃から教師になりたいと考えていた。しかし、未来に向かって自分の能力を開花させ、世のため人のために役立ちたいと考えても、それができるような時代ではもはやなくなりつつあることを感じていた。若者が未来に希望を持てるような時代ではなくなっていたのである。戦争によってだんだんと学業も制限されるようになり、学徒動員の話も現実のものとして迫っていた。もはや、若者はすべて軍隊に入り、お国のために命を捧げることが使命であり、生きる道となっていった。そして、そのことに異議を唱えた人たちは、すべて「非国民」として囚われ、治安維持法によって投獄され、それを誰もが不思議と思わない暗い時代になっていた。

その年の暮れが終わろうとしていたある日のこと、

「我々がこうしている間も、多くの人たちが血を流してお国のために戦っている。俺たちの研究などは、たかが知れている。こうして研究を続けているよりも、我々も軍隊に入って、お国のために御奉公しようではないか」

島津がそう言い出し、他の二人もそのことに同意した。藤本も佐々木も、自分たちの研究に限界を感じていたからである。レーザーの研究は、海軍技術研究所を始めとして芝浦研究所など、あちこちで行われていることは皆が知っていた。そのため、研究は他の専門の機関に任せることにして、学徒兵として海軍に入ることを決断したのである。美鈴はそのことを、島津からあとで聞かされた。

こうして、島津、藤本、佐々木の三人は、横須賀にある海兵団に入ることになった。

一九四二年（昭和十七年）暮れのことである。

美鈴と島津は、コートの襟を立てて、寄り添いながらいつまでも黙って歩き続けていた。二人は、向島の隅田川の土手の上まで来て、そこで立ち止った。川を隔てた向こうには浅草寺の五重の塔が見える。冬空に最後の輝きを増して、夕日が静かに浅草寺の向こうに沈もうとしていた。しばらくして、辺りが急に暗くなると、だんだんと寒さが迫ってきた。さっきから何かを考えるようにしていた島津に向かって、美鈴は涙が出そうになるのをこらえながら言った。

「義明さん、戦争に行っても必ず無事に帰ってきてね。約束よ」

「大丈夫だよ。日本が勝って戦争が終われば、必ず帰ってくるよ。だから、それまで元気でいてほしい」

「早く戦争が終わってほしいわ。そして、またこうしていつも一緒にいたいわ」

美鈴は甘えるようにして言った。

「美鈴さん。無事に帰ってきたら、俺のお嫁さんになってくれ。もちろん、卒業してからだが、結婚して一緒に暮らそう」

島津はそう言うなり、いきなり美鈴を抱き寄せた。美鈴の瞼が膨れ上がり、涙がこぼれ落ちた。島津は美鈴の顔を両手で優しく包み、美鈴の頬を濡らして光っている涙を指で優しくぬぐった。川から吹く冷たい風が美鈴の髪を撫でて通り過ぎた。

「どんなことがあっても帰ってきてね。きっとよ」

「ああ、約束するよ」

島津は美鈴を見つめてゆっくりと言った。美鈴は黙ったまま小さく頷いた。

二人はしっかりと抱き合った。島津は美鈴を引き寄せ唇を重ねた。

風は刺すように冷たかったが、美鈴の心は幸せで満ちていた。

通り過ぎる冷たい風が川面に小さな波紋を広げ、川向こうの街路灯の明かりが川面に揺れてきらきらと輝いていた。

（三）

翌年の二月初旬、島津、藤本、佐々木の三人は、横須賀に向けて出発するために、新橋駅から汽車に乗り込んだ。駅は出征する者を見送る人たちでごった返していた。一つ前の車両では、用意された踏み台の上に立って、一人の青年が見送る人たちに向かって挨拶していた。

「本日は、誠にお忙しいところを、わざわざ駅までお見送りいただき誠にありがとうございます。心より厚くお礼を申し上げます。時局が日々熾烈《しれつ》を極めるこの時に、晴れて海軍軍人となり、国を護るためにこの体を捧げることができますことは、男子の本懐とするところです。私自身はもとより一家一門の栄誉であり、これに過ぎるものはありません。ただ今から、私は横須賀の海兵団に向けて出発いたします。あとの家族のことはよろしくお願い申し上げます。最後に、皆様のご健康をお祈りしてお礼のご挨拶といたします」

「万歳三唱！」

隣にいた男が、大きな声で呼びかけた。皆が一斉にそれに応じた。

「万歳！　万歳！　万歳！」

力強い声が駅舎に響き渡った。

あちこちから「万歳！」「万歳！」という歓声が何度も起こった。駅には島津や藤本の家族も見送りに来ていた。佐々木は、自分を見送りに来てくれた叔父の家族と目が合った時、本当にこれで良かったのかな、という気持ちが心をよぎった。というのも、この学徒出陣については両親が大反対であり、島津や藤本の親たちも同じであったからだ。それに自分自身としても、彼らほどの決意もできておらず自信がなかった。美鈴は後ろの方で駅舎の柱に手をかけて背伸びしながら手を振って何か叫んでいたが、周りの喧騒にかき消されて佐々木には全く聞き取れなかった。

新橋を午後二時半に出発した汽車は、一時間余りで横須賀駅に着いた。そこからバスに乗り、三浦半島の西側に位置する大日本帝国海軍横須賀鎮守府《ちんじゅふ》に置かれた武山海兵団に着いた。

横須賀鎮守府は、海軍の部隊を監督するために置かれた機関であり、横須賀の他に舞鶴・呉・佐世保にあった。海兵団はそれらの鎮守府に設置されている養成施設であり、海軍に入るまでの教育や訓練を行う機関となっていた。

佐々木たちは、海兵団に着いてもう一度全員が身体検査を受けた。検査に合格すると制服等が与えられ、班ごとに分散して兵舎に向かった。その日に入団した者は、全員で五百名ほどいた。三人はここで離ればなれになり、それぞれの班に属することになった。その日の夕食は、白い飯に御馳走が出てゆっくりと食事ができた。佐々木は、軍隊というところはなんと恵まれているのだろうか、と思った。しかし、それは入団したその日、たった一日だけでしかなかった。

翌日、八時から入団式が行われ、そこから猛烈な訓練が始まった。朝は、午前五時の軍隊ラッパで目を覚まし、急いで着替え、寝ていた釣り床を整え、素早く身支度を終えると外に出て整列しなければならない。「気をつけ」「右へならえ」「直れ」「番号」と矢継ぎ早に号令がかけられ、その都度分隊長に報告しなければならない。佐々木たちがいた分隊は、総員二百五十名だった。

「第一教班十六名、異常なし……第六教班十六名、異常なし……」

とにかく時間が競われた。ぐずぐずしていると「貴様！　何をしているか！」という怒鳴り声とともに直ぐに鉄拳が飛んできた。ゲートルの巻き方から食事や洗濯、便所に行く時の挨拶から番号の呼び方など、すべて細かく躾けられた。そして、それらが軍隊で慣行となっている規格から少しでも外れると、容赦なく制裁が行われた。制裁は、個人に対して行われる場合もあれば、集団に対して行われる場合もある。教班長は、いつも「海軍精神注入棒」と大書した硬い樫の棒を持って歩いていた。海軍のきまりから少しでも外れると、直ぐに「何をしとるか！」という罵声が飛び、うろたえていると、

「何だ、その態度は！」

「股を開け、歯を食いしばれ。いいか！」

そう言って、力任せに樫の棒で尻を打たれた。打たれる度に目から火花が散るほどの痛さが走り、たちまち尻は青アザになって腫れ上がり、その日は痛くて眠ることもできなかった。

鉄拳で殴られることなどは、日常茶飯事である。理由がはっきりしていればまだしも、「気合いが入っていない」「動作が鈍い」「声が小さい」「返事が遅い」「その目は何だ」と言っては殴られた。制裁の理由などいくらでもあった。時には、自分の手が痛くなるからと、兵員同士で殴らされたりもした。それでも、逃げることもできなければ、拒否することもできなかった。逃げれば、た

ちまち脱走兵となり、罪に問われるからである。

ある時、佐々木が、食事の時にスプーンを滑らせて落としてしまったことがあった。その音を聞いてやって来た教班長が、

「貴様！　食事中に大事なものを粗末にしおって、眼鏡を外せ！」

そう言うなり、いきなり佐々木の頬を殴りつけた。佐々木はよろけた拍子に、隣で食事をしていた別の班員の食器までひっくり返してしまった。教班長はその場の混乱を取り繕うために、

「貴様たちの班は、食事はこれで終わりだ。全員、練兵場を五周してこい！」

と命令した。昼からの激しい訓練に腹を空かして、ようやくありついた夕食なのに、自分のせいで食べられなくなり、佐々木は班員の皆に申し訳ない気持ちでいっぱいだった。


海兵団での日課は厳しかった。毎日、五時きっかりに起床ラッパが鳴り、「総員起こし！」の号令が起こると、反射的に全員が釣り床から飛び起き、行動を開始する。釣り床収めは四十五秒、釣り床下ろしの場合も二十五秒という速さである。それから、洗面して、「朝食」「課業始め」「課業止め」「休憩」……など、時間単位、時には分単位の号令がかけられ、移動も走りながら行った。ゆっくりと考える時間もなければ、「何故」という疑問の入る余地すらなかった。ただ上からの号令や命令に反応するだけである。しかし、その命令を着実にこなすことが、だんだんと喜びにすら感じるようになっていく。そうして、命令に従う忠実な人間が作られ、軍隊ではそれを身につけたものが「優秀」とされる。軍隊では、上官の命令はすなわち天皇陛下の命令であり、いかなる時も

「絶対」であり、逆らうことができない。命令に背けば、たちまち軍法会議にかけられ処罰される。ましてや、どんなに訓練が厳しくても、逃げ出すことなど到底できない。

海兵団では、日々の学科はもちろんのこと、「手旗訓練」「釣り床訓練」「陸戦」「短艇漕法」等の訓練、体を鍛えるために柔道や相撲、剣道なども行われ、九時半の消灯まで毎日徹底して教え込まれた。

様々な訓練の中でも最もつらかったのは、カッター（短艇）の練習で、特に真冬での訓練は厳しさを極めた。櫂《かい》の持ち方や漕《こ》ぎ方など、寒風が吹き荒れる中、海上に出て一つ一つ覚えさせられた。海から押し寄せる冷たい潮風で、体は身を切られるようである。全員が寒さで震えながら訓練した。カッターは、左右に六名ずつ、合計十二名が漕ぎ手となる。艇長を含めて十三人、一糸乱れぬ動作が全員に求められる。しかし、三メートルもある櫂を上手に操るのは容易ではない。櫂の握り手部分は、手のひらと指が回り切らないほどの太さである。「櫂立て！」の号令で、十二名がいっせいに櫂を上へあげ、「櫂用意！」で櫂座栓に差し込んだ櫂を持ったまま上体を前に倒す。「前へ！」という号令を合図とともに櫂を握った体を後ろに倒して、力一杯水を掻いて船を進める。自分だけゆっくりしていると隣の櫂にぶつけてしまう。また、櫂を波に持っていかれないようにしっかりと握っていなければならない。全員の呼吸を一つに合わせて漕げるようになるまでには時間がかかった。

カッターの練習は、入団してから毎週行われた。そうして全員が慣れてくるとカッターの競争も頻繁に行われた。海上に十六隻が一線に並び、「ピッチ上げ！」の号令とともに他のカッターと競争して、一時間余りを全力で漕ぐ。長いコースだと往復四キロ以上もあった。ゴールするまで、十二名が呼吸をぴったりと合わせ、全員で力を振り絞って漕ぐ。自分一人だけ手を抜くわけにはいかない。尻の皮がすり剥けてズボンが血で染まることも珍しくなかった。そんな日は、痛くて眠ることもできなかった。しかも、一番成績が悪かった船は、陸に上がってからも全員が飯を半分減らされるという罰が待っていた。

また、運動の不得意な佐々木にとって、一番苦手で厳しかったのは水泳訓練だった。気温が少し暖かくなると水泳訓練が行われるようになった。先ず、泳げるものは甲、乙、丙の三つのクラスに分けられ、それぞれ白帽に三本、二本、一本の朱線の入った帽子が与えられ、全く泳げないものは赤帽組としてまとめられた。佐々木は、全く泳げなかった。佐々木たち赤帽組は、浅瀬で船の縁につかまり少しバタ足の練習をしただけで、カッターで沖まで行くと、全員がいきなり海に投げ入れられた。佐々木は、必死に手足をばたつかせ、目の前の櫂につかまろうとしてもがいた。「助けてくれ」と声にならない声を張り上げ大声で叫んだが、誰も助けてくれない。ばかりか、船の上にいる上官たちは、それを笑って見ている。佐々木は、海水を何度も飲み込んだ。塩辛い海の水で喉がつかえ、声すら満足に出せなくなり、咳き込みながら必死でもがいた。苦しくなって死にそうになったところでようやく櫂が差し出され、カッターに引き上げられた。それが一週間も続けられた。泳げない者にとって、それは訓練というより拷問に近かった。ただ、そんな厳しい訓練によって、十日もするとどうにか数十メートルほど泳げるようになり、卒業する頃には、二〜三時間の遠泳もこなせるまでになった。

海兵団では、三ヶ月を過ぎると二週間に一度の外出が許されるようになった。しかし海兵団は、兵員としての教育を行う場であり、自由にどこにでも出歩けるわけではなかった。最初の頃は、常に教班長が引率し、行く場所もほとんど決められていた。「クラブ」と呼ばれる漁師の家などが準備されており、そこでくつろぐ程度であった。訪問すると、おばさんが快く迎えてくれ、皆にお茶を出してくれたりする。そこで体を休めたり、教班長の体験談を聞いたりして過ごした。そこで何回か過ごすと自由外出も許されるようになるが、どこに行っても食べるものが不足しており、いつも腹をすかしていた。それでも、少しの休養と息抜きにはなった。それ以外の日は、月月火水木金金という生活であり、休みなしで基礎学習と訓練の日々であった。

こうして、佐々木たちは、約半年間にわたる海兵団での生活を終えた。そして、佐々木と島津、藤本の三人は、三浦半島の南端にある久里浜の海軍通信学校に入ることになった。所属も「武山海兵団」から「大日本帝国海軍」となった。通常、海兵団を卒業して通信学校へ入るものは、再び厳しい新兵訓練を経たのち海軍通信兵としてスタートするが、大学から志願した三人は、海軍作戦通信の専門教育から始まった。もちろん、通信機器の操作方法やモールス信号の打電や読み方、通信用ケーブルの配線や修理方法等、基礎的な知識や技術についても学んだが、佐々木たちには暗号の解読技術等の特殊訓練が行われた。通信科暗号部の指揮官として育成するためである。

そして、海軍通信学校で半年間の学習訓練を終え、島津と藤本は、東京霞ヶ関の海軍省にある東京通信隊に配属された。佐々木も希望していたが、卒業成績がトップクラスに及ばなかったので断念した。昭和十九年の三月のことである。

佐々木は横須賀海軍工廠《こうしょう》に配属され、建造中や修理中の、艦船の主に通信部分の艤装《ぎそう》や作業員たちの管理・監督などを行った。横須賀海軍工廠のドックは、第一から第五ドックまであった。この頃は、新設艦の建造よりも修理が多くなっていたが、ここで佐々木は八月までの約半年間を忙しく過ごした。

（四）

一九四四年（昭和十九年）八月末、佐々木は新しい転属の命令を受けた。それは、第六ドックで建造中の一一〇号艦の作業員の管理・監督であった。

「今日から、第六ドックにある航空母艦の偽装と作業員の管理を担当してもらう。この艦は、今日の戦況を考えると一日でも早く完成させ、帝国海軍の新戦力として投入しなければならない。但し、この艦は極秘で建造されており、絶対の機密事項である。完成間近になって一般作業員も大幅に増えており、しっかりと監視と管理をするように」

佐々木は命令を受け、通用口で写真入りの身分証明書を提示し、第六ドックに入った。そこで初めて一一〇号艦を見て、その大きさに肝をつぶした。目の前に横たわっていたのは、赤レンガの東京駅舎と同じほどの大きさの空母だったからである。堂々と威容を誇っていた。ドックの底を歩いている作業員が異様に小さく見えた。佐々木は、極秘裏に巨大な空母が建造されつつあることをそれとなく聞いていた。帝国海軍の最高機密であり、厳しいかん口令が敷かれていたが、どこからか噂として伝わっていたのだ。しかし、それがどこで建造されているのかは知らなかった。

第六ドックは、材料倉庫棟や機械工場棟の近くに並んでいる第一から第五ドックから離れており、実験工場棟が並ぶ大きな岸壁を隔てた山向こうにあった。三方が小高い山に囲まれており、外から見ることができなかった。この点は、呉で建造された一号艦（戦艦大和）や佐世保で建造された二号艦（戦艦武蔵）が、建造の際に市民や外部から見えないようにするために苦労を要したのと大きく違う点であった。第六ドックの長さは三百メートルほどあり、東京駅舎がすっぽりと入る大きさだった。その中に長さ二百七十メートル近い一一〇号艦が収まっていた。幅が四十メートルもあり、最上甲板までの高さは、なんと船底から二十メートル以上あった。ほぼ六階建てのビルと同じ高さである。艦橋は更に見上げる高さにあった。船の周りでは、「ガントリークレーン」と呼ばれる巨大クレーン六基が大きな音を立てて動いていた。

佐々木が任務に就いた時、この空母は完成が急がれていた。日本は二年前のミッドウェー海戦で空母四隻と三百機もの航空機を失っており、この年の六月のマリアナ沖海戦では、アメリカの機動部隊の前に「虎の子」ともいえる大型の空母三隻、航空機四百三十機を失っていた。帝国海軍は、この二つの海戦で主力空母を七隻も失い、窮地に立たされていたのである。ミッドウェーの敗戦が、戦艦大和と武蔵についで予定されていた三つめの大型戦艦計画を「航空母艦」として誕生させ、マリアナ沖の海戦がこの空母の完成を無理に急がせたと言える。敗戦の色が濃くなる中、帝国海軍にとって、この空母を何よりも早く完成させ、戦場に投入することが求められていたのである。

佐々木が着任する少し前の七月、当時の見方では「完成までには、まだ半年はかかる」という考えが工廠では大半を占めていた。しかし、軍令部は、これを四ヶ月も繰り上げ、十月十五日に完成せよとの命令を出してきた。難色を示す関係者に「とりあえず一度戦闘に参加し得るに必要な設備を完成させ、あとは帰港してから工事を完成させる」という方針を伝え、竣工を急がせたのである。

工廠内では、この空母の建造のために数千人の工員が投入され、厳しい管理下で働いていた。更に工事を急ぐことになったため、労働時間も一日十一時間から十四時間に引き上げられ、作業が行われた。このことによって、犠牲者も少なからず出た。工事中の事故で負傷するもの、十三メートルもの岸壁からドックに転落して死亡するものなど、死傷者も百人を超えた。しかし、こうした作業によって、どうにか予定通りの十月五日には進水というところまでこぎつけることができる目途がついた。佐々木は、出入りする作業員の点検や仕事中の管理を行った。秘密を守らせるため、任務が異なる工員同士の接触や話は固く禁止されており、佐々木も細かく作業員に目を光らせた。

九月の下旬のことである。佐々木は通用門で、工員の監視をしていた。作業を終えた工員たちが身分証明書を提示して、次々と通用口から出ていく。その時、甲板からドックに渡された橋を渡り終え、こちらの方にやって来る二人に目がいった。どこか見覚えのある男たちであった。やや疲れた足取りで、談笑しながら通用口に近づいてきた。近くまで来た時、

「おおっ！　島津と藤本ではないか。やはり貴様たちだったか」

佐々木は驚いて二人に声をかけた。

「おおっ、久しぶりだなあ。貴様はここにいたのか」

島津も驚いて大きな声を上げた。近くにいた上官が、佐々木たちの方を向いて睨みを利かせた。その場では、ゆっくりと立ち話もできない。島津と藤本は、「また会おうぜ」と言って、ウインクして立ち去った。そして翌日、佐々木は二人の居場所を記した小さなメモをもらった。佐々木は二人が借り住まいしている旅館を訪ね、こうして三人は半年ぶりの再会を果たした。

二人は、東京通信隊で軍務についてから、大本営から出される作戦命令の伝達や戦線から日時送られてくる情報の受信や解読に追われ、超多忙な日々を過ごしていた。ここでは主に海軍部から受発信される情報を扱っていた。通信兵には機密保持が第一に求められ、外部への漏えいは絶対に許されない。従って、同僚と食事をしている時であっても、話題にすることすら禁止されていた。通信隊にある掲示板には、その日の新聞が張り出されている。二人が軍務についた頃は、毎日のように華々しい戦果の大きな見出しが目についたが、実際に前線基地や艦隊から送られてくる情報は、必ずしもそういうものばかりではなかった。そして、二人が横須賀への転属を命じられる頃には、もうそうした報道もだんだんと少なくなりつつあった。

島津と藤本の二人が新しい転属の指示を受けたのは、八月の末であった。

「艤装員として横須賀海軍工廠への転属を命ずる」

二人は揃って横須賀での軍務につくことになった。その時の転属者は十名であり、そのうちの二名が同じ空母の艤装員として任命されたのである。二人はその運を喜び合った。横須賀では、工廠近くにある旅館を借り住まいとして指定されていた。二人が翌日、第六ドックに出勤すると、艤装通信班長から「工廠での仕事は絶対に機密である。万一、機密が漏れるようなことがあった時は、全員を処刑する。ドック内には多くの工員が作業をしているが、他の工員との話や接触は禁止する」ことを厳命され、「いずれ艤装が終われば、この船に乗ることになるだろう」ということだった。

三人が再会した頃には、すでに昼夜を通した工事が行われており、島津と藤本は、空母の通信機器やケーブルの装備や点検作業などに余念がなかった。また、佐々木の方も膨れ上がる工員の管理や点検に追われる毎日だったが、三人はその合間をぬって、相変わらず酒を酌み交わし、語り、笑い、同志としての絆を深めた。佐々木、島津、藤本の三人は、世界最大の空母の乗組員として任務に就くことができ、軍人として誇らしい気持ちでいっぱいになっていた。

そして、いよいよ進水の十月五日がやってきた。しかし、その時、思わぬ事故が起こった。佐々木はドックの外にいた。ドドン、ガリ、ガリという大きな音がドックの方から聞こえてきたので、佐々木が急いでドックの方へ駆け寄ると、艦が物凄い速度で艦首の方向に進んでいって前の壁に激突し、今度は逆に艦尾の方向に戻り、何度も行ったり来たりしていた。船がドックに擦れ、岸壁にぶつかる度にガリ、ガリ、ドドンという大きな音が周りに響いた。艦と岸壁を結んでいた太いロープは、ブツッ、ブツッと切れ、切れたロープが蛇のようにうねってドックの中を駆け回っていた。

「危ない！」

「離れろ！」

目の前の光景に、近くで作業していた工員や作業員たちは、必死に叫んでいた。皆、顔面が蒼白だった。ほんの十分足らずの出来事だった。静まってから、艦の中で負傷した行員たちが担架で運び出されてきた。佐々木たちは、血で染まった負傷者の救助にあたった。

この事故は、進水のために乾ドックに海水を注水している時に起きたもので、海とドックを仕切る扉船《とせん》が突然飛び上がったことによって生じた。扉船の内部への注水を忘れていたために、ドック内の注水が一定進んだところでバランスを崩して浮力で飛び上がってしまったのである。それで大量の海水が一気にドックに流れ込み、物凄い圧力で船が奥の方へと押しやられて起きた事故だった。

この事故で、あちこちに損傷や不具合いが生じた。中でも深刻だったのは、艦首が前方の岸壁に激突した時、艦首の水中部分にあるバルバス・バウと呼ばれる球形部分に設置された計器類が損傷したことである。ここには、潜水艦の探知に必要な水中聴音器や補音器などがあり、これらが破損すると潜水艦の探知に支障をきたす。これ以外にも、衝撃によってケーブルや通信設備があちこちで破損していた。これらの設備や機器の艤装を行っていた藤本や島津たちは、破損した通信設備の修復作業に全力で取り組むことになった。艦首の損傷修理は、十一月一日頃までの期間を必要としていたが、帝国海軍は予定通りの十月八日に命名式をドック内で挙行することを告げてきた。

天皇の代理として式に臨席した海軍大臣米内光政は、粛々と命名書を読み上げた。

「命名書　軍艦信濃　昭和十五年五月四日その工を起こし、今やその成るを告げ、ここに命名す。
昭和十九年十月八日　海軍大臣　米内光政」

こうして、空母信濃は、戦艦大和、戦艦武蔵に次ぐ第三番目の同型軍艦として誕生した。但し、巨砲を整備した戦艦としてではなく、世界最大の航空母艦として誕生したのである。

それから約一ヶ月の間、損傷修理だけでなく、残りの艤装を完成させるべく、昼夜を通しての作業が続けられた。

十一月十一日、「信濃」は東京湾での公式運転を行うため、横須賀工廠の第六ドックを出た。世界最大を誇る「信濃」は、東京湾に向かって堂々と航行を開始し、海面に白い航跡を残して進んだ。佐々木たち「信濃」の乗組員は、多くが甲板に出てこの船出を見守った。佐々木は甲板の上でいつまでも感激に包まれていた。

そして、八日後の十九日、「信濃」は正式な竣工を迎えた。

「第日本帝国海軍、航空母艦『信濃』は、ここに竣工したことを宣言する」

こうして、横須賀海軍工廠から帝国海軍への引き渡しが行われた。軍艦旗が掲げられ、天皇陛下の御真影が艦長に渡され、艦橋の奉安所に納められた。

「すでに新聞でも報じられているように、先月（十月二十三日）のフィリピンのレイテ沖海戦では、敵の空母など五十三隻も撃沈した。次は、この『信濃』が出撃して、残りの敵艦を全滅させるのだ」

上官からそう言われ、佐々木たち乗組員は、身が引きしまる思いで、この言葉を聞いた。

「今度は、俺たちがやる番だ！」

威勢のいい声が、後ろの方にいた兵員の中から聞えた。

しかし、事実は異なっていた。日本はこの海戦で、空母四隻、戦艦三隻、その他の駆逐艦を含めると二十九隻もの船を失い、航空機も二百十五機を失っていた。このことで日本の機動部隊は、事実上壊滅状態に陥っていたのである。しかし、そのことを国民も兵員も知る由がなかった。

日本が華々しく戦果をあげていたのは、太平洋戦争が始まってからわずか半年間でしかなく、翌年六月のミッドウェー海戦で敗退して以降、転がるように敗戦の道を歩き始めていた。一九四三年には、ガダルカナル島から撤退し、アリューシャン列島のアッツ島では守備隊が玉砕し、九月には同盟国のイタリアが無条件降伏している。また、十月には、明治神宮外苑で学徒出陣壮行式が行われ、二万五千人の学生が参加している。更に一九四四年に入るとサイパン島やグアム島での玉砕《ぎょくさい》が相次ぎ、若者たちが神風特別攻撃隊として出撃していた。この頃になると、軍部は「撤退」と呼ばず「転進」と言い換えた。軍にとって「後退」や「撤退」は、何があっても認めたくなかったからである。そして「全滅」と呼ばず、「玉砕」と言い換えた。

「玉と砕《くだ》ける……」

なんという美しい言葉であろうか。こうして、悲惨な全員の死を美化し、新聞もそのまま国民に知らせた。

「信濃」が公式運転を開始する前の十一月一日は、B29が横須賀上空に偵察のため現れており、いよいよ本土への本格的な空襲が間近であることを察知した軍令部は、「信濃」の出航を急ぎ、呉にある海軍港に回送し、そこで残りの艤装を行うことにしていた。

正式に「信濃」に乗り込むことが決まった時、佐々木は海軍少尉として甲板士官を命じられた。

（五）

三人が乗り込むことになった航空母艦「信濃」は、極秘の中で建造され、沈没後も長く国民に知らされることがなかった。戦艦大和に並ぶ七万トン級の巨大戦艦の建造計画は、実は四隻あった。その一号艦が「大和」であり、二号艦が「武蔵」である。そしてこの三号艦が「信濃」であり、最後まで日の目を見ることのなかった「紀伊」が四号艦である。日本は日露戦争での勝利以来、強力な大砲を備えた大きな船にこだわった。国は、そのことが戦争を勝利に導く方法であると信じて疑わなかった。これが大艦巨砲主義といわれるものである。そのために「大和」「武蔵」という世界一の巨艦を造った。当時、この規模の戦艦はアメリカにもなかったし、また造ることもできなかった。何故なら、アメリカは大西洋と太平洋の両方を守備範囲とせざるを得ず、不運なことにアメリカ大陸を横切るパナマ運河の幅が百十フィート（三十三・五メートル）しかなかったからである。これだと、三万五千トン級、幅三十三メートルがぎりぎりの大きさであり、大砲も42センチ程度しか搭載できない。従って日本は、それを上回る巨大な戦艦を建造し、アメリカの鼻をあかそうと考えたのである。

「46センチ砲が八門以上、速力は三十ノット」というのが海軍艦政本部の方針であった。ほんのわずかの差のように見えるが、その威力は大きく異なる。大砲一つを例にとってみても、それまでの42センチ砲だと、砲弾の飛距離はせいぜい一万五千メートル程度であるが、46センチ砲となると飛距離は二万メートルにもなる。

戦艦大和は、昭和十二年十一月に呉工廠で起工され、太平洋戦争開始直後の昭和十六年十二月十六日に完成していた。そして二号艦である戦艦武蔵も長崎の造船所で建造が行われていた。しかし、この頃すでに世界の流れは航空機による戦闘へと変化し始めていた。

真珠湾攻撃での戦果が、ほとんどが航空機によってもたらされたものであることを考えると、日本は自らそのことを実証していたことになるのだが、海軍部内では依然として大艦巨砲主義の考えが根強かった。しかし、不沈戦艦と呼ばれていた英国東洋艦隊のプリンス・オブ・ウェールズ号が、マレー沖で、日本の特攻機七十機あまりの攻撃によってわずか二時間で沈んでしまったことから、大艦建造に少しブレーキがかかることになった。五月に横須賀第六ドックですでに起工されていた一一〇号艦（『信濃』）が建造中止となり、呉の第四ドックで予定されていた「紀伊」に至っては計画そのものが破棄されることになった。

一方、アメリカでは、真珠湾攻撃を受けた頃から、国を挙げて主力を戦艦から空母へと切り替え始めていた。真珠湾攻撃によって手痛い打撃を受けたアメリカが、もし本格的に戦争を決意した時、容易ならざる相手であるということに気づいていた当時の日本人はまだ少なく、侮《あなど》っていた面すらあった。しかし、資源の豊富さもさることながら、その頃の日本の生産力は、アメリカのカリフォルニア州一つと同じでしかなかったのである。

十二月八日の真珠湾攻撃によって始まった太平洋戦争が、日本側にとって有利に進んだのは、わずか半年余りでしかなかった。日本は真珠湾攻撃でアメリカに大きな打撃を与えたものの、その中にアメリカの空母は一隻も含まれていなかった。空母は真珠湾に寄港していなかったのである。この時、アメリカは、太平洋にレキシントン、サラトガ、エンタープライズ、ホーネット、ヨークタウンの五隻の空母を有していた。

日本国中が、真珠湾での勝利とその後の快進撃に酔いしれていた時、思わぬことが起こった。翌年の四月十八日、空母ホーネットから飛び立った十六機のB29陸上爆撃機が東京、横浜、横須賀、名古屋、神戸等を爆撃したのである。被害こそ少なかったが、首都東京が爆撃されたことに軍部や国民が驚いたのも無理はない。軍令部は、ただちに海での防衛を堅固なものとするため、アメリカの空母を攻撃するための作戦を強行した。これが、世に言うミッドウェー海戦である。日本は、それに先立つ五月八日の珊瑚海《さんごかい》海戦で、空母翔鶴が大破されたものの、空母レキシントンを沈めヨークタウンを大破させるという戦果を得ていた。そして六月五日、アメリカと日本はミッドウェー沖で激突した。

アメリカの戦力は、エンタープライズ、ホーネット、ヨークタウンの空母三隻の他、巡洋艦、駆逐艦など合わせて二十六隻しかなかった。しかもアメリカ側は戦艦を一隻も持っていなかった。対する日本艦隊は、「赤城」「加賀」「蒼龍」「飛龍」の四隻の空母を始めとして、巡洋艦や駆逐艦など実に三百隻もの艦隊であり、誰が見ても日本が圧倒的に優勢であった。しかし、空母を守る直衛艦が少なく、相手の動きを察知する索敵機《さくてきき》も少な過ぎた。そのため、アメリカの動きを的確にとらえることができず、情報が錯綜し、奇襲攻撃にさらされて格好の餌食となってしまった。この時、戦艦大和を中心とした主力部隊は、後方の四百海里も離れたところから見守っていただけであり、何の役にも立たなかった。四百海里というのは、ほぼ東京から広島ほどの距離に値する。この時点で、「大和」や「武蔵」といった大艦巨砲の役割はほぼ終えていたといえる。日本はこの海戦において、出動した空母四隻をすべて失った。先の珊瑚海海戦で大破した「翔鶴」を含めると、海軍が保有していた六隻の正式空母のうち五隻を失ってしまったことになる。華々しい真珠湾での開戦からわずか半年。日本の戦争は、これより大きく劣勢に転じ、国民を不幸のどん底へと導くことになる。

ミッドウェー海戦で致命的ともいえる敗北を受けて、「信濃」の運命が大きく変わることになった。六月三十日、横須賀工廠の第六ドックに眠っていた一一〇号艦（『信濃』）が空母として改装されることになり、急ピッチで建造が進められることになった。

そして、一一〇号艦は正式に空母「信濃」と命名され、昭和十九年十一月十九日、予定通り帝国海軍に引き渡された。出港予定は、必要な弾薬や荷物の積み込み整備を終え、十日ほど後とされていた。しかし、「信濃」の艦長を命じられていた阿部俊雄大佐は、出港日の延期を軍令部に願い出ていた。「信濃」の工期そのものが当初の予定よりも約四ヶ月短縮され、まだ十分な試験がいくつも残されていたからである。エンジン部分にある罐《かま》も、部品の不足から十二基のうち八基しか完成しておらず、速度もフルスピードを出せなければ、浸水時に致命的となる気密試験すら十分に行われていなかった。しかし、軍令部はこの願いを却下した。風雲急を告げていたからである。すでにアメリカ軍の潜水艦が日本の沿岸に出没しており、十一月二十四日には、B29による八十八機の米軍機が、武蔵野にある中島飛行機のエンジン工場を爆撃していた。軍令本部としては、早急に「信濃」を呉軍港まで回航し、そこで残りの艤装を完成させることを考えていた。

十一月二十八日火曜日午後一時三〇分、「信濃」は横須賀海軍工廠の桟橋を離れ、東京湾で実習訓練を開始した。呉への回航にあたっては、コースと時間をめぐって、阿部艦長と護衛にあたる駆逐艦長との間で激論があったが、最終的に阿部艦長は夜間コースを選択した。それは、昼間の潜水艦や航空機による攻撃を防ぐには、味方の航空機の援助が必要となるが、もはや軍令部には援助に回すだけの航空機を保有していなかったからである。世界一の航空母艦でありながら、艦載していたのは特攻兵器である二十機の「桜花」と数機の「震洋」だけというありさまだった。

こうして、「信濃」は、日没一時間後の午後六時に、総員二千五百十五名を乗せて、呉に向かうべく東京湾を出た。乗組員の中には、まともに訓練すら受けていない工廠労働者や理髪師や洗濯人といった民間人も多数含まれていた。護衛にあたる駆逐艦「浜風」「磯風」「雪風」も、レイテ沖の海戦で戦って、三日前の二十五日に横須賀に入港したばかりであり、十分な修理すらもできないままの慌ただしい出港であった。「信濃」は、駆逐艦「雪風」を先頭に、右側に「磯風」、左側に「浜風」を配置し、敵の目を欺くため、外洋に出てからいったん進路を南に取った。空には薄い雲がかかり、雲の切れ間からは寒々とした晩秋の細い月が水面を照らしていた。太平洋の波を切って静かに進む世界最大の空母。すでに軍艦も完全な灯火管制の下にあり、内部の明かりが外に漏れないように細心の注意を払って、「信濃」は航海灯も点けずに静かに進んだ。「信濃」と駆逐艦が通り過ぎた後には、白波の長い帯がいつまでも長く残った。

佐々木は、甲板士官として、第三甲板のハッチを担当していた。ハッチは三十メートル間隔で並んでいた。藤本と島津は、一番下の甲板室にある第二通信室で敵の無線をキャッチする任務に就いていた。佐々木が担当していた第三甲板の下には、医務室等が並んでいたが、島津や藤本のいる第二通信室からは離れていた。

すべて二十四時間の任務が要求されるため、それぞれ交替で業務に就いていた。

その日の夜、全員に汁粉が振舞われた。乗組員たちは、

「さすが海軍だなあ。こんなに砂糖が保存されているとは……」

「こんなに沢山の砂糖や小豆をどこに隠していたのだろう」

口々にそう言って感激した。国民の間では、もう砂糖などほとんど手に入らなくなっていたからである。

多くの乗組員たちが夜食に出された汁粉を食べ、それぞれの持ち場でくつろいでいた時である。午前三時一八分、アメリカの潜水艦アーチャーフィッシュ号から一発目の魚雷が発射された。放たれた魚雷は、右舷の艦尾に近いバルジの上方近く、水面に近い場所を直撃した。「信濃」には、「大和」「武蔵」と同様に、バルジと呼ばれる魚雷向けの装備が施されていた。中にはコンクリートやオイルが詰め込まれており、船に魚雷が命中しても貫通を妨ぎ、被害を最小限にとどめるように工夫されていた。そのため、船底部分が両側に膨らんだ構造となっていた。しかし、この時の魚雷は水面に近いところを直撃したため、バルジが全く役に立たなかった。

命中した一発目の魚雷は、巨大な冷却区画と航空機用のガソリンを貯蔵するタンクに突入して爆発した。爆発によって天井の甲板が突き破られ、上にある兵員室で仮眠していた兵士たちを殺戮《さつりく》した。残った兵士も、多くがひどい火傷を負っていた。続いて、戦艦の中ほどに三発の魚雷が命中

し、ズシーン、ズシーンという鈍い響きが鑑全体に響き渡った。命中した個所からは、大量の海水が船内に流れ込み、機械室や罐室になだれ込んだ。海水は隔壁に亀裂を広げ、稼働中の三番罐室にいた当直中の兵員たちは、流れ込んだ海水によって全員死亡した。四発目の魚雷は、右舷にあった空気圧縮機室の艦側を直撃し、隣接していた高角砲用の弾薬庫を水浸しにした。更に、海水は右舷側の予備オイルタンクまで達し、隣の第二損傷応急処理指揮所も使用不能にしてしまった。阿部艦長は、敵の魚雷が「信濃」に命中したことは分かったが、このくらいの損傷はすぐに切り抜けられると考えていた。事実、「信濃」は試験装備が完璧に施されていれば、この程度で沈む戦艦ではなかった。

「敵の魚雷による攻撃を受けた。総員配置に着かせろ。本艦の損傷について詳しく報告せよ」

阿部艦長はすぐに命令した。しかし、消火活動や防水、応急処理に対応する第二損傷応急処理指揮所は、海水により機能が破壊されていたため、その機能は第一指揮所に引き継がれることとなった。第一指揮所は、損傷区域の被害を直接確認するとともに、各班に戦闘配置につくように命じ、全防水扉を閉めるように命令した。だが、気密試験が不十分だったため、あちこちの防水扉からシューッという空気の漏れる音がしており、隔壁を貫くパイプやケーブルの配線口、換気管の隙間から水が入ってくる状況となっていた。「信濃」は、あっという間に、浸水によって右に十度ほど傾いた。

「これより全速力で潮岬方面に向かう。傾斜を早く復原せよ！」

阿部艦長は、損傷と浸水の状況報告を受けたあと、急いでそう命じた。

傾斜を直すため、注排水指揮所の兵士たちが、右舷から左舷への注水を急いだが、バルブがきちんと作動しない個所もあり、注水が間に合わず、傾きは十三度にもなった。こうなると甲板をまっすぐ歩くのにも不便さが感じられる。次々と各班に出される指示や命令で、艦内は騒然となっていた。それぞれの配置に向かう兵員で、通路や梯子はごった返しており、訓練すら満足に受けていない工員や民間徴用者は、右往左往してパニック状態に陥っていた。

更に「信濃」には、試験装備の不十分さに加えてもう一つ見逃せない大きな問題があった。それは、艦を走る通路の構造が他の艦とは大きく違っていたことである。通常、艦の主要通路は前から後ろへ、中心線の両側に一本ずつ並行して走っており、この通路と直角に交わる形で何本もの細い連絡通路が横に走っている。しかし、「信濃」の場合は、縦に走る主要通路が両側に二本ずつあり、しかもこれらに交わる連絡通路が同じ幅で作られていたことである。通常、この規模の戦艦になると、船内をすべて知るには半年ほどかかると言われており、熟知するには一年くらい必要である。ほぼ全員が乗船したばかりで、慣れない上にこの複雑な通路では、ほぼ迷路に近い。船内表示があっても、行き来しているうちに混乱してしまい、そのうち方向すら見失ってしまう。事実、船内はパニック状態で混乱していた。医務室には、雷撃《らいげき》で負傷した者や蒸気で全身火傷を負った兵士、瀕死の重傷者が溢れ、軍医や衛生下士官が走り回っていた。

午前七時過ぎ、艦の傾斜は二十度を越し、浸水によって発電機が切れ、エンジンも停止してしまった。阿部艦長は、先ず行員と民間徴用者を上甲板に集め、優先させて駆逐艦のカッターに乗せて避難させた。防火や戦闘任務の足手まといにならないようにとの配慮からである。七時半過ぎ、阿部艦長は、停止した艦を「浜風」と「磯風」にロープで曳かせて動かすことを試みたが、両艦を合わせても五千トンにしかならない船で、すでに数千トンの水を飲み込んでしまっている「信濃」を動かすことは困難であり、たちまちワイヤーが切れてしまった。

その間も「信濃」は傾き続け、甲板の上をまっすぐ歩くことが困難になるほどになってきた。佐々木が右舷側を見ると、濃い緑色の海面がすぐ近くまで迫っていた。エメラルド色をした波が「信濃」の巨艦を揺らし、ぶつかったところには白いしぶきが砕けて泡立つ様子が真下に見えた。艦内では、兵員たちが薄暗い非常用の明かりの中で、必死になって人力操舵を試みるなど、それぞれの任務を全うしようと最後まで努力していた。しかし、第二次電源も切れ、艦内は真っ暗となった。兵員たちが、いよいよこれまでかと観念しかかった時、伝令管を通して、「総員上甲板へ！」という号令がかかった。そして、一〇時三七分には「総員退去！」という命令が出された。

兵員たちは、迷路と化した通路を走り回り、闇の中を這《は》うようにして上の甲板へ、上の甲板へと階段を探して走り上った。佐々木たちは、「総員退去」の命令が下った場合、防水扉やハッチを二分ですべて閉めるように命じられていた。従って、その時間内に外に出られない場合は、否応なしに艦内に取り残されることになる。

「待ってくれ！」

下部にいた兵員たちは、必死になって我先にと甲板に飛び出した。佐々木は、上甲板のハッチを閉めるタイミングを見計らっていた。

「よしっ、すべてのハッチを閉めろ」

と言う上官の命令が聞えたが、まだ艦内には沢山の兵員が残っており、次々と飛び出してくる。佐々木が躊躇していると、

「貴様、何をしている。ぐずぐずするな。早くハッチを閉めろ！」

上官の厳しい声が飛んできた。佐々木はその声に反応して、ハッチの扉を支えていた手を離した。その時である。顔中を包帯でぐるぐる巻きにした一人の男が飛び出してきた。男は、落ちてきたハッチの蓋《ふた》に両足を挟まれ、「ぎゃーっ！」と大きな悲鳴を上げた。佐々木はびっくりして、その場に立ち尽くした。男はうずくまりながら、佐々木の方を一瞬振り向いた。佐々木はその男の姿を見て呆然とし、気が動転しておろおろするばかりだった。周りにいた兵員が寄ってきて、重いハッチの蓋を皆で持ち上げ、男を引きずり出した。ズボンは引きちぎれ、周りは飛び散った血で真っ赤になった。佐々木は恐ろしくなって、震えが止まらなかった。

「おい、俺たちも早くここから逃げよう」

隣にいた同僚に大きな声でそう言われて、佐々木はハッと我に返った。そして、服の袖を引っ張られるようにして、甲板の傾斜をよじ登った。辺りは、脱出しようとする兵員の群れでいっぱいであり、叫び声や怒号が飛び交って騒然としていた。その時、佐々木は後ろの方で「おいっ！　島津、しっかりしろ！　大丈夫か」と叫ぶ、藤本の声を聞いたような気がした。

傾いた左舷の艦橋までたどり着くと、甲板から水面までの高さは驚くほどの距離となっていた。しかし、佐々木たちは、上着を脱ぎ捨て、途中まで垂らされたロープを使って滑り降り、そこから夢中で左舷側の海に飛び込んだ。船の沈没に巻き込まれないためには、傾斜した艦の反対側に飛び

込むように教えられていたからである。間もなく艦が沈没することを考え、急いで船から遠くへ離れた。十一月の海はさすがに冷たい。凍えそうになりながら、一時間くらい泳いでいただろうか。やがて風上の方から「浜風」が近づいてきた。すでに辺りは兵員でいっぱいになっていた。救助されるまで更に一時間ほど海の中にいたが、「浜風」から垂らされた救助用のロープに必死にしがみつき、ようやく引き上げられた。ロープが重油で滑りやすくなっており、途中で海に落ちてしまうものや引き上げられる途中で力尽きて海に落ちて沈んでいくものも多かった。

佐々木たちが、引き上げられた甲板で寒さに震えていると、油だらけの衣類を脱いで下に下りるように指示され、下の甲板で気付けのウイスキーを少し飲まされた。与えられた服に着替え、再び上甲板に出てロープを引っ張り、まだ海に漂っている兵員を救い上げる作業を手伝った。しばらくすると、どこからか『海ゆかば』の歌が聞えてきた。すると、海でロープや救命具につかまって泳いでいる兵員たちの間からも歌声が聞えてきた。

やがて「信濃」は、より傾きが大きくなり、くるりと回転して赤い腹を空に向けると、艦首を上にして静かに沈み始めた。少しずつ加速度を増して沈んでいき、ついに海面から姿を消して、四千メートル以上もある海底に沈んでいった。

「信濃万歳！」「信濃万歳！」

近くにいた兵員たちが皆で絶叫した。物悲しい『海ゆかば』の歌は、「信濃」が沈んでからもしばらく続いていた。

十一月二十九日午後二時、生存者の救助作業を終えた三隻の駆逐艦は、呉へと向かった。

「信濃」の総員二千五百十五名の内、生存者千八十名。行方不明者は千四百三十五名であった。こうして、世界最大の空母「信濃」は、竣工からわずか十日間で海の底に沈んでしまったのである。

佐々木たちを乗せた「浜風」は、翌日呉市に到着した。しかし、たどり着いた先は呉の軍港ではなく、呉から十キロほど南の沖合にある三ツ子島という小さな島だった。重傷を負って呉海軍病院に収容されたものを除き、他のものはすべてこの島に隔離された。上官からは、

「今回のことは極秘中の極秘であり、いかなることがあっても外部に漏らしてはならない。もし、漏らすものがあれば、軍事裁判で銃殺刑に処す」

と強く言い渡され、佐々木たちはこの島で一～三ヶ月ほど足止めされることになった。

佐々木はしばらくして落ち着いてから、「信濃」での出来事を思った。自分が閉めたハッチの下で、何人の乗組員が取り残されたのだろうか。

（船内に残された人は、おそらく全員が船とともに沈んで亡くなっていったに違いない）

そう考えると、佐々木は気が重かった。そして、ハッチを閉める間際に飛び出してきたあの男はいったい誰なのだろうか。男は、顔を包帯でぐるぐる巻きにしていたので、誰だか分からなかった。少し背格好が島津に似ていたような気もしたが、通信室はあのハッチからかなり離れているはずである。いずれにせよ、その男はかなりの重傷を負っており、おそらく助かってはいないだろう。佐々木が担当していたハッチは、小判型をした弁当箱のような形をしており、切り立った箱を両方から重ね合わせるような構造になっていた。それは単なる出入口ではなく、船が浸水した場合の水圧にも耐えられるように厳重に設計されているため、蓋も二センチほどの厚みがある鉄で頑丈

に作られていた。一人で開け閉めするにもかなり重い。そんなところに体を挟まれればひとたまりもない。佐々木は、三ツ子島にいる間、そんなことを考えながら憂鬱な日々を過ごした。

佐々木は夜になるとそっと宿舎を抜け出し、毎晩のように暗い海を眺めていた。耳を澄ましていると、海鳴りの音が遠くから聞えてくる。そしてその響きは、あたかも海に沈んでいった仲間の叫びと怨念のように聞えた。

佐々木がこうして過ごしている間も、配属先が決まった兵士たちは、次から次へと戦地に向かっていった。沖縄の方へ行く仲間も多かった。三ツ子島に隔離されてから二ヶ月ほど経った頃、佐々木にも新たな命令が下った。配属先は、長崎造船所であった。

冷たい海風が吹き荒れていた日、佐々木は二十人ほどの仲間とともに、用意された船で長崎へと向かった。暦はすでに一九四五年（昭和二十年）の二月を迎えていた。佐々木たちは、そこで建造されていた空母「笠置」の艤装を命じられたが、それも突如中止となった。もう船を造る材料も、動かす燃料も不足していたからである。結局、佐々木たちは長崎に三ヶ月ほどいたが、やることがなかった。

そんな折、佐々木たちに次の命令が下された。配属先は、横須賀であった。久里浜にある対潜学校に入って訓練を受け、特別部隊を編成するということであった。士官、特務士官、准士官、下士官など、数十名が選抜して集められた。五月中旬、佐々木たちは汽車を乗り継ぎ、二日ほどかかって神奈川県の久里浜に着いた。「信濃」に乗艦して横須賀港を出てから、わずか半年しか経っていなかった。

第二章　雪解け道

（一）

病院の屋上から見える小樽の海は、春の明るい日差しを受けてきらきらと輝いていた。しかし、北国の春の訪れはまだ遅く、もう四月だというのに時折、身を切るような冷たい風が吹き抜けていく。日陰になっている家の軒下や道の端々には、最近降ったばかりの雪がまだところどころに白く残っていた。

多くの若者が戦争に駆り出され、町には子どもや女性、お年寄りの姿が随分と目立つようになった。中川雪江が、この小樽の町に住み、看護婦として働き出してからちょうど二年になるが、いつもこの時期になると悲しい気持ちで胸がいっぱいになる。雪江は遠くの海を見つめながら、今日も小さかった頃のことを思い出していた。

雪江の家族は、旭川の郊外に住んでいた。祖父の時代に内地から開拓農民として北海道に移り住んだが、やせた土地と寒さのために思うように収穫が得られず、農業だけでは暮していくことができなくなった。それで父は、自分の代になってから、旭川の町で働き出した。雪江が物心ついた頃、すでに父は旭川の酒屋に勤めていた。毎朝、五キロもある道のりを自転車で仕事に出かけていった。仕事が忙しかったり雪が沢山降った時などは、そのまま泊り込んで帰ってこない日が多かったが、家にいる時は母にも子どもにも優しい父親であった。夜になるといつも囲炉裏のそばで背中を丸くして、楽しそうに母と話をしながらお酒を飲んでいた姿を思い出す。母は、そのそばで繕いものをしていた。そんな時、雪江はよく父の膝の上に抱っこしてもらっていた。祖母と両親、そして小さな妹の五人がつつましく暮していた。生活は楽ではなく、いつも貧しかったが、幸せであった。

妹の春子は、雪江が小学校に入る頃に生まれたので、六つも歳が離れていた。しかし、雪江にとってはその頃のことが一番楽しい思い出として残っている。

母は赤ん坊の妹を祖母に預けて、昼間は畑で仕事をしていることが多かった。それでも雪江が学校から帰る頃には、よく家の前の道で雪江の帰りを待っていてくれた。小さな妹をあやしながら、家の外で待ってくれている母の姿が遠くに見えると、雪江は急いで走って帰った。

「お母ちゃん、ただいま！」

大きな声で息を弾ませながら言うと、「雪江ちゃん、お帰りなさい」と母はいつも優しい笑顔で迎えてくれた。家に入ってからも、雪江が学校であった出来事や友達の話をするのを、母は頷いたりしながら楽しそうに聞いてくれた。いつも家で一緒に遊んだり、話の相手をしてくれるのは、母と妹であった。学校が休みの日には、母と妹と三人で近くの畑に草花を摘みに出かけたり、小川などにもよく連れて行ってくれた。

しかし、雪江が小学校二年生になって間もなく、母は風邪を引いて体の具合を悪くし、何日か畑仕事を休んだ。その時はすぐに回復して元気になり、五月に入ってから、またいつものように畑仕事をするようになった。ところが、夏が終わり秋風がひんやりと吹き始めた頃、母は突然四十度近い熱を出して倒れてしまった。でも、春先の風邪のことがあったので、家族の誰もが、その時も風邪だと思って疑わなかった。だから、きちんとお医者さんに診てもらうこともしなかったし、また経済的にそうした余裕もなかった。しかし、高熱が引いても微熱が長く続き、そのうち母はだんだんと起き上がるのさえつらくなり、部屋で寝ている日が多くなった。

十月になって、ようやくお医者さんが来てくれるようになったが、その時の見立てでは、肋膜炎《ろくまくえん》ということだった。

「軽い肋膜炎に侵されています。長引けば入院が必要になるかもしれませんが、ともかく今は栄養のあるものを食べてゆっくり養生することが大切です」

医者は家族にそう言って帰っていった。おそらく家族を気遣ってのことだろう、医者はあえて「肋膜炎」という言い方をした。しかし、母は肺結核に侵されていた。

それから母は、畑仕事や家事をすることもできず、ほとんどが寝たり起きたりの生活となった。病院にすら行くこともできず、これといった薬もなく、ただ部屋で寝ているしかなかった。

雪江の家は、内地によくある縁側造りになっており、部屋の南側に小さな廊下があった。その縁側の廊下に沿って、三つばかり部屋が並んでいた。母は、その一番奥の小さな部屋で寝ていた。

秋も深まり、やがて年の瀬が近づく頃になると、医者からは「病気がうつるといけないから、部屋にはあまり近づかないように」と言われ、家族は母の部屋にこれまでのように出入りすることができなくなった。特に、子どもにはそのことを強く言われていた。二つになる妹は、それまで時々母のところへ行って甘えたり抱っこしたりしてもらっていたから、淋しさをこらえていた。

母は、天気がよい日には時々、縁側に面した部屋の障子を開け放ち、外の景色を眺めて楽しんでいた。そんな時には、雪江はいつも庭を隔てた畑の向こう側から、妹の手を引いて母と会うのを楽しみにしていた。

母は、元気な時は縁側まで出て来てきてお話をしてくれた。

「春ちゃんは、いつもお姉ちゃんと一緒でいいですね。いくつになりましたか？」

母が縁側の障子に持たれかかりながら、春子に話しかける。

「ふたつ」とたどたどしく答えながら、人差指と中指を立てて母に見せる。

「春ちゃんは、良い子ですね」

母はそう言って、嬉しそうに目を細めて喜んでいた。雪江もそんな妹を見て、母と二人で笑い合った。

そして母は、いつも別れ際に「雪江ちゃん、悪いけど春子のことお願いね」と言っていた。

でも、母の具合は一向に良くならず、翌年になるともう立ち上がることすら辛く感じられた。

母が病気になってから、食事や洗濯などは祖母がするようになっていたから、雪江も学校から帰るとすぐに宿題を済ませ、妹の世話やお風呂の準備、家の掃除など、いろいろと手伝いをすることになっていた。だから、学校が終わるといつもまっすぐ家に飛んで帰った。

雪江が三年生の夏頃から、母は時々苦しそうに咳をするようになった。ある日、母が咳き込んで、慌ててそばにあったハンカチで口を押さえた時、ハンカチが真っ赤な血で染まってしまったことがあった。それからは、母の枕元には、いつも新聞紙を敷き詰めた洗面器が置かれるようになった。

十月に入って、母は大量の喀血《かっけつ》をした。その日は土曜日だったので、雪江は昼過ぎには学校から帰って、お手伝いをしていた。雪江がお風呂の薪《まき》を近くの納屋まで取りに行って、お風呂場まで戻った時、突然母の部屋から激しく咳き込む音と、うめくような大きな声がした。台所にいた祖母がそのことに気づいて部屋まで様子を見に行ったその直後、今度は祖母の悲鳴に近い叫び声が聞えてきた。

「雪江ちゃん、大変。すぐにお医者さんを呼んできて！」

びっくりして、雪江も母の部屋に駆けつけると、「ダメ。ここに来ちゃダメ！」と祖母は叱るように大きな声で厳しく言った。

しかし、雪江は開け放たれた障子の隙間から母の様子を見てしまい、その場に立ちすくんだ。苦しそうにあえいでいる母のそばで、祖母はせわしく母の背中をさすっていた。母の枕元は血で染まっていた。雪江は、母の枕元に置かれていた洗面器を見てビックリした。そこには、洗面器いっぱいに吐き出された真っ赤な血があった。肺から吐き出された血は、驚くほど赤い綺麗な色をしていた。

「雪江ちゃん、何しているの。早くお医者さんを呼んできて」

祖母は怖い顔をして言った。

雪江は、その言葉にはっとして頷き、慌てて玄関まで飛んでいって靴を履こうとしたが、思うように履けない。手足が震え、なかなか靴が履けなくてもどかしかった。ようやく靴をはくと、急いで家を飛び出し、病院まで夢中で走ってお医者さんを呼びに行った。病院は、雪江の家から一キロ近くも離れていた。いつもと違って、遠回りになるところは畑を横切り、土手に沿って走っていったが、病院までどこをどのくらいかかってたどり着いたのかもよく覚えていない。

雪江は病院に着くなり「先生、お母ちゃんが大変なの。すぐに来てください！」と言って、その場にへたり込んでしまった。大きな声に驚いて玄関まで出てきた看護婦が、雪江をすぐに抱き上げてソファーに寝かせ、奥の方から水を持ってきてくれた。

白衣を着たいつものお医者さんが直ぐに現れて、

「今直ぐに行くからね」

と雪江の方に向かって優しく言うと、奥の診察室の看護婦にも、「あとから直ぐに来るように」と落ち着いててきぱきと指示した。

「雪江ちゃんも一緒に自転車に乗っていけばいいから」

と、お医者さんは自分の小さな黒いかばんを前カゴに載せ、雪江を後ろの荷台に乗せて急いで走り出した。

雪江は大きな荷台に乗って、そこから落ちないようにお医者さんの服にしがみついた。砂利道を走る自転車が揺れる度に、お尻がごつごつと痛かった。しばらく走り出してから、「雪江ちゃん、前の方を見てごらん」というお医者さんの声が聞えた。

雪江が、小高い丘が続いている林の向こうを見ると、白い霧のようなものがにわかに立ち込めてきたように見えた。雪江は一瞬、雪かと思った。しかし、先ほどの汗が冷え、自転車の風にさらされて身体が冷たくなってきているが、今日はまだ雪が降るほどの寒さではない。

近くまで来ると、それが雪虫だと分かった。

「先生、雪虫だよ」

雪江がそう言うと、「また、雪の季節がやってきたね」という、風にかすれた返事が前から聞えた。

昨日からの冷え込みのせいで、雪虫が飛び始めたのだ。

母が倒れてお医者さんを呼びに行ったその日、雪虫が初めて飛んだ。薄い透き通る羽を持つ小さな虫が群れ飛ぶさまは、あたかも小雪が風に舞っているようだ。雪江は、その光景を、自転車の荷台から綺麗だと思って眺めていた。

自転車に乗せてもらっていると、雪江の髪の毛や洋服に雪虫がいっぱい張りついてくる。しかし、それを手でつまむと、弱々しくすぐにヘタヘタと死んでしまう。雪江はそんなはかない雪虫をとても悲しいと思った。

「お母ちゃん、死なないでね……」

雪江は、泣きそうになるのをこらえながら、お医者さんの身体にしっかりしがみついていた。

その日の母は、どうにか容体も落ち着き、少し元気を取り戻した。

翌日から一面に雪が降り出し、赤いナナカマドの実が雪におおわれ、本格的な冬の季節となった。

長い冬が通り過ぎ、三月に入ると、それまで毎日どんよりと曇っていた空にようやく青空が見えるようになり、雪解けの季節を迎えた。

しかし、その日は再び冬に逆戻りしたようで、朝から寒くて雪がちらついていた。

今日は、お医者さんが来る日だった。

「お母ちゃん、いってきます」

雪江はいつものように、障子越しに母に挨拶した。

「いってらっしゃい。気をつけてね」という母の小さな声が、障子の向こうからした。

母は、喀血の度にショックで気持ちが萎《な》え、身体もやせ細っていったが、この日の母はいくらか元気そうであった。

学校が終わったら、雪江はすぐに帰るつもりでいたが、放課後、春休み前に行われるクラスの「お楽しみ会」について話し合いをすることになった。グループの出し物について皆で話し合っていると、楽しくてあっという間に時間が過ぎてしまい、話し合いが終わる頃には、いつもよりずいぶんと時間が遅くなっており、朝からいくらか積もった雪道を急いで走って帰った。

家に帰ると祖母は、すでに夕食の準備をしていた。妹は一人で遊び疲れたのか、祖母の背中におんぶされて眠っていた。

「雪江ちゃん遅かったね。春子が待ちくたびれとったよ。急いでお風呂を手伝ってちょうだい」

祖母は雪江の方をチラッと見やって、すぐにまた台所の方を向いて仕事をし始めた。怒ってはいないようで、雪江は少しホッとした。

「おばあちゃん。帰り遅くなってごめんね」

雪江はそれだけ言うと、急いでかばんを部屋に置いて、納屋までお風呂の薪を取りに行った。

納屋の方から引き返す途中、母の部屋の前まで来た時、中から母の声がした。縁側越しに母の部屋の障子が少し開いているのが見えた。

「雪江ちゃん、今帰ったの？」

「うん。お母ちゃん遅くなってごめんなさい。お楽しみ会の話し合いがあって……」

「いいのよ、雪江ちゃん。それより少しお母さんのお部屋に来なさい」

優しい口調ではあったが、いつも母からは「おばあちゃんが大変だから早く帰ってきてお手伝いするように」と言われていたので、叱られると思っていた。

雪江は恐る恐る母の部屋に行った。すでに辺りは薄暗くなり始めていたが、母は、部屋の明かりもつけようとせず、白い布団の上に座っていた。

「お母ちゃん、今日は遅くなってごめんね」

雪江はうつむきがちに小さな声でそう言った。

「いいのよ、雪江ちゃん。それより、いつも春子のことを見ていてくれてありがとう。もっとこちらの方へ来なさい」

母は優しくそう言って、雪江を抱きしめてくれた。妹が母に抱っこされているのをいつも羨ましく思っていたので嬉しかった。懐かしい母の匂いがした。

「まあ、こんなに冷たい手をして……」

母は、雪江の手を頬にあてて、そして自分の胸にあてて温めてくれた。母の体は温かかった。

母は、しばらく雪江を優しく抱きしめながら、いつまでも頭と髪を丁寧に撫でてくれた。そのうち、ふと気がつくと頭に温かいしずくがいくつも落ちてくるのが感じられた。

母は、泣いていた。

「雪江ちゃん、元気になれなくてごめんね。本当にごめんね。今日お医者さんが来てくれたんだけど……もう元気になれそうにないの」

「雪江ちゃん、ごめんね」と、母は何度もそう繰り返して言った。

「お母ちゃん、死んじゃいやだよ。きっと元気になってね」

雪江がそう言うと、母は黙って頷きながら、悔しさに耐えながら泣いていた。

それから一週間ほど経って、学校が終わって雪江が校門を出た時、雪解け道を転がるようにして走ってくる人の姿が見えた。そばまで来た時、雪江はその人がお隣のおばさんだと気がついた。おばさんは雪江を見るなり、

「雪江ちゃん、雪江ちゃん。お母さんが大変なの……」

家からずっと走り続けてきたのだろう。おばさんは、はあはあと肩で大きな息をしながらそう言った。

「おばちゃん、先に帰るから」

雪江はそれだけを言うと、友達のことも何もかも忘れて、まっすぐ家に向かって走り出した。

しかし、雪江が家にたどり着いた時、母はすでに息を引き取っていた。

そして、翌年の暮れには祖母が亡くなった。雪江と春子は、小樽に住んでいた母方の伯父に引き取られることになった。伯父は小樽で雑貨商を営んでおり、伯父夫婦には子どもがいなかったため、

二人を大切にしてくれた。雪江と春子は、それぞれ高等小学校と尋常小学校へ入り、伯父の家から通った。雪江は、十四歳になると看護学校へ入った。

（二）

「雪江、そろそろ時間だから行くわよ」

同僚の中野良子に後ろから声をかけられ、雪江は我に返った。昼休みの時間が終わろうとしていた。

良子は看護学校からの同級生であり、二人とも小樽の病院に就職し、たまたま同じ部署に配属された。従軍看護婦として満州の方へ行った同級生も多かったが、雪江は旭川にいる父親や妹のことを考えて、道内で就職することにした。就職当初は右も左も分からなくて、先輩看護婦に教えられるまま、小さくなって仕事をしていた。入りたての頃は、まるで雑用係のようだった。何でもやらされ、時々先輩からいびられることもあった。手術がある時などは全員がピリピリしており、手慣れないのでゆっくりやっていると、すぐに雷が落ちてきた。二人はその度に、そっと見合って首をすくめたりしたものだ。だが、一年も過ぎるといくらか慣れてきて、二人は励ましあって仕事に精を出した。

良子は、やや細身で均整のとれた体をしており、目鼻立ちがはっきりしていて、笑うと口から白い八重歯が覗いて見えた。良子はいつも行動的に動き回っていた。一方、雪江は小柄でふっくらしかった。

た体をしており、丸顔で優しい愛嬌のある顔をしていた。一見、おっとりと構えているように見えるのだが、仕事はきっちりとこなし、いつも明るいので可愛がられた。二人は気が合って仲も良かった。

雪江と良子は、二年目に入って病院から少し離れたところにある療養所にも出かけることになった。先生に命じられたというより、二人で相談して願い出たのである。先輩たちもあまり行きたがらない場所だったので、すんなりと任せてもらえた。二人は、週に何度か療養所を訪れた。先生と一緒の時もあれば、一人で見回りだけで行く時もあった。療養所では、肺結核の患者たちが、自炊しながら共同で生活して暮らしていた。各部屋は八人ずつで、全部で四室あった。肺結核患者というだけで世間から忌み嫌われ、そうした患者が生活している場所に行くというのは、いくら仕事とはいえ敬遠する人が多かった。しかし、雪江と良子は、それを厭《いと》わずにこなした。時々、外出の折に日用品を買ってきてあげたり、身の回りの世話もした。外からの訪問者が少ない殺風景な部屋には、お花を持って行って飾った。また、患者の病床に置いてある痰《たん》つぼを洗ってあげたりもした。結核菌がいっぱいの痰を処理するなど、看護婦でさえ嫌がった。いつもは係のおばさんがやっていたが、雪江は小さい頃からそうして母の世話をする祖母の姿を見ていたから、それが少しも嫌だとは思わなかった。

雪江の上司にあたる小林正博医師は、この療養所の患者も受け持っていた。小林医師は、若くてはつらつとしていた。札幌の医大を卒業してすぐに、この病院に勤務するようになったと聞かされていた。誰にでも分け隔てなく丁寧に接し、患者の話を親身になって聞いてくれるというので信頼が厚かった。職員にも気さくに声をかけ、いろいろと親切に教えてくれた。雪江は、小林医師について一緒に仕事をするのが、いつも楽しみだった。

ある日、雪江が診察室で仕事をしていると、二人の先輩看護婦が記録を取りながら、小林医師の話をしていた。雪江はそこにいることが少し憚《はばか》られたが、煮沸消毒をしている最中だったので手が離せなかった。部屋の隅に設けられた流し台のそばで、大きな鍋に水を一杯入れ、注射器や試験管、ピンセットなどを煮立てて消毒していて、目を離すと沸騰して吹きこぼれるので、そばにいるより他なかった。大きな体をした松井看護婦が、同僚の中西看護婦に話しかけていた。

「ねえ、知ってる？　小林先生って、札幌の医大を一番で卒業したらしいわよ」

松井は兄からそのことを聞いていた。松井の兄は小林と同じ大学の医学部を卒業して、軍医として満州に渡っていた。

「へえ、凄いね。でもそんな優秀な先生が、どうして小樽の病院になんかにいるのかしら」

中西は腑《ふ》に落ちないというふうに、松井に尋ねた。多くの優秀な医師のほとんどは、軍医として戦地へ行っていたからである。雪江はそばで作業をしながら、二人の話を黙って聞いていた。

「それがねえ、小林先生は、どうもキリスト教らしいの。だから、本人も望まなかったみたいだけど、軍医として選ばれなかったらしいよ」

「へえ。でもどうして、キリスト教ではだめなの？」

誰であっても、医者は医者である。雪江もそばで聞いていて、そのことが不思議に思えた。松井は手に持っていた鉛筆を指先でくるくる回しながら言った。

「キリスト教は、敵も味方も関係ないからね。小林先生なら、『患者は、みんな同じだ』って、区別することなく治療しだすかも知れないから、軍も迷惑するんじゃない」

「あはは。そうかも知れないわね」

中西は楽しそうに笑いながら、妙に納得した様子だった。雪江も、

（小林先生なら、正義感が強いからそれもあり得るかも知れない）

と想像して、思わず口もとが緩んだ。

一昨年の暮れに始まった戦争は、この頃すでに劣勢となり、海外では激しい戦闘が行われていたが、まだ内地や北海道ではほとんど空襲にも見舞われることもなく、遠い国の話でしかなかった。戦争の現実を知らない雪江は、そんな二人の会話を面白く聞いていた。


雪江が小林医師と一緒に療養所に行くようになってから三ヶ月ほどした頃である。雪江はいつものように各部屋を回って挨拶しながら、窓を開け放って淀んだ空気を外に出し、新鮮な空気を部屋に取り入れ、一人一人の様子を見て回った。当時は、肺結核に有効な治療方法やストレプトマイシンのような薬もなく、十分に栄養を取って免疫機能を高め、安静にしていることくらいしかなかった。

そんな中に、高橋智恵子という三十過ぎの女性がいた。彼女は、いつも静かにベッドの上で本を読んでいた。聞くところによると、結核になったために嫁ぎ先から離縁され、子どもからも引き離され、この療養所で生活しているということだった。しかし、雪江が部屋に入っていくと、智恵子

はいつも微笑みながら話しかけてくれる。だからそんな悲しい境遇の女性だと、雪江は少しも知らなかった。そして、時々彼女のところには数人くらいの人たちが次々とやって来ては、本を読んだり、お祈りをして帰っていった。

やがて季節が秋になり、草むらからコオロギの淋しい鳴き声が聞えてくるようになった頃、雪江が智恵子の部屋の近くまで行くと、中から歌声が聞えてきた。廊下を通り過ぎる時、少し部屋の中が見えた。訪問に来た人たちが、彼女のベッドを取り囲んで歌っていた。彼女も一緒に歌っていた。曲は少し単調に思えたが、独特の旋律であった。女性が歌うソプラノの高い声がその曲に調和して、物悲しく周りに響いた。

雪江はいつも不思議に思っていたので、事務所に戻ってから小林医師にそのことを尋ねてみた。

「先生、あの人のところには、いつも友達が沢山来られますが、どういう方たちですか」

他の患者のところには訪問客はほとんどやってこない。時々やって来ても、そんなに多くない。

小林医師は、机に向かって何か記録を取りながら、

「キリスト教の人たちだよ。彼女は、敬虔な信者だからね」

と、書き物のノートに目をやったまま静かに答えた。

「えーっ、あの人が……ですか」

しばらく前に先輩たちから小林医師のことを聞いたばかりであり、キリスト教ということにそれほどの違和感はなかったが、彼女もそうだと聞かされて反射的にそう返事をした。雪江は少し声が大きくなってしまって恥じた。

「何もそんなに驚くことはないさ。イエスを信じていても、普通の人たちと変わりないよ」

雪江は驚いたというより、珍しさの方が強かった。

（みんなキリスト教を信じている人たち……）

耶蘇《ヤソ》と呼ばれる人たちが、この小樽の町にも沢山いることは聞いていた。しかし、小林先生の場合もそうだが、こんなに身近で出会ったことはなかった。雪江は祖母から、「日本に住んでいながら、外国の神様を信じる薄気味悪い人たちだ」と小さい頃から何度も聞かされていた。今だって悪く言う人たちが多い。しかし、雪江は、小林医師や智恵子を見ていると、そういう印象がだんだんと薄らぎ、むしろ親近感さえ持つようになっていった。

それから一ヶ月ほど経った頃である。彼女の容体が急に悪くなり、やがて見るのも気の毒なくらいやせ細り、だんだん食事もとれなくなった。しかし、彼女は誰にでもいつも笑みを絶やさず話しかけていた。死と向き合っていても恐れることなく、むしろ冷静に受け入れようとさえしているように雪江には思えた。それから一週間ほどして、彼女は亡くなった。最後まで、周りの人たちに感謝し、お礼を述べて、仲間の人たちに見守られて静かにあの世へと旅立った。

（一つも取り乱すことなく、動揺もせず、どうしてあんなに静かに死を受け入れることができるのだろうか……）

雪江は、そのことに驚いた。

彼女が亡くなってしばらくしてから、同じ部屋の人が預かっていた、雪江宛ての手紙を受け取った。雪江はその手紙を開けて驚いた。手紙が、感謝の言葉で満ちていたからである。

「これまで、私のことをお世話してくれて本当にありがとう。私は、貴女の笑顔にどれほど励まされ、癒されたことでしょう。貴女に会えて幸せでした。

あの夜のことを覚えてくださっているでしょうか。あの時、私は会うことのできない子どものことを思い、絶望的な気持ちになり、ベンチに腰掛けて泣いていました。自分の気持ちが抑えきれなかったのです。その時、貴女がそこを通りがかって、私の話を聞いてくださいました。そして、一緒に涙を流してくださいました。そのことで、どれほど私の心が慰められたことでしょう。本当に感謝しています。

私は、これまでいろんな人たちに助けられて今日まで生きてきました。大切にしてくださった人たちのことを思うと、心残りは山々ですが、これも神のお導きと思っております。私は、これから神のもとへ帰ります。雪江さん、どんな時も、命ある限り、明るく元気に暮らしてください。

荒野を行く時も　嵐吹く時も　行く手を示して　絶えず導きませ
また会う日まで　また会う日まで　神の守り　汝が身を離れざれ
（讃美歌４０５番）

さようなら」

雪江は、死と向き合い、感謝して旅立っていった智恵子に感動すら覚え、これまで耶蘇《やそ》と呼ばれ侮蔑《ぶべつ》されていたキリスト教というものに、より親近感を抱くようになった。

やがて、北海道の短い秋が終わり、冬の季節が駆け足でやって来ようとしていた。

十一月に入った頃、雪江にとってショッキングな出来事が起こった。それは、小林医師の急な転勤であった。朝礼で先生の異動が告げられた時、雪江は、ショックで目の前が真っ暗になった。雪江は、小林医師を敬愛しており、先生の指導があったからこそ、ここまでやってこられたと思っていた。そして、これからも小林医師に指導してほしいと思っていた。だから、雪江は先生にお願いしようと考えた。

小林医師は、一緒に療養所に行く道で、雪江に話しかけてきた。

「中川君、いろいろとお世話になったね。来月から夕張の病院に行くことになるけど、あとは皆で力を合わせて頑張ってくださいね」

「先生、一つお願いがあるんです。私も夕張の病院で働きたいので、一緒に連れて行ってもらえないでしょうか。父が旭川の近くで一人暮らしをしているので心配で……できるだけ近くにいてあげたいのです」

まさか「私も先生のところで一緒に働いて、先生の手助けをしたい……」とは言えない。雪江も妹の春子も小樽の伯父の家に住んでおり、一人でずっと旭川で暮らしている父が心配なのも事実である。雪江は叶わぬ願いかも知れないと思いつつも、そう言わざるを得なかった。

「わかった。もし可能なら、こちらからもお願いしたいくらいだ。君がいてくれると私も助かるよ」

小林医師は、そう快く答えてくれた。そんなことが本当に可能なのか。これからどうなるのか、それは分からない。しかし、小林医師の言葉を聞いて、雪江の心は温かい気持ちでいっぱいになった。

――こちらからもお願いしたいくらいだ。君がいてくれると私も助かるよ。

雪江は心の中で、その言葉を反芻《はんすう》した。療養所までの道は、朝から降り始めた雪が積もっていた。海から吹く風で粉雪が舞い上がる中、雪江は小林医師の一歩後を続いて歩いていった。

(三)

年が明けてしばらくすると、小林医師から「夕張に来るように」との連絡が届いた。小樽の病院の方もすでに承知しているとのことで、四月から夕張の病院に勤務することになった。小林医師は、良子も一緒に来ることを希望していたようだが、良子は家庭の事情から小樽の病院で仕事を続けることになった。

一九四四年(昭和十九年)三月の下旬、雪江は小樽にいる伯父夫婦と妹の春子に別れを告げて夕張へと向かった。この年の夕張は、数年に一度の大雪に見舞われ、二メートルを超える積雪であった。海沿いの小樽と違い、山間にある夕張の町は、雪に閉ざされていた。

夕張は、石炭の町である。明治の初期に炭層が発見されて以来、炭鉱の開発とともに発展してきた。夕張地域の炭鉱は、山間の谷に沿って奥へ奥へと続いており、クマ笹が生い茂るところどころに、黒い石炭の地表が露出している部分もある。炭層が発見されてから夕張の炭鉱は、この鉱脈を掘り下げて開発されてきた。炭鉱で多くの人たちが働き、町ができ、生活が営まれてきた。しかし、炭鉱では事故による危険も背中合わせでともなった。地下の奥深くまで掘り進むにしたがって、度々落盤やガス爆発による事故が発生した。もちろん、それは夕張炭鉱だけに限ったことではない。狭い坑道に這いつくばるようにして、カンテラの光を頼りにスコップとツルハシで掘り進み、ところどころで炭層の下部を掘り下げ「すかし掘り」を行って発破をしかけ、石炭層を崩しながら更に奥へと掘り進んでいく。鉱脈の亀裂から噴き出してくるガスには色も臭いもない。一九一四年（大正三年）には、ガス爆発による事故で一度に四百二十三名もの犠牲者を出しており、一九二〇年（大正九年）にも、同様の事故で二百九名の死者を出していた。事故が繰り返される度に、ガス抜きの方法や採炭の仕方も改善されてきたが、それでも事故は繰り返して起こった。

掘り出された石炭は、トロッコに積んで何百メートルもある傾斜した坑道を押し上げて運ぶ。その作業が一日に何度も繰り返される。もし、何かのはずみで足を滑らせてトロッコが逆走でもすれば、たちまち下で作業している人たちを巻き込む大惨事につながる。一瞬の気の緩みも許されない。だんだんと機械化され、採掘や運搬作業が改善されていったが、こうした人力による作業が長く続いた。運び出された石炭は、選炭場に持ち込まれ、多くの女性たちが燃える石と燃えない石とに選り分ける。炭鉱町は、どこでも男も女も総出で生活を支えていた。

雪江は夕張に来て、病院からさほど離れていない共同住宅の一室を借りて、同僚の津村芳恵と一緒に住んだ。芳恵は小林医師のもとで働いており、年齢も雪江と同じだったので、二人はすぐに仲良しになった。雪江たちが住む住宅は、炭鉱労働者が暮らす棟割り長屋と同じ造りであり、本町二丁目にあった。有難かったのは、炭住や長屋で暮らす人たちと同じように、家賃も水道も石炭も無料であり、地域の共同風呂はいつでも使えたことである。

雪江がやって来た時は、夕張の町はまだ大雪に閉ざされたままであり、静かな町という印象を持っていたが、四月下旬になって雪解けの季節を迎えると、町のあちこちが活気づいてきた。雪江たちの住宅のすぐ近くにある本町通りは、沢山の人たちが買い物で行き交うようになった。通りにはデパートや映画館が建ち並び、町一番の繁華街となっていた。また、その近くの梅ヶ枝通りは、炭鉱の仕事が明けた人たちで昼も夜も賑わう歓楽街となっていた。しかし、小樽の町と同様、もう健康な若い日本人はほとんどいなくなっていた。

夕張の人口は八万人ほどで、増え続けてはいたが、多くの男たちが戦争でどんどん徴兵され、日本人の坑夫は激減していた。そのため、女性たちも坑内に入って仕事をしていた。

世界の労働条約において、女性の坑内での労働は、すでに三十年も前に禁止されていた。狭い坑内で無理な姿勢を続けることによって骨盤が奇形したりして、子ども産むことが困難になって死亡する人たちが多かったからである。しかし、一九四三年（昭和十八年）、男が戦争に行って炭坑夫が足りなくなる中で、国は、女性も既婚者ならば技術指導をして坑内で仕事をさせていいと決めていた。また、日本人の代わりに朝鮮人や中国人たちが坑夫として日本に集められ、その数が急激に増えていた。雪江が炭鉱病院に勤めるようになった頃には、夕張ではすでに坑夫の七割近くが朝鮮人労働者となっていた。戦争が激しくなるにつれて、石炭の需要は高まるばかりであり、石炭の増産は至上命令となっていた。そのため、朝鮮から多くの人たちが連れて来られたのである。最初は「公募」という名目だったが、それが「徴用」となり「供出」となった。中には、結婚式の当日に町に出かけたところをいきなりトラックに乗せられ、日本に連れて来られた人もいたという。朝鮮から連れて来られた人は、夕張だけでも五千人近くいた。全国では数十万人を超え、朝鮮には若者がいなくなったと言われたくらいである。

夕張の北の奥まった地域に学校や商店が建ち並び、その横を流れる川を挟んで、両側の斜面に炭鉱住宅が密集しているところがあった。そこから更に奥へ進むと、タコ部屋と呼ばれている粗末な住まいがあった。そしてその奥に、朝鮮人労働者を収容している沢山の「寮」が何棟も並んで建っていた。また、一番奥まった高台には「憩いの家」と呼ばれている労務慰安所があった。炭鉱企業は、朝鮮人の料理店をつくるという理由で許可を受け、この「憩いの家」を作っていた。

雪江が病院に勤め始めてしばらくしてからである。女性が集団で毎月定期的に病院にやって来ることに気がついた。女性たちは全部で十五人ほどいたが、その中には二十歳にもならない若い女性も含まれていた。薄汚れた着物を着ており、言葉を聞いていると明らかに日本人でないことがすぐに分かった。女性たちは、町の人たちから「朝鮮ピー」と呼ばれて蔑《さげす》まれていた。

雪江のところでは直接担当していなかったが、待合室や廊下で見かける度、気になっていた。

「あの人たちは、どうしてこの病院にいつも通ってくるんですか？」

雪江はいつも疑問に思っていたことを、小林医師に聞いてみた。

「花柳病にかかっていないかどうか、病院で検診することになっているんだよ」

彼女たちは性病にかかっていないかどうかを、炭鉱病院で毎月検診することになっていたのだ。

「でも、どうしてこの夕張まで来て、あんな仕事をしているのですか？」

仕事の内容については、単なる酌婦ではないことは芳恵からも聞いており、うすうす知っていた。

「彼女たちは、半島人を接待する酌婦として、売り飛ばされたり、無理やり連れて来られたりした人たちが多いようだ」

　こうした人たちは、道内だけでも三百人を超えており、一九三九年から一九四五年までに、軍の慰安婦として同じように戦地に連行された朝鮮人は、二十万人近いともいわれていた。

　彼女たちはいつも周りから監視され、病院に来る時も監視人が付いていた。普段も自由に外出することも許されていなかった。いつも「憩いの家」にいて、朝鮮人だけでなく日本人にも安くもてあそばれる性の道具であり、慰安婦として働かされていた。

「では、やはり自分で望んでここに来たわけではないのですね」

「それはそうさ。担当医に聞いたら、中には十四から十五歳の少女もいる。そんな少女が、不特定多数の男に性をもてあそばれる仕事だと知っていて、自分からやって来ることなどない。日本には公娼制度というのがあるが、この慰安婦制度もそれと同じさ。朝鮮人の誇りを奪うだけでなく、女性の性を奴隷化するひどいものでしかない」

　小林医師は吐き捨てるように言った。

　国も炭鉱企業もこのことを承知で「憩いの家」の設置を認め、営業が許可されていた。

　雪江はこの話を聞きながら、待合室で目が合った自分と同じ年頃の女性のことを考え、暗澹たる気持ちになった。

（四）

炭鉱で働く朝鮮人は、同じ労働者でも日本人とは扱いが異なった。一日中厳重な監視下におかれ、過酷な労働を強いられ、自由な外出は許されていなかった。身体の具合が悪くてかなりの熱があっても、仕事を休むことは許されなかった。「仕事を休ませてほしい」と訴えても、「仕事をさぼろうとしている」と見なされ、「そんなに熱があるのなら冷やしてやる！」と、水風呂に入れられた朝鮮人もいた。そんなひどい状況の中で仕事をさせられていたので、時々逃亡を企てる人が出た。もちろん、途中で捕まったら即座に引き戻され、どんな目にあわされるか皆が知っていた。見せしめに皆の前でひどいリンチを加えられ、焼き印を入れられる。途中で捕まって連れ戻され、天井から逆さ吊りにされて鼻から水を入れられ、命を亡くした人たちもいた。

雪江は、時々遊びにやって来る杉本順子から、母親の体験談を聞かされたことがあった。順子は、雪江たちが暮らす共同住宅の近くに住んでおり、四年ほど前にできたばかりの夕張高等女学校に通っていた。芳恵とは、順子が足をくじいて病院にやって来た時からの知り合いであった。

ある時、順子の母親が山に薪を取りに入った帰り道、雨が降り出してきたので、朝鮮人が住む住居の近くの軒下で雨宿りをしていると、中から悲鳴が聞えてきた。

「ギャー！　許してくれ」

「この野郎！　勝手に逃げ出しやがって。逃亡したらどうなるか思い知らせてやる」

逃亡者を取り巻く管理人たちの罵声が聞えてきた。

「鞭くらいで何を喚《わめ》いていやがる。こんなので済むと思ったら大間違いだ。焼き印を入れてやるからこっちへ来い」

「ギャーッ！」

全身から振り絞るような声が周りの静けさを引き裂く。やがてその声が小さくなると、

「気絶したようだ。水をかけろ！」

大声で怒鳴る男の声がした。

「アイゴー、アイゴー」

中から男の悲しい声がした。順子の母はその様子に驚いて、足がすくんでしまってそこからしばらく動くことができなかったそうだ。ようやく、恐る恐るその場を離れたということだが、リンチはまだ執拗《しつよう》に続けられていたという。それ以来、順子は、母からその近くを絶対に通るなと言われていた。お巡りさんも、そうしたことを聞きつけても見て見ぬふりをしていた。

しかし、炭鉱で働く人たちは必死であり、たとえ途中で捕まって厳しい制裁を加えられようとも、逃亡する人が後を絶たなかった。それほど過酷な労働に従事させられていたのである。特に、雪解けの季節を迎え、春先になると逃げ出す人が増えた。それは、厳冬の中を仮に逃げ出したとしても、寒さや飢えで逃げ切ることは困難であり、凍死してしまうのが関の山だったからである。また、夏の季節だと人々が活発に動き回っており、人目にもつきやすい。夏だと探す方も容易であるため、逃亡は春先が多かった。そして、幸いなことに夕張では、山奥の現場とは違って近くに民家が沢山あるため、獰猛《どうもう》な番犬なども放たれていなかった。しかしそれでも、逃げ切るのはそう簡単

なことではない。夕張から追分までの国鉄の主要駅には、常に監視員が配置されており、夕張鉄道沿いに下っても、国鉄線と交わる栗山駅までの間にも監視員が見張っていた。従って、監視の目をかいくぐって逃げるには、見つからないように遠回りして線路沿いに逃げるか、北の峠を越えて岩見沢の方へと逃れるしかない。いずれも山中を四十キロ以上も歩かなければならず、誰かの手助けなしには不可能に近かった。

雪江が夕張に来た翌年の春のことである。勤務を終えて病院を出ようとした時、辺りはもうすっかり日が落ちて暗くなりかけていた。玄関近くまで来た時、雪江は、集めた病室のゴミをそのままにしてきたことに気が付いた。その日は雪江が当番だったので、北病棟の二階の詰所まで急いで戻った。詰所では、急患で訪問診療に出かけた小林医師の帰りを待って、芳恵がまだ仕事をしていた。雪江は、

「さよなら。お先にね」

芳恵にもう一度そう言って、ゴミの入った袋を持って裏口から出た。雪江たちの勤務する病棟の北側にある焼却炉の方へ向かって歩いていくと、物置小屋のそばで黒いかたまりに出くわした。雪江はびっくりして、心臓が止まりそうになった。あまり突然のことで、声も出なかった。焼却炉の方へ続く渡り廊下の暗い街灯の陰で見づらかったが、よく見ると一人の男がうずくまって、苦しそうに大きく肩で息をしていた。雪江は、それが人だということが分かり、少し落ち着いてから声をかけた。

「誰なの？　ここで何をしているの？」

　ゴミ袋を抱えたまま、覗き込むようにして恐る恐る尋ねたが、その声がかすれ、震えているのが自分でも分かった。うずくまっていた男は、のっそりと起き上がるようにして雪江の方を見上げ、

「オネガイデス。タスケテクダサイ」

　と、顔の前で手を合わせて哀願した。寒さで手が小刻みに震えていた。それが日本人でないことがすぐに分かった。雪江は少し怖くなって尻込みしたが、大きく息をのみ込んで、

「ちょっと待っていてください。すぐに先生を呼んできますから」

　そう言って戻ろうとすると、男は、

「オネガイデス。ダレニモイワナイデクダサイ。ナニカ、タベモノヲクダサイ」

　両手を前に出し、足を引きずるようにして暗闇から渡り廊下に足を踏み入れた。雪江は怖じけて、ゴミ袋を持ったまま後ずさりした。薄暗い街灯でよく見えなかったが、男はケガをしていた。

「ケガをしているの？　大丈夫だから心配しないで。少しここで待っていてください」

　そう言うなり、雪江は急いで走って二階の詰所に駆け上がった。二階に上がる階段がきしんで、いつもよりギギッ、ギギッと大きな悲鳴を上げた。部屋に戻ると、ちょうど小林医師が外から帰ってきたところだった。芳恵も一緒だった。雪江が慌てて部屋に駆け込むなり、

「先生、大変です！」

　はあはあと肩で大きく息をしながら言うと、

「雪江、どうしたの。そんな青い顔して何かあったの。また、お化けでも出たの……」

すべて言い終わらないうちに、芳恵は雪江の格好を見て笑い出した。雪江はゴミ袋を持ったままだった。

「芳恵、そうじゃないの。先生、下に男の人がいて、ケガをしているようなんです」

急いで三人がその場に駆け付けた。男は裸足で逃げてきたようだった。男の足はひどい凍傷であざのように黒くなっており、引き裂かれた血まみれのズボンから大きな傷口が見えた。脛のところが十センチほどパックリと割れており、中から白い肉が見えていた。

「これは、ひどい。すぐに処置しよう」

小林医師は、一階病棟の看護婦にも応援を頼み、応急の処置を施した。しばらく安静にする必要があるとのことで、雪江たちは小林医師の指示で、男を二階の病棟の一番端にある宿直室に運び入れ、食べ物を与えて少し様子を見ることにした。


この事件の二日ほど前に、数人の朝鮮人が逃げ出したことが、町の話題になっていた。すぐに捕まって連れ戻されたということであったが、一名だけが行方不明のままとなっていた。交番から、その知らせが病院にも届いていた。しかし、雪江はそのことを詳しく知らなかったし、こうして自分がその男に出くわすとは思ってもいなかった。

翌日になって、このことを聞きつけた炭鉱の管理人と警察署員が数人やって来て、男の引き渡しを求めた。

「昨日の夜、炭鉱を逃げ出した朝鮮人がここに来ただろう。いるのは分かっている。かくまっていたら直ぐに引き渡してもらいたい。悪いようにはしないから」

中の一人が、横柄な態度で小林医師に向かって言った。

「男はケガをしており、このままにしておくと死んでしまう。だから、治療してからでないと引き渡せない」

小林医師は、その男にきっぱりと言って、引き渡しを断った。

「逃げ出した朝鮮人をかくまっているとどうなるか、それくらいお前も分かっているだろう！」

大きな体をした男が、いきり立って大声を出し、静かな病棟に荒々しい声が響き渡った。しかし、小林医師は落ち着いて、警察署員の方を睨みながら、

「どんな人であろうと、ケガ人や病人がいれば助けるのが医者の仕事です。あなた方は、大ケガで歩くこともできない人を無理に連れ出してどうするつもりですか。それとも、逃げ出した者は、死んでもいいということですか。もし死なせたら大変なことになりますよ。そうですよね」

と、念を押すように言った。署員は返答に困り、

「それなら、引き渡しはいつだ」

と、口髭を撫ぜながら、かろうじて権威を取り繕って太い声で言った。

「せめて、もう一日は安静が必要です。早くても明日以降でしか無理です」

小林医師がそう言うと、男たちはしぶしぶ引き下がっていった。

その日、男は病院の宿直室で丸一日を過ごし、療養することになった。北病棟二階の看護婦たちが交代で見守り、芳恵も雪江も一緒に看護にあたることになった。小林医師は、その日の午前中か

ら用事で札幌の方に出かけて行ったが、夕方頃戻ってきた。その日の夜、芳恵が急きょ夜勤に入ることになった。芳恵は小林医師と打ち合わせを終えたあと、夕方頃いったん宿舎に戻ってきた。その時、雪江は芳恵から逃げ出したこの朝鮮人のことを聞いた。

小林医師の話によると、男は金燐容という名前の朝鮮人で、日本名を高本浩二と名乗り、二年くらい前から夕張の炭鉱で働いていたようだ。年はまだ三十歳半ばくらいであり、三年前に日本に連れて来られたという。男がたまたま買い物に妻と二人で町に出かけたところを、やって来た日本人のトラックにいきなり乗せられ、日本に連れて来られたようだった。同じようにしてかき集められた同胞が他にも沢山いると言う。

雪江は食事の準備をしながら、昨日からのことを思い出していた。小樽で聞いた小林医師の話を思い出し、とても温かい気持ちになった。雪江は食事をしながら、疲れた表情の芳恵に向かって話しかけた。

「芳恵、小林先生、格好よかったね」

（さすがに芳恵が好きになるだけあるわ……）

そう言いかけたが、それは口に含んだ。雪江は、芳恵が小林医師を好きなことに前から気付いていたが、今はそんな話をするのは不謹慎な気がした。

「うん。でも、私も本当にびっくりしたわ。あのまま連れ戻されたらどうなるのかと思ったわ」

芳恵は小林医師のことより、助けを求めに来た男のことを心配している様子だった。

食事中、雪江はあれこれと芳恵に話しかけたが、芳恵はどこか上の空で、ずっと何か考え事をしているようだった。雪江が先に食事を終え、お茶を入れるために台所の方に立ち上がろうとすると、芳恵は食べかけていた箸を置いて、雪江に向かって姿勢を正して神妙な顔で、両手を顔の前で合わせながら言った。

「ねえ、それよりも雪江に少し協力してほしいことがあるの……お願い」

「なあに？」

「今日は夜勤だから、これからすぐに出かけて行くけれど、明け方すぐに戻れるかどうかわからないから、食べ物、そうね……おにぎりでいいわ。少し多めに作って持ってきてくれない？」

「うん、分かった。それくらいならお安い御用よ」

雪江がそう返事すると、芳恵は昼間抜け出してどこから集めてきたのか、部屋の隅に置いてあった毛布や湯たんぽなどを大きな風呂敷に包んで、建てつけの悪い入口の戸をガタピシと閉めて、飛び出していった。

（どうしてそんなものを持っていくの？）

雪江は怪訝に思いながらあっけにとられ、黙って芳恵を見送るしかなかった。


翌朝、雪江が病院に出勤すると、芳恵は寝不足なのか少し顔がむくんでおり、赤い目をしていた。それでも、「おはよう」と雪江が挨拶すると、芳恵も精一杯の笑顔を見せてくれた。ただ、北病棟の雰囲気がざわついており、いつもとは違っていた。小林医師もすでに出勤していた。詰所では、看護婦長を始め早番の看護婦がそろって、なにやらひそひそと話をしていた。

「ねえ、どうしたの。何かあったの？」

雪江は芳恵に小声で聞いた。芳恵は、両手の中指の腹で眠そうな目をくりくりとなぞっていたが、しっかりと目を開いて、雪江の耳元でささやいた。

「あのねぇ、あの男の人がいなくなったのよ」

「えっ、本当に？」

雪江が思わず大きな声を出して聞き直すと、芳恵は「しーっ」と、唇の前に人差し指を立てた。

「それで、いつ頃からいなくなったの？」

「そんなの知らないわよ。朝、見回りに行った時にはもういなくなってたんだもの」

芳恵は申し訳なさそうにして下を向いた。

（よりにもよって、芳恵が夜勤の時にいなくなるなんて……）

雪江は芳恵が気の毒になり、自分も一緒に夜勤をしてあげるべきだったと思った。その日の朝礼で、小林医師からそのことが職員にも報告された。残念だったと思った人もいれば、関わりたくない気持ちからか、密かに安堵した職員もいた。

予想通り、八時過ぎには、逃亡者を引き取るべく、数人の管理者や警察署員が病院に押しかけてきた。男がいた部屋は、食べ散らかしたままで、布団も乱れたままとなっていた。小林医師が、申し訳なく丁寧に説明し始めると、

「ゆっくりしている暇はない。まだ遠くへは行っていないだろう。何としても探し出せ」

「野郎、俺たちをなめやがって！」

口々にののしりながら、小林医師の説明も最後まで聞き終わらないうちに、外へ飛び出していった。荒々しい男たちが出て行くと、病院に再び静けさが戻り、職員たちはゆっくりと仕事に向かった。雪江は、腫れた目をして疲れた様子の芳恵を気遣って言った。

「芳恵、だいぶ疲れてるようだから、家に帰ってゆっくり休んだらいいわ。おにぎり持って来たけど、どうする。食べて帰る？」

雪江は芳恵を気遣ってそう言った。雪江が、芳恵に言われて宿直室の掃除を手伝うために、芳恵の後について部屋に入ると、芳恵は後ろ手で戸をそっと閉めるなり、顔を近づけてきて雪江の耳元で意外なことを話した。

「雪江、驚かないで聞いてね。実は、あの男の人は逃げてなんかいないの。まだこの病院の中にいるのよ」

（えーっ！）

雪江は腰を抜かしそうになり、思わず大きな声を出すところであった。

（えーっ！　どうして？　それで今どこにいるの……）

雪江の頭は混乱しそうであった。

「このことは、小林先生と私しか知らないことだから、絶対に秘密よ。ばれたら大変なことになるから……」

（そんなことは、言われなくても分かっている……）

それより、何か大変なことを聞いてしまったという思いが胸をよぎり、雪江は急に落ち着かなくなってきた。

「それで、その人はどこにいるの？」

「一階の物置の中よ。鍵は、こちらで預かっているから大丈夫。おにぎりも必要になるから、保管しておいてね」

　一階の物置は、いつもは一階の内科が管理していた。芳恵は、鍵の保管場所や男のケガの状態などを手短に話してから、

「私は、宿舎に戻ってひと眠りしてから、また戻ってくるから……それまでお願いね」

　そう言って帰っていった。雪江は詰所に戻るなり、そっと二階の窓から下の渡り廊下の横にある物置に目をやった。物置の辺りは、いつものようにひっそりと静まり返っていた。しかし、何か大変なことが起こりそうな気がして、雪江は朝から仕事がほとんど手につかなかった。なのに小林医師は、今日もまた用事があるからと、昼過ぎから札幌の方へ出かけて行ってしまった。小林医師が出て行ってしばらくして、芳恵が病院にやって来た。物置の中に食事を運び入れるためである。暗くなっても物置の電灯はつけられない。だからその前に運び入れる必要があった。

　夕方近くになって、芳恵は雪江に見張り役を頼んで、物置に食事を運び入れるため一階に下りていった。焼却炉の方に伸びる渡り廊下の横にある物置近くまで行ってから、芳恵は注意深く辺りを見回した。そして、二階の方へ目をやった。雪江が二階の詰所の窓から、近くに誰もいないことを確認して合図を送ると、芳恵は急いで合鍵で戸を開けて入口から食事をそっと差し入れ、またすぐに鍵をかけて詰所に戻ってきた。そして、雪江に「何かあれば連絡してほしい」と言い残して帰っ

ていった。

（誰にも気付かれずに、どうにか食事を運び入れることができた）

雪江は、そのことにほっとしていた。

しかし、この光景を遠くからしっかり見ていた人がいたのだ。

その日の夜は、雪江が夜勤当番だった。雪江にとって、夜勤業務はもう手慣れた仕事ではあった。しかし、その日は心細い夜勤であった。雪江は窓際から時々物置の方を見やった。しかし、物音一つすることなく静まり返っていた。

（あの男の人は、どうしているのだろうか。もう眠っているに違いない）

そんなことを考えながら、十時過ぎに薄暗い病棟を見回った。そして、十二時過ぎに詰所の机にうつ伏しながら少しうとうとしていた時、どこかで物音と人の気配がして、やがて馬橇《ばそり》の鈴の音が遠ざかっていくのを聞いたような気がした。雪江は小さい頃の夢を見ていた。

やがて夜が明け、雪江が朝の見回りをしていると、病院の階段をどかどかと大きな音を立てて、数人の男たちがやって来た。雪江はその物音に驚いて診察室の方へ戻った。男たちは詰所までやって来ると、

「おいっ！　ここで、逃げた男をかくまっているだろう。どこにいる！」

見張り番と思われる熊のような男が、大きな声でそう叫んだ。明け方の冷気を破って、静かな病棟に男の大きな声が響いた。駐在所の巡査も一緒にいた。雪江は怖くなって体が震えてきた。

「私は、何も知りません」

雪江はそう言うのがやっとだった。先ほどまでのけだるさと眠気がどこかへ吹き飛んでしまった。雪江がおろおろしていると、

「明け方、警察に通報してきた人がいるんだ。ここにいるのは分かっている。隠すとためにならんから、早く引き渡しなさい」

雪江が黙っていると、もう一人の色の黒い毛深い男が、

「二階の物置を開けろ。鍵はどこにある」

そう言って雪江の腕をギュッとつかんだ。あまり強くつかまれたので、雪江の腕に激痛が走った。

「痛いっ！」

雪江は思わず叫んだ。恐怖と不安で体がぶるぶると震え出し、心臓は早鐘を打ち鳴らしたようになった。

(見つかったらどうしよう)

雪江が、仕方なく壁掛けの鍵を手にして階段を下りていく間も、男は後ろから追い立てるようにしてついてきた。そして、物置の前まで来ると、

「早く開けろ！」

そう言って、後ろから雪江の背中を押した。雪江は手が震えてうまく鍵が開けられず、心臓は今にも飛び出しそうなくらい激しく打っていた。横にいたもう一人の男が、雪江が持っていた鍵を取り上げて、ガチャガチャと音を立てて鍵を外し、引き戸を力いっぱい開け放った。

雪江は、思わず目をつむった。

しかし、中は綺麗に整理されており、そこには誰もいなかった。

「どこかへ逃げたに違いない。まだ近くにいるかもしれないから早く探し出せ！」

そう言いながら、男たちはどかどかと廊下を渡って病院の外へ出て行った。

雪江は足元から力が抜け、その場にヘタヘタと座り込んでしまった。

出勤時間になると、芳恵が平静を装ってやって来た。まだ青ざめて椅子に腰掛けている雪江を見て、近づいてきて耳元で言った。

「雪江、ご苦労さん。小林先生は、取り調べのためにさっき警察に連れて行かれたわ。でも心配しなくて大丈夫だから」

そう言えば、深夜に聞いた人の気配と鈴の音は、あの男を連れ出した時の物音だったのかと、雪江は気がついた。

（芳恵は、このことを知っていたのだろうか）

おそらく知っていたに違いない。

（意地悪……）

雪江は、これで十年ほど命が縮まった気がした。

やがて朝礼が始まり、朝の申し送りが終わって帰ろうとすると、

「お疲れさま。帰ってゆっくり休んでね」

芳恵はそう言って、にっこりと笑顔を見せ、指で小さな丸を作って合図を送ってきた。

（人騒がせな芳恵め。あとでとっちめてやるから……。帰ったらお風呂屋さんにでも行って、少し温まってからひと眠りしよう）

そう思って、雪江は病院を出た。昨夜少しチラついていた雪が止み、山の上に真っ青な空が広がっていた。綺麗に晴れていたが、山からの冷たい風が川に向かっていつまでも吹いていた。

一九四五年（昭和二十年）の春先のことである。

第三章　再会

（一）

美鈴が呉からの手紙を受け取ったのは、一九四五年（昭和二十年）三月三日のことであった。差出人は、福村知子と書かれていた。見知らぬ人からの手紙であった。封を切ると、「私は、広島県呉市で若葉堂という本屋を営んでいるものですが、貴方の婚約者である島津義明氏が大変な重傷を負って、呉の海軍病院に入院しています」と書かれていた。元気ではあるが、一度見舞ってほしいとも付け加えられていた。美鈴は突然の手紙に戸惑ったが、その知らせが検閲印のある軍事郵便ではなく、他の人を通して送られてきたことに何か特別なものを感じた。わざわざ人づてに知らせなければならないほど、具合が悪いのだろうか。彼は、今どうしているのだろうか。そう考えると、美鈴はいてもたってもいられなくなった。取り急ぎ、島津家を訪問してそのことを伝えるとともに、近々呉に行く予定であることを告げて帰ってきた。美鈴はすぐにでも呉に飛んでいきたい心境であったが、家族と話し合って、八日に出発することにした。それは、三月六日に妹の栄子が、国民学校を卒業するために学童疎開先から、はるばる帰ってくるからである。

戦局がだんだんと厳しくなり、本土への空襲が増す中で、一九四四年（昭和十九年）六月に政府は「学童疎開促進要綱」を急きょ閣議決定し、国民学校の生徒を地方に疎開させることにした。「学童疎開は、防衛体制の強化であり、帝都将来の国防力の培養であって、帝都学童の戦闘配置である」

「国民学校長会議」でそう決定され、新聞も「防空　足でまといを残すな」と書き立てた。子どもたちを足手まといとせず、地方に移して将来の兵士に育てようというのである。しかし、同年八月には、地上戦に備えて沖縄から九州に向かった疎開船「対馬丸」がアメリカの潜水艦に撃沈され、児童七百八十人を含む千四百八十五人が亡くなっていた。また、最初のうちは親の費用負担も大きかったため、経済的理由で疎開できない子や未就学児童は対象外となっていたが、空襲が激しくなるに連れて児童のほとんどが疎開するようになっていった。東京だけでも五十万人の子どもたちが、縁故を頼って、また集団で地方へ疎開していた。妹の栄子の学校も、栃木県に集団疎開していた。

美鈴が上野駅まで迎えに行くと、目一杯の人を乗せた車両から、栄子は友達と一緒に元気に降りてきた。ホームは多くの人でごった返していたが、美鈴を見つけるなり走り寄ってきて、

「お姉ちゃん。帰ってきたよ」

そう言って、モンペ姿の美鈴に抱きついてきた。背中には、重そうなリュックを背負っていた。

「お帰りなさい。早くお母ちゃんに会いたいな」

「うん。早くお母ちゃんに会いたいな」

おかっぱ頭でくりくりした目を輝かしてそう言うと、友達の方を振り返りながら、

「また、学校で会おうね」

栄子は、元気に手を振って友達と別れ、迎えの来なかった美保ちゃんと一緒に家路についた。美保ちゃんは、栄子の近所に住んでいた。美鈴は二人のリュックを持ってあげ、手をつなごうとして驚いた。栄子の手は、あかぎれで膨れ上がっていた。美鈴は、栄子の手を優しく包むようにして家

まで帰ってきた。家では、勤労先から帰ってきていた弟の正夫が、妹の帰りを待ちわびていた。父は仕事からまだ帰っていなかったが、母は栄子を見るなり両手で抱きしめ、洋服を着替えさせてから、

「栄子ちゃん、お姉ちゃんとお風呂に行っておいで。その間に夕食の支度しておくから」

そう言って、小さな容器に入った「桃の花」という塗薬を持ってきて、

「ゆっくりお風呂に入って、軟膏をたっぷり塗ってあげてね」

美鈴の耳元で小さくささやいた。

お風呂屋さんに行って、靴下を脱いだ栄子の足をしげしげと見て、美鈴は驚いた。栄子の足は、あかぎれと霜焼けで黒く膨れ上がっていた。美鈴は栄子のつぎはぎだらけのモンペを脱がし、虱《しらみ》のたかったおかっぱ頭を、何度も丁寧に洗ってあげた。幸い、湯煙で栄子には見られなかったが、切なくて涙がこぼれた。お風呂から出て、椅子に栄子を座らせ、手と足に軟膏をいっぱい塗ってあげた。

疎開先から送られてくる栄子からの手紙には、いつも楽しいことしか書かれていなかった。

（おそらく、先生からそんな風に書くように教えられていたのだろう）

いつも「兵隊さんも、家族のみんなも頑張っているから、私たちもいい子で元気にしています」とか、「東京と違って、食べ物も沢山あります」などと書かれていた。確かに、東京に比べると、田舎の方はいくらか食べ物も豊富かも知れない。しかし、どこにいても食糧が足りず、腹を空かしているのは同じであった。帰ってきた栄子を母が抱きしめた時、おもわず涙をこぼしそうになったのを美鈴は見逃さなかった。美鈴も、上野駅で栄子に抱きつかれた時から分かっていた。栄子の姿を見れば、ひもじい思いをしていることが誰にでも分かった。育ち盛りだというのに、栄子は出か

けていってから半年間で、一貫目（約四キロ）ほども瘠せて帰ってきていた。

その夜、栄子を囲んで家族でささやかな夕ごはんを食べた。小さな丸い卓袱台《ちゃぶだい》を囲んで、雑炊とすいとんを食べながら、栄子は疎開先の話をしてくれた。栄子たちは、集団疎開だから人数が多く、お寺の本堂を借りて生活していた。朝起きると、布団をたたんで庭に整列し、東京に向かって宮城《きゅうじょう》を遥拝《ようはい》してから、先生の教えにそって全員で唱和するのだそうだ。

「一つ、私たちは皇国の少国民として、お国のために一生懸命勉強し、体を鍛えます。一つ、大東亜戦争に勝つまでは、どんなにつらいことや悲しいことにも、負けないで頑張ります。一つ、……」

また、十二月二十三日の皇太子殿下の誕生日には、菊の紋章が入ったビスケットを二枚もらったことなども楽しそうに話した。栄子たちが寝たあと、夜になって遅く帰ってきた父と母の話す声が、隣の部屋から聞えてきた。

「栄子も、家族を心配させまいとして、淋しいのに頑張っているようですね。まだまだ甘えていたい年頃なのに、我慢しているのが分かるからつらいわ。いつまで、この戦争が続くんでしょうね」

「これからのことは、分からない。でも、勝った勝ったと騒いでいるような状況でないことだけは確かだ。もう東京だけでなく、多くの町が空襲にさらされるようになっている。贅沢な生活など望まない、せめて家族みんな揃って普通に暮らせればそれでいい。そんな日が早く来るといいのだが」

（これからこの国は、一体どうなっていくのだろうか。義明さんも、今頃どうしているのだろう

か。早く会いたい）

　そんなことを考えると目が冴えてしまい、美鈴はなかなか寝付けなかった。東京は、すでに安全な町ではなくなっていた。昨年の十一月二十四日から、東京でも本格的な空襲が始まり、今年もお正月から空襲があった。一月二十七日にはB29七十機が銀座や有楽町付近に爆弾を落とし、五百四十名もの人たちが亡くなっていた。美鈴の家族だけでなく、多くの人たちが枕元にリュックと防空頭巾を置き、いつでも避難できるようにモンペや靴下を履いたまま寝ていた。

　翌日、母は栄子が疎開先からもらってきたお米を炊き、どこから手に入れてきたのか、きな粉と小豆で大きなぼた餅を作ってくれた。父も勤め先から早く帰ってきたので、その夜は久しぶりに一家揃って夕食をともにした。灯火管制が敷かれた薄暗い電灯の下ではあったが、家族揃って笑顔と笑い声のある楽しいひと時を過ごした。

　しかし、美鈴にとって、この夕食が家族最後の団欒《だんらん》になるとは、その時夢にも思っていなかった。

　三月八日の夜、美鈴は大阪にいる友人宅に寄ってから呉へと向かうことにした。荷物といっても何もない。少しの着替えと下着、送られてきた手紙、読みかけの『雪国』と『智恵子抄』をリュックの中に詰め込んで、汽車に飛び乗った。遠いところなので、

「どんな時もお金さえあれば安心だから」

　そう言って母がお金を少し多めに持たせてくれた。東京駅まで見送りに来てくれた弟の正夫に、

「お父さんは仕事で遅くなることが多いから、お母さんと栄子のことくれぐれもお願いね」

だんだんと激しさを増している空襲のことを案じて言った。

「お姉ちゃん、大丈夫だから。心配しないでいいよ」

正夫は、俺に任せてくれと言わんばかり、自信ありげに笑顔でそう答えた。しかし、昨年の十一月から始まった東京の空襲は、この時までにすでに三十回を超えていた。

灯火管制が敷かれた暗い町中を走る夜汽車での一人旅は心細かった。しかし、呉まで行けば彼に会える。そう思って淋しい気持ちを抑えた。窓の外は、墨で塗りつぶしたような真っ黒な闇がどこまでも広がっていた。美鈴は、ところどころに見える小さな明かりを見つめながら、うとうとと眠りについた。


三月九日金曜日の朝、美鈴は大阪駅に着いた。駅には、学校から帰阪していた美佐子が待っていてくれた。美佐子には、あらかじめ電報で知らせてあった。美鈴は、その日は駅前の旅館に泊まる予定をしていたが、美佐子の熱心な誘いもあり、彼女の家に泊めてもらうことにした。美佐子は、昨年の秋に風邪をこじらせて肺を患い、東京での空襲が始まる十一月頃には、すでに大阪の自宅に戻っていた。

美佐子の家は、大阪の寺田町で履物の製造や販売をしていた。寺田町の駅を降りて、駅前の商店街を少し行くと、道路に面した大きな履物屋があった。店先に沢山の履物が並べられ販売されていた。奥へ入ると家の裏手に小さな工場があり、そこで数人の従業員が忙しそうに働いていた。年明け以降、本土への空襲は日増しに回数を増していたが、まだ大阪の方は被害が比較的少なかった。それでも、昨年の暮れから数回にわたってB29が飛来し、少しずつ死者が出始めていた。

美鈴と美佐子は、その日の午後から奈良に出かけた。天王寺駅から法隆寺を通過し、一時間ほどで奈良駅に着いた。駅前から三条通りを上がり、ならまちを抜けて新薬師寺から白毫寺《びゃくごうじ》の方まで足を延ばした。美佐子は奈良のお寺が好きで、時々友人と訪ねることがあると言った。二人は道すがら、美佐子が東京を後にしてからのことや学校の様子、東京での空襲などについて話し合った。美佐子が東京にいた十九年の秋頃までは、まだ授業もほぼ平常通り行われていた。しかし、十一月二十四日の爆撃以降、B29による日本本土への本格的な空襲が始まってからは、授業も不規則となり、勤労動員として駆り出される日が多くなっていた。

白毫寺は、高円山《たかまどやま》の中腹にあり、山門まで続く長い石段を上ると、境内からは奈良の街が一望できた。まだまだ寒さが身にしみる季節ではあったが、庭には梅の花がほころび始めていた。美佐子が言っていた五色椿の美しい花はまだ咲いていなかった。奈良ではこの時期に毎年二月堂でお水取りの行事が行われており、それは戦争中も欠かさず続けられていた。今、日本が戦争中であり、多くの人たちが戦死したり傷ついたりしている。しかし、大和路ではそれらが嘘のように思えるゆっくりとした時が流れ、静かな世界が広がっていた。

（二）

一九四四年（昭和十九年）六月、アメリカ軍はマリアナ諸島にあるサイパン島に上陸を開始し、翌月サイパン島の日本軍が玉砕すると、そこに大規模な航空基地を作った。サイパン島は、日本から南に約二千キロに位置しており、小笠原諸島や硫黄島よりも更に南にある。だが、B29の爆撃可能範囲は片道二千五百キロもあり、サイパンやグアム島を占拠したことによって、これらの島から日本本土への爆撃を直接行うことが可能になった。当初、アメリカ軍の攻撃目標は、軍事基地や航空機や兵器などを製造する軍需工場が主だった。しかし、日本経済を壊滅的な状況に追い込み、国民の戦意を喪失させるため、一般市民までを爆撃対象とするようになった。皆殺し作戦である。ユタ州ソルトレイクシティ近くにある砂漠地帯では、すでに四三年三月から、実験用に日本の木造住宅を建設し、屋根や壁、木の厚さや寸法、中には畳や障子、家具や調度品までそっくり再現し、焼夷爆弾の効果を試す実験が行われていた。そして、十月にサイパン島の発進基地が完成するのを受けて、十一月から日本本土への本格的な空襲が開始された。

十一月から年末にかけて東京や名古屋、大阪など大都市部を中心に十回ほどの空襲があったが、その頃はまだ爆撃機の数も数十機程度であり、軍需工場を中心とした爆撃が主であった。しかし、一九四五年（昭和二十年）一月に入ってから、空襲はだんだんと激しさを増すようになり、攻撃の対象も住民が密集する生活地域にまで拡大していった。アメリカ軍は、「東京などの主要都市のある太平洋沿岸では、十二月から五月にかけて突風がしばしば見られ、大火災を発生させるのには三月ないし四月が適している」として、どの地域にいくら焼夷弾を投下すれば、どの程度の影響と効果があるかを綿密に分析していた。二月に入ると爆撃機の数も二百機を超えるようになった。そして、三月十日未明の東京大空襲では、B29三百三十機による爆撃が行われた。

最初に警戒警報が発令されたのは、九日の夜一〇時三〇分だった。

「警戒警報発令、南方海上ヨリ、敵ラシキ数目標、本土ニ近接シツツアリ……」

房総半島の南部からB29二機が侵入してきたが、間もなく南の海上に去っていったことをラジオは繰り返して伝えた。多くの人たちが、やれやれと胸をなでおろして眠りにつこうとしていた矢先の十日〇時一五分、空襲警報が発令された。その日は、五十年ぶりといわれたほどの寒い日であり、強い北北西の風が吹いていた。最初、蚊の鳴くようなブーンという静かな音が聞えてきた。その音が、だんだんと大きな音になり、しばらくすると轟音で建物がビシビシと揺れ始めた。

通常は、高射砲による迎撃を避けるため、高度一万メートル以上の上空から入ってくるが、その日は一挙に高度を下げ、爆撃機が高度二〜三千メートルで東京湾の海上をスレスレに悠々と侵入してきた。アメリカ軍は、日本には夜間に迎え撃つ高射砲の能力も戦闘機もほとんどないことを知っていた。この日に飛来したB29爆撃機の数は、三百機を超えていた。美鈴の父敬三は、物凄い唸り声のような轟音を聞いて、

「これは、いつもと違うぞ。すぐに避難するから、支度をしなさい」

家族に向かって大声で言った。一番下の栄子は、疲れて二階で眠っていた。

「正夫、栄子を起こしてきなさい。母さん、早く起きて。何も持たなくていいから」

敬三は、そう言うなり表に飛び出した。シュルシュル……シュルシュル……という音がして空から焼夷弾が降り注ぎ、屋根を突き破り、光を放って炸裂する。焼夷弾は、落ちると中に仕込まれたナパーム剤に点火し、その火は二千度近い熱を出して燃え上がり、周りはたちまち火の海と化す。ガソリンに近いナパームの火は、水などでは到底消火できない。敬三は、そのことを聞いて知って

いた。空襲に備え隣組で訓練していたバケツリレーによる消火など、何の役にも立たない。まして や敬三に与えられていた菊の紋章の焼き印が入った竹製の水鉄砲など、全くの無力でしかない。

敬三が外に飛び出すと、もう近くまで火の手が迫っていた。怪鳥のようなB29がサーチライトに浮かび上がり、大きな胴体から焼夷弾をばらまいているのが見えた。耳をつんざくような音とともにあちこちで炎が舞い上がり、辺りは昼のように明るかった。母の静子は、準備してあった非常用の袋に祖父と祖母の位牌を入れ、栄子に防空頭巾をかぶせると、正夫とともに外へ飛び出した。

敬三は関東大震災の教訓から、「何も持たないで逃げるようにしなさい」と普段からそう言っていた。あちこちから火の手が上がり、通りはすでに逃げ惑う人たちで溢れていた。大人たちの大きな声、子どもの泣き叫ぶ声や悲鳴で辺り一帯が騒然となっていた。小さな赤ん坊を背負った隣の奥さんも家から飛び出してきた。敬三たちは、あらかじめ避難場所として決めていた錦糸公園に一緒に向かおうとしたが、強い北風が吹いており、風上からの熱風と火の粉に阻まれて公園の方に進むことができなかった。焼けたトタン板があちこちから飛んできた。敬三は錦糸公園にまっすぐ向かうのをあきらめ、仕方なく、敬三の働く工場がある敷地の方へと向かうことにして南に向かった。

しかし、深川の方の被害はもっと大きく、北からの強風にあおられ、地獄のような世界が広がっていた。深川区には竪川や小名木川など小さな掘割が沢山あった。その頃、大川に架かる橋の方でも、お互いに向こう岸へ渡ろうとする人たちが橋の真ん中で押し合って大混乱になっていたが、竪川に架かる三之橋付近も、お互いに両側から来る人たちがへし合い、人が溢れていた。その上に、目を開けていられないほどの火の粉が降りかかり、リヤカーに積まれた家財や荷物が燃え出し、髪の毛や頭巾に火が付いて半狂乱になって川に飛び込む人もいた。何人もの人が川につないであった材木の上に乗っていた。橋の上からは、熱さに耐えられなくなった人が、川に飛び込んでいった。

敬三は、

「正夫、栄子！　お母さんやお父さんの手を絶対に離すんじゃないぞ！」

必死になって叫びつつ逃げた。しかし、途中まで一緒に手をつないでいたが、竪川を渡り、小名木川に差し掛かる頃に、つかんでいた栄子の手が離れ、妻と子どもたちも見失って離れ離れになってしまった。赤ん坊を背負った隣の奥さんもいなかった。

敬三は、探そうとしてどうにか竪川の三之橋まで戻ってきたが、川べりでひしめき合う人たちに押されて、川に転落してしまった。何かにつかまろうとしたが、上からはどんどん人が落ちてきて、這い上がろうとする人たちにつかまれて水中に引きずり込まれ、川中まで押し出されてしまった。どのくらい経っただろうか。三月の凍りつくような冷たい川の中で、妻や子どもたちのことを案じながら、敬三はやがて意識を失っていった。

この日の空襲で、八万人を超える人々が亡くなり、二十六万八千あまりの家が焼失した。帝都東京の約四割が焼きつくされ、罹災者は百万人を超えるという悲惨な状況となった。三月十日未明のわずか二時間余りの出来事だった。

三月十日土曜日、美鈴は昼前の汽車で呉に向けて出発する予定でいた。昼前に大阪を出れば夕方頃には広島まで着くことができる。そうすれば、広島から呉までは一時間足らずで行けるはずだ。

美鈴が起きて身支度を整え、一階の洗面所に下りていこうとした時、下から美佐子が慌てて階段を駆け上ってきた。

「美鈴、大変よ！　東京で大きな空襲があったって。すごい被害らしいわ」

階段を上り切らないまま、上にいた美鈴に向って大きな声で言った。

「いつ空襲があったの？」

美鈴は美佐子の慌てぶりに驚いて聞き返した。

「昨日の夜みたい。ラジオでは浅草から本所、深川にかけて被害が大きかったって言ってるわ。確か、美鈴の家は、あの辺りでしょう」

美鈴は自分の鼓動がだんだん大きくなっていくのが分かった。

一階に下りて行くと、美佐子の父がボリュームを大きくしてラジオのニュースに聞き入っていた。その傍で美佐子の母も朝食の準備をしながら聞いていた。

ラジオでは、「三月十日未明に約百三十機あまりのB29が東京を空襲し、市街地の各所に火災が生じた。明け方までにはほぼ鎮火したが、ばらまかれた焼夷弾によって本所、深川方面で災害が大きかった」ことが繰り返し報じられていた。また、「応戦によって撃墜した飛行機が十五機、損害が約五十機」という発表であった。しかし、被害の具体的な状況や内容は、よく分からなかった。

不安そうにしている美鈴を見て、

「美鈴、心配しないで。兄ちゃんが会社に飛んで行ったから。何かあればすぐに連絡してくれるように頼んであるから」

美佐子が気遣ってそう言ってくれた。美佐子の兄は鉄道省に勤務しており、直ぐ近くの天王寺駅で働いていた。

その兄が、すぐに戻ってきて美佐子を呼び出し、玄関先でなにやら二人で話をしていたが、

「美鈴さん、すぐに東京に戻った方がええと思うわ。切符は、すぐに手配したるから」

家の中に入ってくるなり、美佐子の兄が緊張した面持ちで、美鈴に向かってそう言った。

「美鈴、私もそう思うわ。呉に行くのはその後でもええから」

美佐子も同じことを言った。

美佐子の兄によると、空襲で東京の交通網が大きな被害を受けたことから、すでに天王寺駅には詳しい連絡が入っていた。それによると、江東地域とよばれている浅草区から、本所区、深川区、城東区にかけて、東京の下町のほとんどが大きな被害に遭い、沢山の家が消失し、多くの人たちが亡くなったということであった。千葉方面への鉄道は、完全に遮断されたままであり、見通しも立たないという。美鈴は聞いていて重苦しくなった。

（父や母、弟や妹は無事だろうか……）

頭の中が不安でいっぱいになった。美鈴は、美佐子の兄に切符の手配をお願いして、そのまま東京に戻ることにした。

美鈴はその日の夜の汽車で、再び東京に向けて出発した。美佐子はこれからのことを思ってか、もしもの時の連絡先として、美佐子の母親の実家である神戸の宝塚の住所を教えてくれた。

第三章　再会

美鈴はほとんど眠れないまま夜汽車に揺られ、翌日の十時頃、東京駅に着いた。千葉方面への汽車は不通になっていると聞き、両国に向かって歩くことにした。東京駅からしばらく歩くと、目の前に焼け跡が広がり、町は廃墟と化していた。道路脇には黒焦げの死体がまだそのままになっており、辺りには死臭が漂い、沢山の人たちが焼死体や焼け跡の整理をしていた。美鈴は吐きそうになるのをこらえながら、避けるようにして通り過ぎた。しかし、両国橋のたもとまで来て立ちすくんでしまった。目を覆いたくなるような惨状が広がっていた。おびただしい数の死体が、川の水面を埋め尽くし、折り重なって浮いていた。その死体を人々が鳶口《とびぐち》で引き寄せ、水中から岸に引き上げていた。川岸はどこもかしこも死体だらけだった。美鈴はその光景を見ていて全身の力が抜け、あやうく倒れそうになった。黒く焦げた欄干にもたれて立っているのがやっとだった。美鈴には、あまりにも酷過ぎた。

しばらくしてから、のろのろと歩き出して橋を渡ったが、美鈴の眼に映ったのは更にひどい光景だった。本所区から深川区にかけて、コンクリートの建物の残骸が焼け跡にいくらか残っているだけで、家はすべて焼失し、一面が焼け野原となっていた。美鈴の家があった亀沢町付近も何も残っていなかった。ところどころに電柱や鉄の柱が、無残にひん曲がったまま突っ立っていた。あちこちの路地や空き地には、死体が積み重ねられたままとなっており、死臭が漂っていた。美鈴が住んでいた家の付近も、すべて焼けてなくなっており、どこが自分の家だったのかも分からないほどだった。道路には、家から持ち出した家財道具やリヤカーなどが焼け焦げたまま散らばっており、近くには男女の区別もつかない黒こげの死体が折り重なって転がっていた。子どもを背負って一緒に逃げようとしていたのだろうか、道端にあった母親と思われる黒く焦げた遺体のそばに幼い子どもの遺体が転がっていた。不思議なことに、黒く焼けた母親の背中だけが何故か白いままだった。すれ違う人たちは表情もなく、まるで能面のような顔をしていた。美鈴の目は、涙でいっぱいになり、呆然として、その場にしばらく立ち尽くすしかなかった。

美鈴は、家族で避難場所として決めていた錦糸公園に向かったが、誰も知っている人がいなかった。道路わきに座っていた女性に消息等を尋ねてみたが、

「この辺りの人たちは、みんな死んでしまった」

と肩を落として言うだけで、いつまでもそこから動こうとしなかった。錦糸公園では、亡くなった人たちを仮埋葬するための墓穴を沢山の人たちが掘っていた。

美鈴は、とりあえずその日は学校の女子寮に泊まることにして、約十キロの道のりを歩いて、小石川の寮に夜遅くたどり着いた。美鈴は、その日の新聞を手にして驚いた。

新聞には、昨日の大本営発表の記事が大きな見出しで報じられていた。

「B29約百三十機、昨暁、帝都市街を盲爆。約五十機に損害、十五機を撃墜す」

しかし、実際に飛来したB29の数は三百機を優に超えていた。

美鈴は新聞の見出しと記事の内容を読み進むうちに、違和感を覚えた。

汚れた顔に輝く闘魂　厳粛・一致敢闘の罹災《りさい》地

帝都本所、深川方面その他に相当の被害を与えた。……電車通りにはいたるところに家財が山積してあり、隣組の手押しポンプはいずれも焼け跡の方へ筒口を向けて猛火に抗して都民たちがいかに勇敢に戦ったかを物語っている。事実一晩中、敵弾、猛火と敢闘し、夜の明けるのを待って災害地から都心へ、山手へ近郊への出口各線各駅付近に黙々と集結し、また罹災の人々はみな堅固な防空服装に身をかため、一包みの緊急薬品をしっかりと身に帯び、水づいた肩さき、汚れた顔、手、足はことごとく一夜の敢闘を伝えて余りなかった。……罹災者の群れは決してへこたれてはいない。黙々と生きるために、生きてこの敵に仇討つために身寄りと生活を求めて山手へ近郊へと前進している。

戦いはこれから、家は焼くとも・挫けぬ罹災者

……罹災地では、家族の安否すらわからぬ人も多く、非常食にもまだ恵まれぬ幾群れかの人々も見られたが、道を往く風呂敷包みを背負う人や、避難所の一隅で語る罹災者の言葉は実にしっかりとしていた。煙をくぐった顔は真っ黒いが火のような敵愾心《てきがいしん》がその瞳に燃えていた……。

（昭和二十年三月十一日　朝日新聞朝刊）

これだけの人々が被害を受け、多くの人が亡くなっているというのに「汚れた顔に輝く闘魂」「戦いはこれから」とは、一体どういうことなのだろうか。美鈴が出会ったほとんどの人たちは、絶望と悲しみに打ちひしがれ、立ち直れないまま呆然としていた。美鈴が見た光景からは、想像もつかない見出しと記事であった。

美鈴は旅の疲労と昼間のショックで疲れ果て、その日は食事もほとんど喉を通らなかった。

美鈴は次の日も朝早くから、自分の家があった亀沢町から錦糸公園付近を捜し歩いた。美鈴の家では、錦糸公園をもしもの時の避難場所として決めていたので、もし無事に生きていたら、そこで会えるはずだと思っていたからである。しかし、その日も翌日も、家族だけでなく近所の人にも、知っている人には誰一人として出会うことがなかった。美鈴の家族が待ち合わせ場所としていた錦糸公園は、運ばれてきた一万三千ほどの遺体の仮埋葬場所となっていた。

美鈴は、墨田川近くにある横網町の陸軍被服廠《ひふくしょう》跡の公園にも行ってみた。ここにもおびただしい数の遺体が運び込まれ、仮埋葬の準備が進められていた。美鈴は小さい時に父から聞いた、この公園にまつわる悲劇を思い出した。美鈴の家は、この横網町公園と錦糸公園の中間くらいにあった。しかし、美鈴の家族が錦糸公園を避難場所としていたのには理由があった。それは、関東大地震の時に被服廠跡の公園に四万人近い人たちが避難し、家財や荷物に燃え移った火が熱風となって舞い上がり、火に囲まれて三万八千人の人々が亡くなるという悲惨な事故が起きた場所だったからである。美鈴が生まれた頃のことである。だから父は、悲しい思い出のあるこの公園ではなく、錦糸公園を避難場所として決めていた。

横網町の公園には、関東大震災で亡くなった人々の霊を慰め、二度と同じような惨禍が起こらないようにとの願いから、霊堂が建てられていた。しかし、それからほんの二十年しか経っていないというのに、またもや多くの人がここで亡くなり、何万人もの人たちの仮埋葬の場所になろうとしていた。何ということであろうか。自然災害としての地震は避けることができなかったにしても、今度は戦争によって人々の命や幸せな暮らしが破壊されてしまったのである。これも同じように仕方がないことなのだろうか。美鈴は、どうしても納得することができなかった。この国の歴史をも呪いたかった。

美鈴は、父が勤めていた工場の方にも捜しに行ったが、深川の方も延々と廃墟が広がっていた。堅川に架かる三之橋の上まで来た時、つまずいて転びそうになった。その時、どうしたわけか美鈴が履いていた下駄の鼻緒がぷつんと切れた。そして、同時に美鈴の気丈な心も折れた。美鈴はその場で獣のようなうめき声を上げて泣き崩れた。

ようやく立ち上がり、黒焦げになって半分焼け落ちた橋の欄干にもたれて川の中を覗くと、死体があちこちに浮いていた。どこから流れ着くのか、三日経ってもまだ川から引き上げられていない膨らんだ死体がいっぱいだった。すでに引き上げられた死体は道路脇に重ねられ、ムシロがかけられたままで異様な臭気を放ち、放置されていた。下駄の鼻緒をどうにか結び直して橋を渡ると、元徳稲荷神社が半分焼け残っていた。

この辺りは、美鈴にとって思い出の深い場所だった。小さい頃、夏祭りになると川の両側に夜店がいっぱい並び、母に浴衣を着せてもらってみんなで出かけた。美鈴は、いつも父と母に手をつないでもらって歩いたが、妹の栄子は母におんぶしてもらい、弟の正夫はいつも父に肩車してもらっていた。美鈴はそれが羨ましかった。少し大きくなると友達と一緒に出かけた。もらったお小遣いをにぎりしめ、友達と目を輝かせて店を見て歩いた。店に並べられた赤いほおずきの実を買った思い出がある。アセチレンガスの臭い。カーバイトランプがまばゆく光り、川には赤いぼんぼりをともした船が沢山浮かんでいた。綺麗な浴衣を着た人たちが行き交い、そこには下町の情緒がいっぱいに溢れていた。大きくなってからは藤本と二人で来たこともあった。赤や青、黄色い光が輝き、色が溢れていた。しかしその場所が、すべて無残に焼きつくされ、今は何も残っていなかった。夜店が並んでいた場所は、引き上げられた死体の置き場所となり、目の前には灰色と黒の景色しか広がっていなかった。

美鈴は毎日、女子寮から本所区から深川区まで出かけ、家族を捜し歩いた。島津家のあった浅草区の方へも行った。しかし、島津の家もすべて焼けてしまっており、家族全員が亡くなったということを近くの人から聞いた。美鈴は五日間捜しまわったが、結局何一つ自分の家族の消息はつかめなかった。そして、焼け野原と化した下町の惨状を目の当たりにして、自分の家族も犠牲になったということを、現実のものとして受け止めるしかなかった。美鈴は、ほとんど毎日眠れない夜を過ごした。家族のことを思う度に涙がこぼれた。毎日、錦糸公園まで出かけては、埋葬された人たちに手を合わせ、亡くなった人たちや家族を思い出しては、溢れる涙を必死でこらえながら冥福を祈った。

三月十五日の夜遅く、美鈴は寮でようやく手に入れてもらった切符を持って、夜汽車に乗って再び呉市へと向かった。わずか一週間前に東京を出た時は、心細くもあったが、やがて彼に会えるという嬉しさ、温かく応援してくれる家族が自分にはあった。しかし今、美鈴は夜汽車に揺られながら、家族の中でたった一人残されてしまったことをしみじみと思った。そのことが現実のものとして心に迫り、美鈴の目からとめどもなく涙が溢れた。美鈴は顔を手で覆いながら声を殺して泣いた。真っ暗な闇を突き進む夜汽車の車輪のきしむ音が物悲しく聞え、時折鳴る、ピーッという細い汽笛の音が美鈴の心を突き刺し、胸が切り裂かれるようだった。

（三）

あくる日の午後、美鈴は広島の町に着き、そこから呉線に乗り換え、四十分ほどで呉市に着いた。広島から呉までの途中、右手に瀬戸内海に浮かぶ安芸小富士が遠くに見え、その手前に浮かぶ小さな峠島、そして海軍兵学校のある江田島など、美しい島々が続いて見えた。呉市は四方が二・五キロくらいしかなく、町は東、北、南の三方が傾斜の急な山に囲まれたすり鉢状の底のようなところに広がっており、そこに二十万人余りの人々がひしめき合うように生活していた。呉海軍鎮守《ちんじゅ》府《ふ》と海軍工廠《こうしょう》が置かれているだけあって、沢山の工場が建ち並び、呉は活気に溢れていた。町の西側には海が広がり、西に向かって大きな軍港があった。

美鈴は駅で道を聞き、手紙に書かれていた若葉堂を訪ねた。その本屋は、駅前の通りを東に進み、堺川を越してから左に折れた中通り二丁目にあった。賑やかな繁華街に面した大きな本屋だった。店先には店員と思われる小僧さんと、美鈴と同じくらいの年齢の女性が一人いた。その女性は足が悪いのか、片足を引きずって歩いていた。美鈴が肩掛けカバンから手紙を取り出して、

「ごめんください。ご主人にお会いしたいのですが」

挨拶して入っていくと、女性はすぐに奥の方へ呼びに行った。少しして、六十歳くらいの丸顔の女が中から顔を出した。美鈴が手紙のお礼を言い、島津の見舞いに呉までやって来たことを告げると、

「よう、きんしゃった。中へ入りなさい」

女は笑顔で、美鈴を奥の部屋に招き入れた。そして主人と一緒に、手紙を出したいきさつについて話してくれた。主人の話によると、息子の一郎が呉海軍病院の第六病棟長をしており、一等看護兵曹として病院に勤務しているとのことであった。島津とはこの病棟で知り合ったということだった。島津たち負傷兵は、ある事情から同じ病棟に入れられ、外出はもちろんのこと家族への連絡も自由にできない環境にあり、島津から相談を受けた一郎が、嫁の知子に頼んでそっと手紙で知らせたということだった。

「まだ面会は難しいと思うけん、しばらく様子を見るようにしんさい」

主人が煙草をふかしながらそう言った。美鈴はそれを聞いて困ってしまった。美鈴には、もう帰るところがなかった。そのことを正直に話すと、二人は大変に気の毒がって、

「ほんなら、遠慮せんでええ。しばらくここにいるとええが」

「そうしんさい。知子と一緒に店を手伝ってくれればええから」

奥さんも横からそう言ってくれて、美鈴は思わず涙がこぼれそうになった。本当にありがたかった。

しばらくすると、手紙をくれた嫁の知子が外出先から戻ってきた。知子は家事のほとんどを姑に任せて、本屋の方を切り回していた。知子夫妻には四人の子どもがおり、十七歳と十五歳になる二人の娘は、総動員法による「徴用令」で軍需工場に通っていた。その下に男の子が二人いたが、小学生のため島根県に学童疎開しているとのことだった。

呉でも、二十四歳以下の未婚の女性は、すべて「女子挺身隊」として軍需工場などで勤労奉仕しており、美鈴もぶらぶらしているわけにはいかなかった。しかし幸いなことに、呉には軍艦が停泊しているあいだ水兵たちが外泊用に借りている下宿屋や宿泊のための旅館などが沢山あり、様々な場所で多くの女性が働いていたため、あまり目立つ心配はなかった。美鈴は、看護婦補助の働き口を探していることにして、本屋の手伝いをすることにした。奥の三畳ほどの布団部屋を与えられ、しばらく住み込みで働くことにした。隣の部屋には、足の悪い女性が住み込んでいた。その女性は節子と言った。節子は口数が少なく、どこか陰のあるような表情をしていたが、美鈴と目が合うと微笑んで返してくれた。美鈴はここで本屋の手伝いをしながら、島津と会える日を待つことにした。本が大好きな美鈴には、沢山の本が並んでいるだけで、何か心が少し癒されるような気がした。

翌日から、美鈴は店員と一緒に働き始めた。二人の娘は、白い鉢巻をきりりと締め、紺のモンペをはいて、朝早くから勤労動員として工場へ働きに出かけていった。工場では経理の方の手伝いをしているとのことであった。呉の港には、何万トンもの軍艦が接岸できる岸壁や何本もの造船所のドックがあり、もくもくと黒い煙を吐く大きな煙突や巨大なクレーンが沢山立っていた。呉の海軍工廠では、何万人もの人たちが働いていた。

美鈴が呉に来て三日目の朝、三月十九日に大規模な空襲があった。朝七時過ぎから三百五十機のB29が軍港や軍需工場の爆撃を開始した。突然、空襲警報を知らせるサイレンがけたたましく町中に鳴り響いた。家族揃ってちょうどこれから朝食という時だったが、そのままにして、防空壕に一斉に避難した。

「早ようしんさいや！」

奥さんの声に追い立てられるようにして、美鈴も福村家の人たちと一緒に近くの防空壕に飛び込んだ。ブーンというものすごい飛行機の音がして、ドーンドーンという爆弾の炸裂する音が地響きとともに伝わってきた。美鈴は両手で耳をふさぎ、怖くて防空壕の中でずっと震えていた。

三時間ほど経って空襲警報が解除されると、二人の娘は職場へ出かけていった。この日の空襲は、呉の軍港や軍需工場が中心であったため、市街地の方の被害は比較的少なかったが、それでもこの日、七百八十人の戦死者と二千人余りの負傷者が出ていた。二人の娘は、後片付けで真っ黒な顔をして、夕方遅く工場から帰ってきた。そして、皆に被害状況について話してくれた。軍港に停泊していた戦艦「榛名」や「日向」、航空母艦「天城」や「龍鳳」なども大きな被害を受けたという話だった。二人の顔には、昨日の明るい笑顔は、もうどこにもなかった。

美鈴は、くるくると動き回ってよく働いた。忙しく働いていると、亡くなった両親や弟や妹のことも、ほんの少し忘れることができた。店での仕事は沢山あった。問屋への本の発注から在庫管理、返品本の荷づくりまで、毎日忙しかった。美鈴は店で接客や本の整理なども手伝ったが、主に知子がやっていた注文書籍の配達を受け継いだ。海軍の将校さんなどから注文があれば、家まで雑誌や書籍を届けに行く。多くの海軍の将校たちは、山の手に住んでいた。二河川沿いの細い道をくねくねと上って行くと、西の方に斜面を切り開いて造られた高級住宅地が広がっている。そこからの眺望はすばらしく、呉の港が一望できた。美鈴はそこから見える呉の景色に見とれた。

また時々、奥さんの料理の手伝いをすることもあった。このことも美鈴にとってはありがたかった。それまで、あまり料理など作ったことがなかったから、いい経験となった。

美鈴は仕事をしながら島津との再会を心待ちにしていたが、四月に入ってすぐにその機会がやってきた。

呉市では、四月三日に月遅れの雛祭りの節句が行われる。ちょうど桜が満開になる頃であり、あちこちの公園が多くの花見客でにぎわう。二河公園や中央公園、海軍病院近くの入船山公園では、桜の樹の下にむしろを敷いて花見をする市民でいっぱいになる。美鈴は福村一郎から、その日に島津と面会できるようにすると聞かされた。ようやく島津と会えると思うと、美鈴は嬉しくて朝から落ち着かなかった。店の掃き掃除が終わってからも、家の外に出たり入ったりしていた。そんな美鈴を見て、

「嬉しげなのは分かるけど、行ったり来たりして何しょうるん」

そう言って、知子は笑い転げた。

美鈴は十時過ぎに待ちかねるようにして家を出た。中通りを東に進み、本通りの交差点を右に曲がるとすぐに海軍の練兵場がある。その手前の角を東に折れてまっすぐ進むと、正面に海軍病院が見える。病院は高台の上にあり、正面の入口まで長い石段が続いていた。石段を上り切り、入口の門のところでまで来ると、門兵に呼び止められた。行く先を聞かれ、持っていた風呂敷包みの中を点検された。風呂敷包みの中には、一郎が今日のために病院から持ち帰っていた医学書が入っており、本を医務室に届けることを告げ、門を通り過ぎた。中に入ると広大な敷地が広がっており、何棟もの病棟が建ち並んでいて、奥側の斜面近くにある病棟は、五階建ての威容を誇っていた。敷地内にある桜も満開だった。後ろを振り向くと、病院のある敷地からは軍港や呉の市街が見渡せ、真っ青な空に白い雲がいくつも浮かんでいた。

第六病棟の医務室に本を届けると、看護婦が出てきて庭のベンチのところで待っているように言われた。美鈴はベンチに座って、風に吹かれてチラホラと散る桜の花を眺めながら、病院で亡くなっていく人たちのことを思った。「散る桜、残る桜も散る桜」という良寛の句を思い出していた。

しばらくすると、小道の向こうから、看護婦が車椅子を押しながらやって来た。車椅子には、包帯で顔を覆った人が乗っていた。美鈴の近くまで来ると、

「坂本美鈴さんですね。また三十分ほどしたら迎えに来ますから」

看護婦は、美鈴にそう告げて戻っていった。車椅子の男は、

「美鈴さん、よく来てくれたね。元気にしていたかい」

包帯で顔を覆ったまま、優しい目だけを向けてそう言った。美鈴は目を大きく見開いて、その男

をじっと見つめた。そして、白い病衣の下の方を見て驚いた。男には両足がなかったからである。

一瞬、美鈴の顔から微笑が消えた。

「義明さん……。本当に義明さんなの」

「俺だよ。こんな姿になってしまったよ……」

島津は美鈴の方をじっと見ながら、申し訳なさそうに言った。

「無事でよかったわ」

今まで、どんなに会いたかったことか。美鈴は、それだけ言うと涙がこぼれてきた。

「連絡をもらってから、本当はもっと早く会いに来たかったのだけど……」

美鈴がそう言いかけると、島津は言葉を遮った。

「いや、こんな姿になってしまって、もう美鈴さんには会わないつもりだった。だから、元気でいることだけを伝えてくれるようにお願いしたのです。君の幸せを願っているからと」

一度見舞いに来てほしいと書かれてあったのは、知子の気遣いだったのだ。

「そんな……。どうして、そんなことを言うの？　私は、義明さんが生きていてくれただけで嬉しいわ」

「もう、俺のことなど忘れてほしい。君には自分の人生を歩んでほしいと思っている」

「ねえ、どうしてなの？　私はいつも一緒にいるわ」

「顔は火傷で醜くなり、両足まで失ってしまった。こんな俺と一緒にいても重荷になるだけだ」

島津はそう言いながらゆっくりと包帯を外した。包帯の下からは、生々しい火傷跡の顔が現れた。顔の半分がケロイドで皮膚が引きつり、黄疸症状のためなのか、顔の色は黄色がかっていた。美鈴は義明の変わり果てた姿に驚いて、少しこわばった表情になったが、義明と目が合うと、にっこりと微笑んだ。その目は、いつもの優しい島津の目だった。

「こんな姿になってしまって、俺はどうすることもできない……」

美鈴は悲観する島津の言葉を制して、島津の顔を手でそっと優しくなぞりながら言った。

「これからのことは、二人で考えればいいわ。それより、義明さんには元気でいてほしいの。そうでないと私も悲しくなるから……」

島津はその時、一緒だった佐々木も藤本もみんなバラバラになってしまって、消息が分からないと言った。美鈴は島津と話をしていて、この人と一緒に生きていきたいと強く思った。二人にはもう帰るところも、迎え入れてくれる家族もない。これからの生活のことを考えると不安はいっぱいあったが、

(彼と一緒であれば、なんとか頑張って生きていける)

美鈴は心の中で自分にそう言い聞かせていた。

美鈴は横のベンチに腰をかけ直して、東京での空襲のことを話した。翌日に大阪から舞い戻り、家族を探し続けたことを話した。そして、島津の家族もみんな亡くなっていることを告げた。美鈴は話しているうちに、涙で遠くの景色がぼやけて何も見えなくなった。島津は海の方を見ながら黙って聞いていた。美鈴がハンカチで涙をぬぐいながら横を見ると、彼の目からも幾筋もの涙がこぼれ落ちていた。島津は、その涙をぬぐおうともしないで、じっと遠くを見つめていた。時折吹く

春の冷たい風に、桜の花びらが空に舞い上がり、遠くから花見客のにぎやかな歓声が聞えていた。

美鈴は相変わらずくるくると動き回りながら忙しく仕事をしていた。悲しみを忘れるためでなく、今は彼のことを考えると元気が出た。外まわりの仕事であちこち歩くことも多かった。呉の中心部の繁華街や旅館街、下宿や民家が山に向かって建ち並ぶ住宅街、海軍墓地周辺や軍港近くなど、書籍の配達や品物を手に入れるために、いろんな場所へ出かけていった。配給も不足しており、それだけでは生活用品が足りなかったからである。

この頃になると、戦況はますます悪化しており、アメリカ軍による空襲は、日本中の都市に拡大していた。呉の市民の間では、「どうやら沖縄にアメリカ軍が上陸を開始したらしい」ことがささやかれるようになった。いくらかん口令を敷いていても、兵隊が沢山いる呉の町では防ぎようがなく、口から口へと市民の間に広まっていった。

呉の港では、戦艦が出動する度に数千名の市民や家族が港の近くに集まり、日の丸の小旗を振って兵隊を見送った。港には、軍楽隊の演奏する『軍艦マーチ』の曲が鳴り響き、「万歳！」「万歳！」という歓声に送られて、沢山の兵隊が戦地へと向かっていった。

「出艦近くになると、呉の町では道のあちこちで千人針を頼む女性たちが増えとるとよ。千人の人に赤い糸で結んでもらった布を腹にくくりつけて戦地に行くと、戦死しないという言い伝えがあり、出征する我が子や夫の無事を願って頼むとよ。死線を越えるようにと願って、五銭玉を縫い付ける人もいるとよ」

知子はそう教えてくれた。しかし、この頃になると、戦地に出向く兵隊よりも、負傷して戻ってくる兵隊の方が目立った。遺骨となって帰ってくる人も多かった。

美鈴が呉海兵団を挟んだ堺川近くを歩いていた時、その光景に出くわした。呉軍港の中央桟橋に横付けされた軍艦から、護送された傷病兵が沢山降ろされてきた。白衣姿の傷病兵は、あるものは赤十字の病院自動車で、あるものは車椅子や看護兵の担架に乗せられたまま病院まで運ばれていった。桟橋を下りて少し進んだところにある宝橋を渡り、海兵団横の道を東に進み、海兵団の角に沿って左に折れて、海軍練兵場との間の道を北へと進んで行き、練兵場の角を東に折れると、呉海軍病院の正面へと通じる道に出る。その道を多くの傷病兵が運ばれていく。練兵場の角からは、美鈴がいつも病院に通う道である。美鈴が病院に行く途中で、その光景に出合うこともあった。

(義明さんもこうして病院に運ばれていったのだろうか)

そんなことを思いながら、美鈴はその光景を見る度に心が痛んだ。

美鈴は仕事の合間をぬって、時々島津に会いに出かけていた。門兵ともいくらか顔なじみになり、あまり警戒されることもなく自由に出入りすることができた。知子が、病院への書籍の配達や用事はすべて美鈴に任せたからである。この頃には、島津が負った火傷と切断された足の傷は、ほぼ完治していた。しかし、島津は黄疸の治療を続けていた。足の手術の時の輸血が不適合であったのか、何らかの血液疾患によるものなのか、少し長引くかもしれないと、美鈴は一郎から聞かされていた。

三月十九日の空襲によって、呉では多くの死傷者を出しただけでなく、飛行機から湾内に落とされた機雷によって、すでに軍港としての機能が一部麻痺していた。

五月五日には、広町にある広海軍工廠で、B29百七十二機による爆撃があった。広海軍工廠は、呉の東側にある山を一つ越えたところにあった。日本海軍の航空機エンジンを生産する拠点の一つであり、工廠では勤労動員の学生を含めて五万人もの人たちが働いていた。

その日、美鈴は広町の郊外にある農家で食べ物を分けてもらうために外出し、昼頃、町から少し離れた海辺にいた。海に面して砂浜が広がり、近くには松の木が沢山並んでいた。

砂浜に座って静かな海を見ていると、町の方で空襲を知らせる警報が鳴り出した。空を見上げると雲の切れ目から、蚊の鳴くようなブーンという音とともに豆粒のような沢山の編隊が現れた。見る見るうちに機影が大きくなり、やがて轟音となって近くに迫ってきた。山向こうの呉軍港の方から対空砲火の音が聞えたが何の効果もなかった。物量ともに米軍機が圧倒しており、飛行機は町や工場に向かって爆弾をあちこちに落とし始めた。

美鈴は恐怖で足がすくんでしまい、その場に立っていた。まもなくするとグラマン機が低空飛行でやって来て機銃掃射を始めた。こちらの方にも向かって来たので、近くにいた住民は蜘蛛の子を散らすように逃げ始めた。美鈴もどこかに隠れようと思ったが、足がもつれて思うように走れない。なんとか転がるようにして、すぐ近くの松の木の根元に身をかがめて隠れた。その直後、耳をつんざくような金属音がしたかと思うと、逃げ惑う人たちをめがけてバリバリッと機関銃が発射された。銃弾の土煙がツツッと走り、超低空飛行で急降下してきた。目の前を通り過ぎる時、わずか二十～三十メートルほどしか離れておらず、美鈴は生きた心地がしなかった。恐怖で震えながら松の木にしがみついていたが、通り過ぎていく飛行機の窓越しから、アメリカ兵の顔がはっきりと見えた。それを見て驚いた。美鈴は、それまでアメリカ兵は鬼のような赤い顔をしており、大きな口をあけて笑いながら銃を発射しているものとばかり思っていた。いつも「鬼畜米英」と教えられていたからである。しかし、飛行機から見えたパイロットは、一人はサングラスをしていたが、もう一人はオレンジ色のマフラーをしており、色の白い精悍な凛々しい顔つきをしていた。そして、何よりも美鈴を驚かせたのは、そのパイロットが自分たちとさほど変わらない若者だったことである。

飛行機は、あっという間に目の前を通り過ぎ、急上昇しながら反転して飛び去っていった。美鈴は呆然としてその場にしゃがみ込んでいた。そのうち、近くの住民が騒ぎ出し、海岸の方に駆け寄ってきた。海岸には、逃げ遅れた人の死体がいくつも転がっていた。一人の女性は、頭を割られて死んでいた。即死だった。真っ赤に染まった砂の横で、一人の老婆が遺体にすがって泣き叫んでいた。

翌日、町は空襲の話で持ちきりだった。本屋さんに来るお客も、ひとしきり主人とそのことを話して帰っていった。その中で、アメリカ軍の飛行機が撃ち落とされた時の話を持って来た人がいた。美鈴は、そばで本の整理をしながら聞き耳を立てていた。その人の話によると、今回の空襲では百五十人ほどの人たちが亡くなっていたが、白昼の攻撃であったため、松山から飛び立った飛行機が米軍機を十機ほど撃ち落としたということだった。飛行機から脱出した兵士が捕まり、パイロットは住民に取り囲まれ、住民から石を投げつけられ、棒で殴られて、どこかに連れて行かれたという。そして、一人の兵士の胸ポケットから出てきた写真には、小さな女の子を抱いた奥さんらしいアメリカの女性が写っていたという。

（そのパイロットは、自分が見た男なのだろうか……）

美鈴は複雑な気持ちであった。そして、小さな疑問が心にわいた。これまでこの戦争は「自存自衛」のためであり、「日本やアジアの人たちを守るため」と教えられてきた。

（しかし、本当にそうなのだろうか。アメリカは、何のために本土まで日本人を皆殺しするためにやって来るのだろうか。アメリカ兵も同じ人間ではないか。同じ家族や恋人を持つ人たちではないか。愛する人と別れ、お互いが殺し合いをしなければならない。何のために、誰がこんな戦争を始めたのか）

美鈴には分からないことばかりだった。その日の新聞には、「昨日の空襲による損害は軽微だった」とだけ簡単に報じられていた。

（損害は軽微……）

美鈴はその記事を読んでいて暗澹たる気持ちになった。

空襲があった日の夜、皆で食事をしている時に、

「お父さん。この戦争は、日本が負けるんじゃなかろうか」

一郎がそう言い出した。美鈴と節子は、居間の隣にある台所そばの板の間で食事をしていたの

で、話し声がよく聞えた。二人が食事をしている板の間は、居間から一段低くなっていたが、簡単な障子で仕切られているだけであった。一郎の話に、箸を動かしていた節子の手が止まった。美鈴もそっと話に聞き耳を立てた。

「しーっ！　そんなこと、大きな声で言ったらいけん。誰かに聞かれたらどうするんじゃ」

すぐに主人がいさめた。

「日本の兵隊は、神の軍隊だから負けるはずがないじゃろ」

母親が横から口を挟んだ。

「いや、病院に勤務しているとそれがよく分かるんじゃ。運び込まれてくる負傷者の話や様子では、かなりの戦艦が沈められているようだ。それに最近は、この呉まで、真昼間から米軍機が堂々とやって来るようになり、ようけ船も沈められた。もう燃料もなくて船も動かせんという」

この頃になると、新聞やラジオで報道されているような「連戦連勝」などではないことを、多くの国民も感じるようになっていた。

「一郎、確かにそうかも知れん。それでも、うかつにそんなこと言ったらいけん」

そんなやり取りを、美鈴たちは隣でしっかりと聞いていた。

知子から、節子の恋人が戦争に非協力的だという理由で牢獄に入れられており、節子も警察でひどい目に遭わされて足を悪くしてうまく歩けなくなったと聞かされたのは、それからしばらくしてからであった。

島津は入院中に尾崎宗夫という男と親しくなっていた。尾崎は軍艦「青葉」に乗っていたが、一九四四年（昭和十九年）十月、フィリピン沖海戦に出撃の途中、マニラ湾沖で潜水艦の攻撃を受けて大破し、呉の海軍病院に入院していた。尾崎はその時の爆発で左腕を失い、同じ病棟で治療していた時に島津と親しくなった。三月に退院して出身地に戻ることになった時、

「出身地の柳本には、海軍の飛行場があり、自分の家はその近くにある。何かあったら訪ねてきてくれ」

と言い残して帰っていった。尾崎は奈良の柳本というところの出身だった。島津は、美鈴から東京での空襲の話を聞いてから、ずっと尾崎のことを考えていた。

呉での空襲もだんだんと激しくなり、もはや呉の町も安全ではなくなっていた。しかし、帰るところもない。だとするならば、自分も早く退院して、少しでもお国のためにこの命を捧げ、戦うしかない。島津はそう考えて尾崎に手紙を書き、柳本にある海軍飛行場への異動を願い出ていた。黄疸の治療は現地で引き続き行うことにして、尾崎を頼って奈良県に移ることを決意していた。美鈴は島津の話を聞いてこのことに同意した。

一九四五年五月下旬、島津と美鈴は、お世話になった福村家の人々に別れを告げ、呉駅から汽車に乗った。その日は朝から雨が降っていた。美鈴は新鮮な空気を取り入れるために、窓を少しだけ引き上げて開けた。曇った窓ガラスを手で拭きながら、呉の町を見つめていると、港の方から物悲しい船の汽笛が聞えてきた。島津と美鈴は、小雨にけぶる呉の町をあとにして、二人で広島を経由して奈良へと向かった。

（四）

島津と美鈴が、友人を頼ってやって来た場所は、奈良県にある柳本飛行場の近くであった。奈良盆地の中東部に位置している丹波市町（現、天理市）には、常時一万人を超える予科練を有する奈良海軍航空隊があり、その南の田園地帯に柳本飛行場を持つ大和海軍航空隊があった。

この頃、アメリカ軍はすでに沖縄に上陸を開始していた。陸軍は、本土こそ最終決戦場であると考え、沖縄は時間稼ぎとして見ていた。しかし、海軍は、沖縄での戦いこそが決戦場と考えていた。そのため、四月には虎の子として大事に温存していた戦艦大和を沖縄に向けて出撃させ、戦艦大和を特攻として決死の覚悟で向かわせたが、アメリカ軍の圧倒的な物量の前でその役割を果たすことができなかった。沖縄の海に着く前に、日本の近海で空と海からの集中砲火を浴び、三千人余りの乗組員とともに沈められていた。そうした中で、アメリカ軍の本土上陸は、もはや時間の問題となっていた。軍令部は、夏頃には九州から四国方面に、秋頃には関東方面にアメリカ軍が上陸してくると予想していた。そのため、アメリカ軍の上陸を阻止し、本土決戦に備えるべく西日本方面の飛行場の整備を進め、大和の国に天皇の御座所や大本営までを移すことを考えていた。長野県松代でも同様の計画が検討されていた。

一九四五年（昭和二十年）二月には鳥取県の第二美保航空隊が解隊され、柳本に移転してきた。そして七月には、茨城県百里基地や千葉県木更津の航空隊からの飛行機もやって来ることになっていた。しかし、柳本には一本の滑走路しかなかったため、五月に入って滑走路の増設工事が始まっていた。島津と美鈴が奈良県に引っ越してきたのは、丁度この頃であった。これらの工事のために、県内各地から沢山の人が動員されていた。地元住民はもちろんのこと、中学校や高等女学校、天理教校の生徒たちはすべて学徒動員として奉仕し、奈良市からも中学校の生徒たちが「動員列車」で勤労奉仕に駆り出された。もちろん、それは日本人だけでなく、三千人を超える朝鮮人労働者も集められた。各地で生活していた朝鮮人とその家族、また強制連行によって集められた人たちもいた。軍関係の人たちや兵隊は、天理教の信者詰所に分散し、また小学校を借りて宿舎としていたが、朝鮮人労働者の多くは、農家の納屋や海軍施設部近くにトタン葺きのバラックを建てて住まいとしていた。飯場の近くには、強制連行者のための朝鮮人慰安所も二ヶ所設置されていた。

朝鮮人労働者は、工事の中でも最も過酷な労働に従事させられ、トンネル工事や防空壕の整備、河川の改修、砂利運搬などを担っていた。

美鈴たちが世話になった農家は、飛行場の南の方にあった。尾崎は美鈴たちを歓迎してくれたが、尾崎の両親はいかにも迷惑そうであった。生活用品を借りに行ったり、相談に行く度に、母親は嫌みっぽく口を出し、そのそばで嫁の照子も冷やかな目をして見ていた。美鈴たちは遠慮しながら、家の納屋の一部を借りて住まわせてもらうことにした。

古びた納屋は、周りの土壁が今にも崩れそうだった。納屋の奥の壁には、鍬や鎌が掛けてあり、天井や納屋の隅は蜘蛛《くも》の巣でいっぱいだった。美鈴は蜘蛛や虫が苦手で気持ちが悪くなり、蜘蛛の巣に引っ掛かった時などは、大きな悲鳴を上げて気を失いそうになった。戸や土壁の隙間からは周囲の田んぼが見え、朝鮮の人たちの住まいとあまり変わりがなかった。時々道行く人が覗いていくのが嫌だったが、それでも雨風がしのげるだけでも有難いと思うようにした。その納屋の一角を整理して二人の部屋としたが、家財道具といえるようなものは何もなかった。納屋に転がっていた木のみかん箱を卓袱台にし、母屋から七輪と土鍋を借りてきて、そこで煮炊きをした。

島津は柳本駅のそばにある海軍施設部で仕事をするようになり、尾崎の手を借りて、毎日リヤカーで仕事場まで通った。美鈴は地元の人たちと一緒に飛行場まで作業に出かけ、滑走路工事に従事したが、かなりの重労働だった。滑走路といっても、コンクリート舗装などされておらず、もっこで延々と土を運び入れ、皆でローラーを引いて固めていく。気の遠くなるような作業だった。そして、美鈴は仕事が終わると島津を迎えに寄り、帰ってから夕食の準備をする。お風呂も、居候の身では毎日というわけにはいかない。流れ出るような日中の汗を、庭にある井戸から水を汲んできて、体を拭いた。毎日寝る頃には、美鈴は体の骨がバラバラになりそうなくらい疲れていた。しかし、雨でもない限り日曜日も休むわけにはいかなかった。

たまの休みの日も、早朝から農家の手伝いをして、それが終わると小学校の校庭で竹やり訓練や消火訓練などがいつも行われた。こちらの方は、美鈴はあまり真剣にやる気になれなかった。大空襲の恐ろしさを目の当たりに見てきた美鈴にとって、竹やりや消火訓練など、ほとんど意味がないと思っていたからである。

(あまりにも、のんびりし過ぎている)

そう思いながら参加していた。

休みの朝くらいは、少しゆっくりしたいと思っていても、

「田んぼの草刈りに行くわよ」

朝早くから、照子がそう言って呼びに来た。美鈴は、まだ昨日の疲れが残っただるい体を引きずりながら、籠をしょって歩く照子の後に続いて田んぼに出かけた。美鈴は教えてもらった要領で、草むらにしゃがみながら、慣れない手つきで下を向いて草を刈った。太陽が昇り始めると、周りの温度が急に上がり、たちまち体から汗が噴き出した。草の中からはむーっとした草いきれが立ちのぼり、時々吐き気がしそうになった。美鈴は、この生臭いにおいが好きになれなかった。美鈴が下を向いて草を刈っていると、

「少し休んだら？」

田んぼのそばの木陰に腰掛けながら、照子が声をかけてきた。

「でも、草が沢山生えているから……」

美鈴が遠慮がちに言うと、

「あはは。そんなに一所懸命やらんでええよ。冷たい水持ってきたから飲んだらどう」

照子は笑いながらそう言って、湯呑の水を美鈴に差し出した。

美鈴が照子のそばに座って水を一気に飲み干すと、照子は満足そうに見つめながら、親しく話しかけてきた。

「いつもお義母《かあ》さんが、いけずなことばかり言って堪忍な」

「い・け・ず？」

「意地悪なことや。家には部屋が沢山あるのにあんなところに住まわせて。あれでは、朝鮮人の住

まいと変わりあらへん。ほんまに堪忍な。でもなあ、うちは、あんたらが来てくれて助かってるねん」

美鈴が、照子の言った言葉の意味を図りかね、黙って聞いていると、

「今まで、ずっとうちがお義母さんの小言を全部聞いてきたから、もう息が詰まりそうやってん。せやから、ほんまにあんたら来てくれて助かってるねん」

照子は悪気なくそう言って、尾崎家へ嫁に来た時からのことをいろいろと話してくれた。そして、美鈴と島津とのいきさつを聞いて、照子は「羨ましい」とさえ言った。照子は、親が決めた結婚で尾崎家に嫁いできたということだった。好きあって一緒になるなど、照子には考えられなかったようである。そんなことがあってから、照子は美鈴たちに何かと気を使ってくれるようになり、親しく話をするようになった。

七月に入ると、蒸し暑くなり蚊に悩まされるようになったが、照子がどこからか蚊帳を持って来て吊るしてくれた。美鈴も生活に少しずつ慣れてきて、自然を楽しむようになったが、虫だけはどうしても好きになれなかった。

ある日のこと、美鈴が開け放された入口近くで、七輪に火を起こして食事の準備をしている時、玄関戸の下の隙間に小さなすり鉢状の窪みがいくつも並んでいるのに気がついた。蟻地獄である。近くに寄って見てみると、そこだけがさらさらとした砂で作られていた。蟻を探してきて、一匹その中につまみ入れると、蟻はそこから出ようとして必死に足を動かした。しかし、小さな砂粒に足を取られて滑るばかりで、穴から出ることができず、滑り落ちていく。あわれな蟻が、何か今の自

分に似ているようにも思えた。

美鈴が、だんだんと底の方に滑り落ちていく蟻を眺めていると、突然砂の中から大きなハサミがニョキッと出たかと思うと、あっというまに蟻が、そのハサミに挟まれて砂の下に引きずり込まれていった。美鈴はぎょっとして後ろの方に身を反らした。あまりにも恐ろしい蟻地獄の光景を見て全身が強張った。

（蟻さん、ごめんなさい）

美鈴は遊び心で蟻をその中に投げ入れたことを後悔した。

田んぼのほとりを流れる小川を覗くと、小さなメダカが沢山群れていた。美鈴は川のそばにしゃがんで観察した。稲が青々と育ち、心地よい夏風に稲の穂がなびくようになると、田んぼ近くの川から、夕方には蛍が飛び交うようになった。美鈴は初めて見るホタルに感動した。

「ほらほら、義明さん見て。蛍よ」

そう言って、美鈴は島津の車椅子を押して田んぼの畦道まで出かけた。しかし、沢山の蛍が飛び交う幻想的な光景を見ているうちに、亡くなった家族のことを思い出し、いつまでもその場に佇《たたず》んで二人で見ていた。夏になると、田んぼではカエルの声が日増しに大きくなり、天に向かって鳴き叫ぶ声はやかましいほどであった。

美鈴たちが柳本に来て間もなく。六月の下旬頃に、沖縄では海軍部隊に引き続き、陸軍部隊も全滅していた。沖縄で陸上戦が行われている最中にも、本土での空襲は各地で続いていた。幸いにして、京都や奈良は大きな空襲を免れていたが、大阪や神戸では、六月だけでも数回の大規模な空襲に見舞われていた。美鈴がいた田園地帯が広がる柳本でも、夜中に空襲警報が何度も出た。しかし、東の山の方からやって来るB29爆撃機の大群は、そのまま大和盆地を通り過ぎ、大阪方面に向かって飛んで行った。奈良では、警報が出ても防空壕に避難するまでにすぐ解除されることが多かった。しかし、二~三時間もすれば、決まって生駒山の上空が真っ赤に染まる光景が、奈良からもはっきりと見えた。空襲によって生駒山の向こうにある大阪の町が燃えているのである。美鈴は、その光景を見る度に、不安に怯え寝苦しい夜を過ごした。美鈴は美佐子のことを考え、

(今頃どうしているのだろうか。どうか無事でありますように)

そう願わずにはいられなかった。

一九四五年（昭和二十年）八月六日には広島に、そして、九日には長崎に、原子爆弾が落とされ、何万人という人たちが一瞬のうちに亡くなった。太平洋戦争全体では、アジアの人たち二千万人が亡くなり、日本人も三百万人を超える人たちが亡くなった。多くの人たちを不幸に陥れ、甚大な被害もたらした戦争は、八月十五日にようやく終わった。

その日は、朝からよく晴れた暑い日であった。美鈴はその時のことをはっきりと覚えている。何か重要な話があるというので、沢山の人たちが小学校の校庭に集まっていた。運動場の片隅にある朝礼台に、ラジオが一つ置かれ、皆はその前に正座していた。美鈴も近所の人たちと一緒に、後ろの方に座っていた。だが、放送が始まってもピーピー、ガーガーというラジオの雑音が聞えるだけ

で、内容はほとんど聞き取れなかった。

しばらくして、前の方にいた誰かが「戦争が終わった。日本は戦争に負けた」と言うのが聞えた。

やがて、周りから人々のすすり泣く声が聞えてきた。でも、美鈴は、その時、不思議と少しも悲しい気持ちにならなかった。むしろ、

（ああ、これで戦争が終わって良かった。もう逃げ回らなくてもいい）

そう思うと安堵感すら覚えた。その一方で、でも、これから自分たちはどうしていったらいいだろうか……という不安が残った。

戦争が終わると、兵士たちは軍隊の任務を解かれ、それぞれ郷里へと帰っていった。仕事や住居を失った朝鮮人たちは、すぐに帰国の途に着いたものもあれば、海軍施設部の飯場跡に移り住んで、しばらくそこに住み続けた人もいた。島津と美鈴は、どこへ行くあてもなく、近くの教会で手伝いをしながら、秋まで農家で世話になっていた。

（五）

長崎から横須賀に向かった佐々木たちは、久里浜に着くなり、嵐部隊講習員を命じられ、対潜学校に入れられた。五月半ばに全国から集められた人員は、最初五百名程度だったが、やがて毎月千名単位で増えていった。中には、かつて戦艦「比叡」や「霧島」で戦っていた兵士たちも含まれて

いた。自分の戦艦が撃沈されてかろうじて助かった兵士や、航空兵として訓練を受けていた兵士も、他に乗る船や飛行機が不足していたため、ここに集められていた。軍令部は、これらの兵士たちを残らずに招集し、最後の手段を講じようとしていた。

この頃、戦局は日増しに悪化していて、日本は戦艦大和もすでに失っており、アメリカ軍はすでに沖縄に上陸を開始していた。本土への空襲も、東京だけでなく、ほとんどの都市に広がっていた。アメリカ軍の本土上陸は、もはや時間の問題となっていた。軍令部では、その時期が秋頃になると考えていた。しかし、本土への上陸を食い止め、何としても水際で阻止しなければならない。それが、軍令部が唯一考えていたことだった。そのために、兵士自らが、爆弾を抱えて体当たりするという「特攻隊」が組織された。すでに沖縄戦では、知覧を始めさまざまな基地から「神風」特攻隊が組織され、わずか片道の燃料だけを積んだ飛行機で、多くの兵士たちが飛び立っていた。行く先には、ほぼ百パーセントの死しか待っていなかった。そしてこのほとんどが、学業半ばで動員され、十分な訓練も受けないまま駆り立てられて飛び立っていった学生たちだった。だが、軍令部が考えていた特別攻撃隊は、なにも「神風」だけではなかった。水上特攻隊である「震洋」や、体当たり専門機としての「剣」、ジェットエンジンを初めて積んだ「橘花」、人間魚雷である「桜花」、水中潜水翼艇の「海龍」など、ありとあらゆるものが考えられ実行に移されていった。一九四四年(昭和十九年)の夏以降、これらの特攻計画によって多くの兵士がその犠牲となっていった。

一八八二年(明治十五年)に定められた軍人勅諭には「義は山嶽より重く死は鴻毛より軽しと覚悟せよ」と書かれており、「義のために死ぬことは山より重いが、その命は鳥の羽くらいの軽さでしかない」だから、義（国家や天皇）のために命を捨てよと教えられてきた。軍令部としては、天皇や国を守るためには仕方がないことであり、国民の命はその程度のものでしかなかったのである。

敵が本土への上陸を開始すれば、日本の国は大混乱に陥る。そのために、上陸してくる敵を水際で迎え撃つ「たこ壺作戦」や「伏龍作戦」というものも考え出された。「たこ壺作戦」とは、敵が上陸しそうな海岸に穴をいっぱい掘って、その中に隠れて待ち伏せして「竹やり」で、敵をやっつける作戦のことである。その頃には、全員に行きわたる鉄砲などは、どこにもなかった。

一方、海の中にひそんで待ち伏せし、頭上を通過する敵の上陸用舟艇を、棒の先についた機雷で突いて爆発させて船を破壊しようとするのが「伏龍特攻隊」である。佐々木たちは、この部隊の講習員となった。横須賀に来てから、初めてその目的を聞かされて驚いた。

中隊長の教員は、集めた兵員たちに向かって、

「もう、この戦争はどうにもならない戦局に陥っており、この国を守るため、諸君らには死んでもらうしかない。お前たちは、対潜学校で一ヶ月ほどの訓練を受けたのち、特攻として任務に着いてもらう」

そう言って深々と頭を下げた。

それを聞いた時、佐々木は、ついに来るべきものが来た、と覚悟した。拒否などできるわけがなかった。佐々木は、その日から海軍伏龍特攻部隊の一員となり着任した。

翌日から猛烈な教育と訓練が待っていた。学科では、潜水器の仕組みや取り扱いに関する知識や

呼吸方法、伏龍兵器や機雷についての知識などを教え込まれた。併せて、海底歩行等の訓練が実施された。訓練は、対潜学校近くの野比海岸を利用して、昼間だけでなく夜間も行われた。潜水服は宇宙服のような形をしていて、頭の部分は大きなバケツに丸い面ガラスをつけたものであり、二本の酸素ボンベと空気清浄罐、鉛の重りなどが装着されており、その重さは六十八キロにもなる。しかも、潜水服は一人では装着したり脱ぐことができない。潜水兜は、首の部分で四ヶ所のナットで完全に締めて固定する構造になっており、面ガラスも外から補助員にナットで締めつけて固定してもらう。水中に入れば、潜水服は浮力でいくらか軽くなるが、潮流に押し流されて思うように歩くこともできない。海岸から沖合に向かって張られた一キロメートルのロープを頼りに、深度十五メートルの海底を往復二キロメートル歩行するという訓練も行われた。さすがに佐々木たちにもこの訓練はきつかった。

潜水器具は長時間の潜水に耐えられるように急いで開発されたものであり、訓練中に空気清浄罐の漏水が発生したり、中に入っている苛性ソーダ液の逆流吸引によって事故も相次ぎ、学校での訓練中に死亡した兵士の数は五十名を超えた。

対潜学校での訓練を終えると、全国から集められた兵士たちは、実戦配備につくべく各鎮守府へとまた帰っていった。軍令部では、横須賀、舞鶴、呉、佐世保の鎮守府を合わせて六千五百名余りの伏龍特攻要員を養成し、アメリカ軍の上陸が考えられる主な沿岸に配置する計画をしていた。だが、実際には秋までにそれだけの兵士や機雷、潜水服などを準備できる見通しはほとんどなかった。

佐々木は、初めての実戦配備訓練として一人で何時間も海中に潜った時、不安と恐怖に怯えた。

実戦では、敵が上陸を開始する時刻は夜明け方から午前中が多いため、その前に海中に伏せて何時間もこうして待っていなければならない。しかも、周囲には誰もいない。何故なら、棒の先につけた十五キロもの火薬が爆発すれば、少なくともその五十メートル範囲の人間がすべて死んでしまうため、隣の伏龍員との間隔は少なくとも五十メートル以上離れている必要があったからだ。

海中でただ一人、忍び寄る敵を何時間も待ちながら、孤独に耐えて死と向き合っているというのは、精神的にも極限状態に近い。佐々木は、絶望的な気持ちになった。

また、何度も訓練を重ねている間に、いくつかの疑問が頭をもたげてきた。

(本当にこんな訓練で敵の上陸を防ぎ、やっつけることができるのだろうか)

これまでの訓練では、確かに頭上にある舟艇の底を五メートルの棒先に付けた模擬機雷で突き上げて、確実に射止めることが可能だった。しかし、それは停止している船だからできたことであって、実際には敵の上陸用舟艇は、圧倒的な物量と数で、しかも高速でやって来る。そんな舟艇を海の中で待ち伏せして、下から棒機雷で突き上げて命中させるというのは至難の技に近い。その上、五十メートルもの間隔で配置されており、海の中を自由に動くことさえままならない状態で、どうして敵の上陸を阻止することができるのか……。多くの兵士もそう考えているに違いない……佐々木はそう思っていたが、誰も口に出すことができなかった。

佐々木たちが横須賀でこうした訓練を行っている間、日本各地での空襲は更に激しさを増しており、密かに原子爆弾投下の準備も着々と進められていた。

佐々木たちがここに来て二ヶ月余り経ち、八月に入った頃から「戦争が終わるらしい」という噂がどこからか伝わってきた。

一九四五年（昭和二十年）八月十五日正午、兵士たち全員が兵舎前に整列させられ、玉音放送を聞かされた。陛下自らの有難いお言葉だと聞かされていたが、ラジオから聞えてくる音は、雑音がいっぱいでほとんど聞きとれなかった。放送が終わってから、中隊長が壇上に駆け上がって言った。

「わかったか。日本はポツダム宣言を受諾し、降伏した。しかし、それは政治上のことであり、我々軍人は最後まで米英と戦い、一人残らず自決して大君にお詫びを申し上げるのが勤めであると考える。もとより自分はそのつもりであるから、お前たちもそのことを覚悟しておくように。わかったか。それでは、解散する」

そう言い終わると、中隊長は静かに壇上から下り、兵舎の方に戻っていった。

その日は、兵士たちの間でも「最後まで徹底抗戦すべき」とした意見を言うものが多かった。しかし、翌日になると、中隊長以下、勇ましい言葉を吐いていたものから率先してどこかに行ってしまったため、兵士たちもそれぞれ故郷に帰り始めた。

佐々木は東京にいる叔父を頼るべく、東京行きの汽車に乗って出発した。

叔父の家は幸いにも空襲を逃れていたので、佐々木はしばらく叔父の家で居候しながら大学に戻ることを考えていた。しかしその見通しが立たず、仕事を見つけて働くことにした。叔父は東京で生活することを勧めたが、大学に戻れないと分かってからは、戦争で焼土と化した東京で暮らす気にはならなかった。戦争の爪跡の濃い東京から少しでも遠のきたいと思った。佐々木は思案したあげく、故郷の北海道へ戻って職を探すことにした。

第四章　揺れる心

（一）

九月のある日のこと、美鈴が風邪で熱を出して、病院の待合室で腰掛けて待っていると、廊下で三人ほどの女たちの話し声が聞えてきた。

「あそこの人たちは、いつまでああして生活しているつもりやろね」

「息子が厄介なものを連れて帰ってきたって、えらい迷惑してるそうやで」

「そらそうやわ。なんせ、男の方は両足がないし、満足に働くこともでけへんのやから」

美鈴は、足がないと聞くまで、まさか女の人たちが自分たちのことを噂しているなどと思ってもいなかった。が、その言葉を聞いていて、美鈴はそこから動くことができなかった。女の人たちが出ていくまで、じっと下を向いて椅子に座っていた。

美鈴は、その時に尾崎の家を出て行くことを決心した。

十月の初め、美鈴と島津は丹波市町にある教会の詰所に移り、住み込みで下働きをすることにした。町に教会の信者のための詰所が沢山あり、全国からお参りをするためにやって来る信者たちの宿泊や食事などの身の回りの世話をする。島津が事務的な仕事を手伝い、美鈴は炊事や掃除などの仕事に従事した。大きな詰所であったから、朝早くから夜遅くまで、結構やることは沢山あった。

美鈴はここで三年近く生活していたが、ずっと続けていくつもりはなかった。何故なら、食事と寝泊まりの心配がいらないことはありがたかったが、美鈴たちは若かった。ここにずっといても、半分は奉仕活動であり、お金もあまり貯まらなかった。お金が欲しいのではない。美鈴には、小さい頃からの夢があった。できれば復学して、教師になりたいと思っていた。願いは叶いそうにないかもしれないが、とにかくここから早く出たいと思っていた。しかし、かといって当てがあるわけでもなく、頼れる人もいなかった。が、ふと美佐子のことを思い出して、別れる時に教えてもらった宝塚の住所に手紙を書いた。美佐子が無事であるかどうかも分からないままではあったが、美鈴は祈るような気持ちで投函した。

一週間ほどして、美佐子からの返事が来た。美佐子の手紙は、お互いに無事だったことの喜びで踊るような文面だった。奈良に住んでいることにも大変驚いたようだったが、美佐子の家族も、全員が無事だった。美佐子の家は、履物屋が多くの商売と同様に国策によって禁止となったため、店をたたんで宝塚の母親の実家の方へ移っていた。そのため空襲からも逃れたということだった。そして、美鈴が何よりも嬉しかったのは、美佐子が奈良市にあるという叔父の家を紹介してくれたことである。

美鈴は、美佐子から奈良市にある、空き家になっていた叔父の家を紹介され、借りることにした。家賃も安くしてくれるように、美佐子が叔父に掛け合ってくれた。

美佐子の叔父は奈良で土木建築の仕事をしていたが、敗戦となって、焼け野原となった大阪の町を再興するために、新しい居を構えて東大阪に移り住んだ。県の関係者や地元の木材業者の中で顔が広く、吉野から大量の木材を買い入れて町の復興にあたっていた。その叔父の家が空き家になっていたのである。美鈴はその家が押上町というところにあると聞いて、何か因縁めいたものを感じた。美鈴が東京に住んでいた時、錦糸公園からそう遠くないところにも同じ名前の町があり、島津と一緒にセツルメントでよく行った場所でもあった。

奈良市にある押上町は、東大寺の境内に隣接しており、近くには正倉院や二月堂といった神社仏閣が沢山あった。佐保川の上流に位置しており、その昔、川を上って運んできた木材を川上で船から降ろし、貝殻で皮を剥《は》ぎ、下ごしらえをして、神社仏閣が建ち並ぶ若草山の方に向かって押し上げた。だから、佐保川から東大寺に向かって、川上町、手貝町、雑司町、押上町といった名前の町が並んでいた。

美鈴がこの家に引っ越してきた時、すでに敗戦から四年近い歳月が流れようとしていた。家は興福寺から五百メートルほど北の方にあり、東大寺の境内がすぐそばにあった。家の表には小さな門構えがあり、格子戸をくぐって玄関から中に入ると、まっすぐ廊下が延びており、左手に八畳間が二つ続いて並んでいた。庭に面した二つの部屋には外廊下が付いていた。玄関から直接通じている廊下の奥に、小さな台所があり、その横に風呂があった。台所の奥にある勝手口からは、裏道の方に出られるようになっていた。美鈴は、この家が気に入った。島津は、車椅子から降りると這って歩くことはできるものの、歩行が不自由なため、段差を少なくするよう玄関の上がりがまちや台所の洗い場などに低い台を置いた。

奈良市に越してきてから、しばらく二人でどうにか食いつないでいたが、お金もだんだんと底をつくようになり、美鈴は新しい仕事を探すことにした。どこというあてもなかったが、沢山のお店が並んでいる三条通りを歩いていた時、「求人募集」の貼り紙を見つけ、若菜館という料理旅館を訪ねた。

　面接をした女将《おかみ》が、美鈴の話を丁寧に聞いてくれた。

「あんたも、いろいろと大変やなあ。ここは、学士さんの働くようなところやないけど、それでもええのなら」

　そう言ってくれた。

「是非ここで働かせてください。なんでもやりますから……」

　美鈴は、藁《わら》にもすがる気持ちでお願いした。

　美鈴が働くことになった若菜館は、奈良にある老舗の旅館であり、三条通りの一番東の端にある坂を上りきったところのすぐ右手にあった。

　三条通りは、そこから春日大社の参道へと続いており、入口には大きな赤い鳥居が立っている。参道に入ると両側には奈良公園が広がっている。鳥居のかなり手前からやや急な上り坂となっており、坂の左手には興福寺、そして右手下には猿沢池がある。猿沢池に映る興福寺の五重の塔は、優雅で趣があり、付近一帯が観光の名所にもなっている。そんなこともあって、坂の右手から猿沢池周辺にかけて沢山の旅館が建ち並んでいた。

　若菜館は、旅館と合わせて小料理屋を兼ねており、地元のひいき客も多い。老舗だけあって年季の入った仲居も多いが、若い人も含めて二十人ほどが忙しく働いていた。美鈴は仲居として入ったため、普段は座敷に出ることはなく、地味な着物を着て、たすきがけの姿で部屋に料理を運んだり、あと片づけや掃除など細々とした仕事をした。しかし、忙しい時は女将さんに頼まれて、綺麗な着物を着て座敷に出ることもあった。二十代半ばの美鈴は、ほっそりとした身体に着物がよく似合い、仲居の中でも飛び切り目立った。おもながの顔に切れ長の涼しい目、笑うと細い目がなくなってしまいそうで、より可愛さが増し、皆から可愛がられた。細かいことにもよく気が付き、いつも笑顔で忙しく働き回っているので、お客の間でもすぐに評判になった。美鈴は酌婦の仕事をすることには抵抗を感じたが、綺麗な着物を着てお客の前に出ることが楽しかった。こうして、若菜館で働くようになってから、美鈴は少しずつ本来の明るさを取り戻していった。

しかし一方、島津の方は仕事も見つからず、悶々としていた。どうにもならない自分の体を持て余し、だんだんと心がすさんでいった。酒を飲んで自暴自棄になる日も多くなり、イラ立っている時が多かった。美鈴が楽しそうにして家に帰ると、余計に不機嫌になった。

「お前は、楽しそうでいいなあ。俺に対するあてつけなのか」

そんなとげとげしい言葉を浴びせられると、楽しい気分も一度に吹き飛んだ。感謝の言葉でなくても、せめて、

「いつも遅くまでご苦労さんだね」

美鈴は、そう言ってねぎらってくれる彼であってほしかった。

「義明さん、何をそんなに怒っているの」

「うるさい！　お前のその楽しそうな顔が気に入らないんだよ。厭味なのか」

「どうしてそんなことを言うの。もっと落ち着いて優しく言ってください」

「なにっ！」

島津と度々口論になり、食事中に目の前の御膳をひっくり返すことも一度や二度ではなかった。美鈴はそんな時が一番悲しかった。畳の上に飛び散ったご飯やおかずを片付けていると涙がこぼれた。美鈴は、こうしたことがある度に絶望的な気持ちになったが、島津が冷静になった時に見せるいつもの優しさや感謝の言葉に、また思い直し、彼への気持ちを新たにするのだった。

時々、島津は他の傷痍軍人たちに誘われて、商店街に出かけていった。白い着物を着て街角に立って、托鉢で金銭の施しを受けていた。美鈴は、東向き通りで偶然、一度だけその姿を遠くから見たことがあった。一人の男は片足がなく、松葉杖を横に置いてアコーディオン弾いていた。島津は、その横でただ座っているだけだった。もう一人の男は、目の前に置いた籠の中にお金が入れられる度に、ぺこぺこと道行く人に頭を下げていた。美鈴は、みじめで恥ずかしかった。美鈴の前を、母親に手を引かれた小さな子どもが、「お母ちゃん、あのおじちゃん、足がないし怖い」と言いながら過ぎ去っていった。美鈴は島津たちから見つからないようにして、そっと引き返した。家に帰ってからも島津にその話はしなかったが、美鈴の心は情けなさと歯がゆい気持ちでいっぱいだった。

時々、島津の友人たちが家にやって来た。島津は奈良市に越してきてから傷痍軍人の会にも出入りするようになり、そこで何人かの友人ができた。東向商店街で托鉢のようなことをしている人たちも、この会で知り合った仲間である。高木実もその一人だった。島津が東向きに出かける時は、たいがい友人たちが家まで迎えに来てくれたが、美鈴も何度か車椅子で送っていった。その時に高木夫人とも出会い、親しくなった。高木は、夫人とともに何度か美鈴の家にも遊びに来たが、いつも静かで口数が少なく、どこかに暗い陰を持っているように思えた。明るくよくしゃべる奥さんとはまさに対照的だった。

しかし、奥さんの話によれば、高木は戦争に行くまでそんな寡黙な人ではなかったらしい。「うちの人は、戦争に行って人が変わった」と美鈴に話してくれた。「いつも日焼けした黒い顔で農業をしていたが、とても優しい人で、浅黒い顔をした彼の笑顔から見える白い歯が好きだったので、一緒になったの」とも聞かせてくれた。しかし、戦争から帰ってきた時は、げっそりとやせ細り、その面影は微塵もなかったという。帰ってきてから三年ほど、何もせずに呆けたようだったらしい。そして、夜中に突然、「うおー」という叫び声をあげたり、「俺は殺される」と言ってよくうなされていたそうだ。よほど戦争で大変な思いをしたのに違いないと夫人は言った。しかし、子どもが生まれてからは、喜んでくれ、少しずつ昔の笑顔が戻ってきたのが嬉しいと話してくれた。

「でも、うちの人って大げさなんよ。時々、子どもを抱きしめてオイオイと泣いたりしているの。いくら嬉しくても大げさすぎるわ。二つになる息子は、その度におろおろしているわ」

夫人は、そう言って楽しそうに笑った。美鈴には子どもがいない。だから、なんと答えていいか分からなかったが、あの寡黙そうな高木が昔の元気を取り戻しつつあると話す嬉しそうな夫人を見ていて、美鈴も温かい気持ちになった。

そんなある日、島津の三人の友達が美鈴の家にやって来た。久保と吉田と高木だった。久保は高木と同じく地雷で足を吹き飛ばされ、片足がなかった。吉田は、銃弾で撃ち抜かれ片手をなくしていた。いつものように酒を飲み始め、丸い御膳を囲んでワイワイがやがやと話していた。小さな御膳は、大きな男が三人も座るとそれでいっぱいになった。高木は、横の方で時々みんなの話に頷きながら、相変わらず言葉少なに黙って飲んでいた。美鈴はそんな高木が気になって、少し話しかけたりお酌をしてあげたりしていた。酔いがまわるにつれて、話はいつものように戦争の話になった。酒の勢いも手伝って、時には自慢話も出れば、勇ましい話も出る。吉田は、ボルネオ島近くの戦場で負傷し、飢えに苦しんだが、どうにか生き残って帰ってきたということだった。吉田が酒で鼻の辺りを赤く染めながら言った。

「俺は、ジャングルの中で、アメリカ軍に左腕を撃ち抜かれてこんなになった。今度やる時は必ず米兵をやっつけてやる」

「そうだ。あんなアメリカ軍になんか負けてたまるかよ」

島津もその言葉に同調して言った。前線で戦ったことのない島津は、まだアメリカを見くびっているようなところがあった。隣に座っていた久保も、御膳の端をこぶしで叩きながら、

「そうや。中国人も俺たちに抵抗しやがって、中国人もアメ公も露スケも、今度やる時はぶっ殺してやる」

酔った勢いとはいえ、美鈴は楽しいお酒の場がだんだんと険しい雰囲気になっていくのを心配して、ハラハラしながら聞いていた。すると、それまで横で静かに酒を飲んでいた高木が突然、大きな声を上げ、

「おまえら、いいかげんにせんか！　飲む度にいつまでそんな話をしているんや」

すごい剣幕で怒り出したので、全員がびっくりした。美鈴は持っていた湯呑をあやうく落としそうになった。

「貴様らは、戦地で何を見てきたんや。それに島津は、戦場にも行っていないで、軽々しくそんな話をするな」

島津は黙っていた。横に座っていた久保が、前にいる高木に向かって言い返した。

「相手が抵抗するから悪いんや。あいつらは、昼間はおとなしく農民になりすまして農作業をしていて、夜になると襲ってくる。こちらが殺《や》らないと、やつらに殺されるんや」

高木に食ってかかったが、高木は動じることなく、ゆっくりと話し始めた。

「俺は、お前と同じように中国大陸にいた。反日勢力をやっつけるために、手をこまねいた軍部がどういう命令を下したか覚えているやろ。兵士と農民の見分けがつかないから、村ごと焼き打ちにして皆殺しにしたんや。俺の部隊は、十数軒ほどの家があった村を取り囲んで、藁を積み上げて火をつけた。すると中から、半狂乱になった女が火だるまになって飛び出してきた。その女はすぐに兵隊に射殺された。だが、その女は妊娠して大きな腹をしていた。それを見た中尉が、『腹から子どもを取り出して殺せ』と部下に命じた。命令された部下が躊躇しているとぶん殴り、無理にやらせた。銃剣で引き裂かれた女の腹から、小さな赤ん坊が出てきた。兵隊はそこにも銃剣を突き立て、高々と掲げた。俺は思わず目をそむけたが、中尉や何人かの兵隊はそれを見てにやにやと笑っていた」

話している高木の目から涙がこぼれ落ちた。そして、泣きながら話し続けた。

「俺も子どもを処刑させられた。ある時、日本軍のことを密告したという疑いで捕まった三人の男たちが、我々の前に引きずり出されてきた。一人はまだ十二、三歳ぐらいの少年だった。三人は目隠しされて木に縛りつけられた。男たちは、涙を流しながら大声で何か叫んでいたが、何を言っているのか分からなかった。中尉は、その場にいた俺たち三人に撃ち殺すように命じた。我々が、どうしても引き金を引けないで躊躇していると『貴様らは、上官の命令にそむくのか』と激しい鉄拳が飛んできた。仕方なく、俺たちは狙いを定めて一斉に引き金を引いた。俺は、少年に向けて目をつぶって引き金を引いた。銃声が終わって目をあけると、二人の男は頭と胸を撃ち抜かれて即死していたが、俺の撃った弾は急所を外れて太腿辺りに当たったので、少年はまだ生きていて、苦しそうにもがいていた。汚れたズボンが赤い血でゆっくりと染まっていくのが見えた。中尉が少年にとどめを刺すために、近くまで寄っていって、腰に付けていた短銃を引き抜いて少年のこめかみに狙いを定めた時、人ごみの中から髪を振り乱した一人の女が、必死の形相をして大声で喚きながら走ってきた。おそらく、少年の母親だったのだろう。女は、中尉の腰にしがみついた。しかし、中尉は、女を振り払って足蹴にして倒し、立ち上がろうとした女の胸に一発撃ち込んだ。女は『わあっ』と叫びながら、両手で天空をかきむしるようにしてその場に倒れた。中尉はそれから、今度は少年のこめかみに一発撃ち込んだ。少年の頭から血が吹き出し、周りに飛び散った。少年は崩れ落ちるようにうなだれて、動かなくなった。本当に可哀そうなことをした。しかし、誰も上官の命令に背けなかった。俺は、今でもあの少年と女の叫び声が脳裏から離れない。今、自分の子どもが生まれ、無邪気に走り回る姿やその可愛いしぐさを見ていると、自分のしてきたことを思い出し、後悔の念でいっぱいになる。俺は、なんということをしてきたのかと……」

高木は話しながら何度も涙をぬぐった。全員が静かに聞き入っていた。美鈴は途中で耳を覆いたくなり、静かに台所の方に立った。

「なんという酷いことを……」

戦争というのは、普通の人を狂気にさせる。善良な人まで残忍で凶暴なものにしてしまう。何故、そこまでやらなければならないのか。殺し合わなければならないのか。美鈴は、めまいがして倒れそうになった。高木は泣きながら、なおも話し続けた。

「戦争が終わる二年前の五月だった。俺たちは、湖南省の廠窖鎮《しょうこうしん》というところにいた。揚子江の水運を確保するために、近くにいる国民党軍をやっつけるためだ。しかし、日本軍が行くと地元の人たちが川に数百の船を浮かべてそこから逃げようとしたので、それを軍は数十機の飛行機によって全部殺してしまった。三日間の空爆と機関銃で三万人ぐらいは殺されただろう。食料は根こそぎ奪い取り、周りの家をすべて焼き払い、泣きすがる沢山の女を強姦した。軍がやったことは強盗団と同じだった。幅五十メートルほどあった揚子江の支流は死体で埋まり、血で真っ赤になった。ところが、戦争が終わると上官たちは俺たちを置き去りにして、真っ先に日本に帰ってしまった。俺は、あいつらを絶対に許さない。残された俺たちは、それから二ヶ月ほどかかって命からがらどうにか船で門司港にたどり着いたが、汽車から見た広島の町、岡山、神戸、大阪はすべて空襲で焼きつくされ、何十万、いやもっと沢山の人が空襲によって焼け死んでいた。お互いに、憎しみ、殺し合い、こんなことをし合って何になるのか。何のために戦争で殺し合うんや……」

美鈴は、呉で見たパイロットのことをふと思い出した。

（自分の祖国や家族、恋人が大切なのは、誰でも同じではないのか。何故、殺し合わねばならないのか……）

「久保は『相手が抵抗するから悪い』と言ったが、それは違う。他人の国に押しかけて行ったのは我々であって、向こうは自分の国を守るために戦っていたんや。日本だって、もし外国が侵略してきたら必死に抵抗して戦うだろう。中国や朝鮮は、もともと我々の国ではないんや。日露戦争に勝利して、南満州の権益を手に入れてから、勝手にそこに居座って領土を拡大してきただけにすぎないんや。そうして朝鮮や台湾も同じように、植民地にしてきたんや。昔、豊臣秀吉は、朝鮮を征服しようとして出兵したが、失敗に終わった。それ以降、中国や朝鮮で暮らしていた日本人は誰もいない。そもそも日本の領土とは違うんや」

アジアの解放のためになどと正当化しているのは、こちらの勝手な論理であって、相手にしてみれば、支配していた欧米諸国が日本に代わっただけの話で、何も変わらないということを、高木は話した。久保の隣でじっと耳を傾けていた吉田も、しんみりと話し出した。

「俺も、日本に帰ってきてから、ビルマで戦っていた奴の話を聞いたことがある。最初ビルマに侵攻していった時、『解放軍が来た』といって住民から大変歓迎されたそうだ。ビルマはイギリスの植民地だったからだ。しかし、食料の補給もなく、そのうち日本軍が村に押し入って住民の食べ物を略奪したり、道案内してくれた住民を、敵に場所を知られるからといって殺すようになったので、だんだんと住民から恨まれるようになり、襲われるようになったということだ。だから戦争が終わって引き揚げる時、沢山の仲間が住民の復讐にあって殺された。そいつは、命からがら日本に帰ってきたと話していた」

「日本軍がそんなことまでしていたなんて、俺は少しも知らなかった」

島津は、高木たちに詫びた。

吉田は、ボルネオ島にいた時の自分の体験について話した。

「俺の部隊も、生き残ったのは一割もいない。国内では、戦争で相手と交えて華々しく亡くなったように報道されているが、ほとんどの仲間は飢えと疲労で死んでいった。最後の頃は、戦うにも銃弾すらなかった。残された我々は、食べるものが何もなく、カエルや蛇、トカゲ、ムカデなど、何でも食べた。死んだ人に群がるウジ虫を集めてきて、飯合に入れて煮て食べた。ウジ虫も貴重な蛋白源で、そうでもしなければ生き延びられなかった」

美鈴は気分が悪くなり、吐き気がして便所に駆け込んだ。

もう、新たに酒を飲もうとする者は誰もいなかった。久保も神妙に語り出した。

「俺たちも、食料の確保には苦労したよ。前線で戦うには、武器や食料の補給が欠かせないのに、何も援助がなかったからなあ。軍の方針は、現地で調達せよということだったから、村々に押し入って中国人の食料を略奪し、村ごと焼き払って進んだよ。中国人は何も食べるものがなく、柳の葉っぱを煮て食べていた。本当にひどいことをしてきたと思うよ。こんな経験は、もう二度としたくない。これからの時代は……」

久保が最後まで言い終わらないうちに、吉田が横から口を挟んだ。

「ただ、この前近所の子どもたちと話していて一つ気になることがあった。『学校でどんな教科が好きか』って聞いたら、ほとんどの男の子が社会と答えるので、何故かと聞いたら、先生が社会の時間に、いつも戦争の話をしてくれるのがその理由らしい。先生は、いかに日本が強かったか、どんなにして敵をやっつけたかを面白おかしく話してくれるらしく、生徒はみんな拍手喝采して聞いているそうだ。この程度の認識で戦争を教えられたら、たまったものじゃない。いずれまた同じことを繰り返す時代がこないかと心配になるよ」

「でも、新しくできた日本の憲法は、永久に戦争を放棄すると書いてあるから大丈夫かも知れんな」

島津がそう言うと、

「それだけが救いかなあ。少しは安心できるかな」

その高木の言葉に皆が同意し、話はどうにか落ち着いた。

美鈴は、日本が戦争に負けて「一億総懺悔」と言われたことに、ずっとわだかまりを持っていた。私たちがこの戦争を始めたのではない。戦争で沢山の人が亡くなり、美鈴も島津も家族全員を失ってしまった。なのに、何故私たち皆が懺悔しなければならないのか。亡くなった人が生き返ってくるわけではない。でも「皆が悪かったから」「仕方がなかった」では決して済ませてほしくない。美鈴はそう思っていた。

戦後、十年も経つと旧軍人に対する世間の見方や意識も、大きく変わりつつあった。美鈴が奈良市に越してきた頃は、「お前たちのせいで、戦争は負けたのだ」という雰囲気がまだまだ強く、中には「特攻など犬死にだ」と言って憚《はばか》らない人もいた。美鈴も島津も人々の変わりように驚いた。そして、その度に島津や仲間たちは悔しい思いをした。しかし、多くの人たちは、生きることに、食べることに夢中で、いつまでも戦争の思い出に浸っている余裕はなかった。

戦争について自虐的に見る必要もなければ、美化する必要もない。ただ、客観的にきちんと戦争と向き合い、何故あの戦争を食い止められなかったのか。どうしたら再び繰り返さないようにできるのか。そのことだけは、はっきりさせておいてほしいと美鈴は思っていた。しかし、美鈴が見ている限り、大半の人たちは「軍部が悪かった。行き過ぎた」という理由で幕を引き、戦争を過去のものとして葬り去り、はっきりしないまま時が流れていくように思えた。

（二）

大阪に住んでいる美佐子から連絡があり、遊びに来ることになった。美佐子と会うのは、五年ぶりで、美鈴は久しぶりに会えることを心待ちにしていた。

美佐子は昼過ぎに美鈴の家にやって来た。家に上がるなり、部屋中を見回して言った。

「ずいぶんと落ち着いたみたいやね。この家を紹介して良かったわ」

「散らかっていてごめんね。本当に助かってるわ。ありがとう。でも、叔父さんにはご無沙汰しっぱなしで、気を悪くしてないかしら」

美佐子の叔父とは、この部屋を借りる時に会ったきりで、美鈴はそれから会っていなかった。しかも、ただ同然でこの家を借りていた。美佐子の叔父は、美鈴たちの生活を見兼ねてか、「家の管理をしてくれるだけでいいから」と言って、部屋代の話はせずに、早々と大阪の方に帰っていってしまった。美鈴がそのことを話すと、

「ああ、そんなことちっとも気にせんでええから。叔父さんは、焼け野原になった大阪の町を復興させるために吉野から材木をどんどん仕入れて、家をいっぱい建てて、ようけ儲けてはるみたいやから。えらい羽振りがええねん。せやから、遠慮せんと借りといたらええわ」

美佐子は明るく笑いながらそう言った。美鈴は、ずっとそのことが気になっていたので、それを聞いて少しほっとした。

「ところで、彼の方も元気なの？」

美佐子は、心配して義明のことを聞いてきた。美佐子には、柳本から出した手紙の中で、義明が船で事故に遭い、両足を失っていることを知らせていた。

「まあ、なんとか元気にやってるわ。今は、ちょっと出かけているけれど……」

義明は、その日も朝から友人たちと東向き通りに出かけていたので、家にいなかった。

「美鈴もいろいろと大変やね。それで、今は旅館に勤めて頑張っているんだってね」

美鈴は義明のことを詳しく聞かれたらどうしようかと思っていた。きちんとした仕事についているわけでなく、

（あんなことをしていて、ずっと生活していけるわけがない）

美鈴はそう思って心配していたが、どうしていいか分からなかった。しかし、美佐子は、それ以

上、深く聞いてこなかった。美佐子は一度も義明に会っていないし、よく知らなかったからである。それよりも、積もる話となると、やはり自分たちのことだった。美佐子がお土産に持ってきた煎餅を食べながら、二人は丸い御膳を挟んで向き合って話し込んだ。

美佐子は父の仕事を手伝っていた。美佐子の父は、空襲で焼けてしまった履物工場を再建するために、実家から資金を借りて、工場と店を出すことを考えていた。美佐子によると、空襲によって大阪の町は、ほとんどの家が焼失し、焼け野原になってしまったそうだ。戦争が終わってすぐに大阪まで戻ってきた時、梅田の駅から難波の街が見通せたくらいに、何もかも焼かれてしまっていたそうだ。美鈴が大阪にいる美佐子を初めて訪ねた時、梅田から南へ伸びる大きな御堂筋通りが芋畑になっていたことに驚いたが、それすらもなくなってしまっていたようだ。美佐子は、戦争が終わって大阪の町が、というより日本人が変わってしまったことに憤慨していた。

「戦争が終わってから進駐軍が沢山やって来たやろ。その男たちの腕にぶら下がって嬉しそうに歩いている女の人を見た時、本当に吐き気がしたわ。私たちは、鬼畜米英と教えられ、沢山の人たちがアメリカ人と戦って亡くなっていったわ。その敵の男たちに体を売って生活しているなんて、考えただけでも汚らわしいわ」

美鈴も「パンパン」と呼ばれる人たちがいることを聞いたことがある。考えただけで、おぞましく身の毛がよだつが、

「でも、生きていくために、そうするしかない人もいるんでしょうね。本当に戦争って酷いと思うわ」

事実、戦争が終わって疎開していた若い人たちが町に戻ってきたが、今度は仕事も食べるものも不足しており、未婚の年増の女性や戦争未亡人が町中に溢れていた。

「いや、私は絶対に認めない。女が男の性の道具になり下がるなんて最低よ」

美佐子は吐き捨てるように言った。もちろん、美佐子の言うことはもっともであり、美鈴も正直にそう思う。自分も、たとえどんなに生活に困っても、そんなことはしないだろうと思う。しかし、そうでない人もいる。その違いはどこから来るのであろうか。人間としての誇りや尊厳だろうか。それがなければ、なんら動物と変わらないと思ったりもする。でも、人間なんて、そんなに強くも、賢い存在でもない。追い込まれると弱いものであるということをつくづく思う。

ただ、美鈴も美佐子も、知らなかったことがある。それは、日本の政府が若い女性を急きょ募集して、占領軍兵士のための性的慰安施設を自ら作ったことである。内務省の警備局長が各府県の長官（県知事）宛てに指令を出し、慰安施設をあちこちに開業させた。東京の大森で開業した施設には、千三百六十名もの慰安婦が揃っていた。しかし、このことに対して、ＧＨＱ（連合国総司令部）でさえ、さすがに難色を示し、半年後にこれを禁止した。そのため、生活に困った女性たちが街頭に出て自分たちで営業し始めた。これがパンパンと呼ばれる人たちである。悲しいことに、これが戦後第一位の外貨獲得産業となったのである。

美鈴は美佐子に復学のことを聞いてみた。すると、

「もう学校へは、戻る気にもならない」

と、美佐子は淋しそうに言った。今は父の家業を手伝っているが、これからどう生きていったらいいのか思案しているとのことであった。それは、美佐子の許婚《いいなずけ》が戦死していたからである。美鈴は美佐子の許婚のことを、師範学校にいた時に聞いていた。美佐子には、師範学校に入る前から交際していた一つ年上の男性がいた。彼は堀内光男と言い、神戸にある父の実家近くで母親と二人で暮らしていた。最初、実家から紹介されて光男と知り合った時、美佐子はまだ十六歳であった。しかし、光男は父を病気で早く亡くし、母親と二人だったため、なるべく早く結婚させようと親たちが考えたらしい。その頃は国の方も「産めよ増やせよ」と、軍隊に行く若者には早く結婚して子どもを産むことを奨励していた。こうして、親同士が勧めた婚約ではあったが、二人とも惹かれ合って交際を続けていた。ただ、彼が高等学校から京都の大学に進むことになった時、美佐子も一つだけわがままを許してもらった。それは、自分も女学校で勉強することだった。奈良に住んでいた叔父は、当然、奈良にある師範学校を勧めたが、一度東京に行ってみたかったこともあって、美佐子は美鈴と同じ東京女子高等師範に入った。美佐子は、夏休みや春休みはもちろん、度々彼に会うために帰郷していた。一九四三年（昭和十八年）美佐子が三年生の時、大学で学んでいた文系の学生たちの徴兵猶予が停止になり、学徒出陣として戦地に行くことになった。壮行会は東京神宮外苑だけでなく、全国の大学で挙行された。

「戦争に行くことが決まった時、彼は、母親と私を残して行きたくないって言っていたの。それで、私が叱り飛ばしてやったわ。『何言ってるの弱虫！　男なら、男らしく戦ってきなさい』って。だから……私が半分死なせたようなものよ」

美佐子はそう言って涙ぐんだ。

「でも、誰も止められなかったし、仕方がないじゃない。私たちは、ただ見送るしかなかったんだもの」

「そりゃ、私だって無事に帰ってきてほしかったわ。でも、何故あの時に、せめて『必ず帰ってきてね。お母さんも私も、待ってるからね』って送り出してあげられなかったのかと思うと、残念でならないの。本当に可哀そうなことをしたわ」

美佐子が光男の戦死の知らせを受けたのは、戦争が終わって一年ほどしてからであった。残された母親が、宝塚の実家に身を寄せていた美佐子のところに知らせにきた。母親はその時に、光男が美佐子に残していったというノートを持ってきた。もし自分が帰ってこなかった時のことを考えて、一冊のノートを母親に預けて戦地に行ったのだ。そのノートには、美佐子や母親のことを、どれほど心配し案じているかが、いっぱい書き連ねてあったという。

「私は彼のノートを読んで、ずっと泣き暮らしていたわ」

美佐子は何度も涙を拭った。

「『この戦争は、理不尽であり、自分はこんなために将来を失いたくない。しかし、本土まで直接米軍機がやって来るようになり、町が空襲で焼き払われていく。この国を守るためには行かなければならない。自分も行くしかない。でも死にたくない。生きて帰ってきたい』って書いてあったわ」

母へのお詫びと美佐子への別れの言葉が最後に書かれていたそうだ。彼は、すでに死を覚悟して戦地へと行ったようだ。しかし、死を願っていたわけでない。覚悟することと願うこととは違う。言葉の一つ一つに、彼の無念さと悔しさがにじみ出ていたと、美佐子は話してくれた。

「当時の人たちは、みんな時の流れに押し流されていったわ。でも、彼は、この戦争はおかしいと思うまともな考えと認識を持っていた人だったような気がするの。なのに私は、『弱虫。男らしく戦ってきなさい』って言って、送り出したのよ。ひどい女よ。何故イヤなのかをきちんと聞こうともしなかったわ。駅まで見送りに行ったら、笑って出征していったけど、彼の気持ちを受け止められなかったことが悔しい……」

美佐子はそう言って、泣き伏した。美鈴は、どう言葉をかけていいか分からず、美佐子のそばへ行ってただ頷きながら、なんども背中をさすってあげるしかなかった。

彼はきっと、美佐子や母を残して死にたくなかったのだろう。しかし、かと言って他にどんな選択肢があっただろうか。ありはしない。結局、この戦争に行くしかなかったのだ。そう思うと美鈴も悔しくて涙がこぼれた。

美佐子を奈良駅まで送っていく途中も、二人は話し続けた。何も食べ物がなく、いつもお腹を空かして空襲におびえていなければならない戦争。あらゆる物資が戦争のために供出させられ、配給品もいつも不足していた。最後は生理用品までも配給になり、それすら手に入らなくて困った。そんな戦争は、もう二度と起こしてはならない。そんなことを道中話しながら、駅で手を振って美佐子と別れた。

戦争で死んでいった人も無念であり残念だが、生き残ったものたちもその悲しさを背負って生きてゆかねばならない。戦争をして、お互いに傷つけ合って、何が残るというのか。誰がこんな戦争を始めたのか。美鈴は、どこにも持っていきようのない怒りで胸が締めつけられる思いであった。ただ、新しい憲法ができた今、せめて戦争のない平和な時が、ずっとずっと続いてほしいと願わずにはいられなかった。

（三）

美鈴が若菜館で働き出して少し仕事にも慣れ、仕事が楽しいと感じるようになっていた頃である。この旅館の跡取り息子である誠治が、三年間の板前修行を終えて若菜館に戻ってきた。

誠治は美鈴より二つほど年下であったが、小さい頃から甘やかされてわがままに育ったため、仕事をするようになってもなかなか身が入らず、あちこち遊びほうけていたのを見かねて、両親が大阪の知り合いの料理屋に板前の修業に出していたのであった。誠治は目鼻立ちがすっきりとして顔の彫りが深く、二枚目役者のような顔立ちをしていた。

美鈴と誠治。この若い二人が一緒に仕事をしていて、親しくなるのにそう時間はかからなかった。美鈴は、最初から誠治のことを特に意識していたわけではなかった。むしろ、どちらかといえば、誠治のぶっきらぼうな言葉遣いや、時折見せる凝視するような鋭い眼が嫌で、あまり好きになれなかった。

でも、仕事が忙しくて大変な時に、美鈴の傍に来てそっと手伝ってくれたり、いろいろと親切に声をかけてくれる。そうして、だんだんと打ち解けて話をするようになるにつれて、誠治への親しみが次第に増していった。そのうち、誠治は仕事以外でも二人だけの時間を求めるようになってきた。その度に、美鈴は戸惑い、できるだけ二人になることを避けてきたが、どうしても断り切れず、一緒にならまちの方へ出かけたり、たまには奈良公園を二人で散歩したりすることもあった。

これまで、美鈴はつらい現実に負けまいとして、努めて明るく振舞い、夢中で頑張ってきた。もともと明るい性格ではあったが、同じ世代の友達としばらく親しく語り合うこともなかったので、同じ年頃の誠治といろいろと話ができることが楽しかった。

しかし、美鈴にとっては、このことだけが楽しかったわけではない。周りから自分が受け入れられ、みんなと一緒に仕事ができることそのものが嬉しかったのである。

だが、誠治と親しくなり、一緒に仕事をしているうちにだんだんと惹かれていく自分に気付くようになり、その度に美鈴の心は大きく揺れた。

(私だって、まだ若いんだし……これから、もっと楽しく生きていきたい)

そう思うのであるが、引き寄せられる誠治への想いと義明への後ろめたさが、時々美鈴の心の中で交差していた。

一九五〇年頃から、日本の景気もだんだんと上向きになり、朝鮮戦争の特需も手伝って、人々の生活にも少しずつ余裕や落ち着きが見られるようになっていた。

山々の新緑が目に美しい初夏の頃、美鈴は女将さんに頼まれて座敷に出た。綺麗な着物に着替え、真っ赤な口紅を引いて、うきうきした気分で座敷に入った。十人ほどの客だった。受け持ちの

仲居が、

「美鈴さん、藤井さんのお相手、お願いしますね」

にんまりとして、そう言った。「はい」と答えたものの、すぐに憂鬱になった。藤井という年配の客は、商店街の役員をしており、この店の馴染みの客なのだが、酒癖が悪くて有名だった。だから、誰もが相手をしたがらなかった。丸い顔にぎょろりとした目、広いおでこが脂ぎって光っている。とんだお客に当たってしまったと思いながらも、美鈴はよそゆきの笑顔を作り、藤井のそばに座った。相手をしている中で、美鈴もだいぶ酒を飲まされる羽目になり、酔いが回ってきた。そのうちだんだんと藤井の顔が近くに寄ってきて、時々体を触ったりしながら、すり寄ってくる。美鈴が藤井の体を左手で押しのけてかわそうとした時、相手がいきなり左の身八《み や》つ口《くち》から胸に手を入れ、美鈴の乳房を鷲づかみにしたからたまらない。

「何をするのですか。やめてください！」

美鈴は大きな声を張り上げ、藤井の手を払いのけてその場に立ち上がった。その拍子に目の前にあった膳がひっくり返り、空いた徳利が数本、畳の上を転がっていった。周りの者もびっくりしてこちらを見た。美鈴が腹をすえかね、すぐに帰ろうとして廊下に出たその時、女将がこちらに向かってやって来た。女将は悪態をついて騒いでいる藤井を見て、一瞬でその場の状況を理解した。

「藤井さん、今日はお引き取りください。うちの店は、いやらしい男の相手をさせるような店とは違いますから」

女将がはっきりとそう言うと、藤井はぶつぶつ言いながら怒って帰っていった。藤井が帰ったあ

と、女将はすぐに部屋を片付けさせた。そして、

「美鈴ちゃん、今日はもう上がっていいから……。少し板長から話があるようだから、一緒に帰って送ってもらったらええわ」

そう言って、厨房《ちゅうぼう》の方へ消えていった。横にいた仲居が、

「私も、あの男に胸に手を入れられたことがあるねん。そやから、あの人にお酌する時は、隣に座ったらあかんのや。前の方からお酌せんとな」

そう言って笑った。

(それなら、もっと早く教えてくれればいいのに)

美鈴は、まだ腹が立っていた。


美鈴が着物を着替えて店を出ようとすると、後ろから女将が板長に、

「よろしく頼みますね」

と声をかけた。板長が、美鈴に何か話があるというので、帰る途中近くの居酒屋に寄った。そこで板長が美鈴に話したことは、誠治との縁談のことだった。もちろん、美鈴が義明の世話をしているることは、女将も承知の上である。女将さんは、美鈴が結婚もせずに義明の世話をしているのを見兼ね、息子と結婚して旅館を継いでほしいと思うようになり、それが美鈴にとってもいいことだと考えていた。

美鈴は先ほどの不愉快な気分が抜けず、ここに来てからも板長に勧められるまま酒を飲んでいた

ので酔いがすっかり回っており、頭の中が混乱していた。板長も、美鈴のこれからを考えると、誠治との結婚の方が幸せだと何度も言った。美鈴は、その話を聞きながら、芋虫のように部屋の中を這い回っている義明の姿を思い浮かべた。

（このまま義明さんと一緒に生活していて、本当に幸せになれるだろうか？）

美鈴も、そう思ったことが何度かあった。

美鈴は、板長がしつこいくらい「送っていく」と言うのを断り、一人で帰ることにした。歩き出すと更に酔いが回ってきて、足元がおぼつかない。何度も途中で休みながら、どうにか家までたどり着いた。

家に帰ると、義明は不機嫌な顔をして起きて待っていた。美鈴がふらふらして部屋に入っていくと、

「こんなに遅くまで、どこで何をしていたんだ」

義明は、美鈴を見るなりいきなりそう言った。

「ごめんなさいね。いろいろと忙しくて……」

美鈴は、酔っぱらって少し横柄そうに返事をした。ろれつが回っていなかった。

「本当にそんなに仕事が忙しいのか。最近、酒を飲んで帰ることが多過ぎるんじゃないか」

確かに、最近は座敷に出ることが重なり、そんな日はいつも酒を飲んで、というより飲まされて帰ることが多かった。しかし、今までこんなに酔って帰ったことはなかった。

「ここのところ、お客さんが多くて大変なのよ。忙しい時は、客の相手もあるから、仕方ないわ」

美鈴は語気を強めて、少し面倒そうに言った。

「本当にそれだけなのか。勤め先の息子と二人で、またどこかへ出かけていて遅くなったんじゃないのか」

義明は、厭味たっぷりにそう言い返してきた。

「どうしてそんなことを言うの。そんなことないわ」

「東向き通りを二人で歩いているのを見たという人がいるんだ。楽しそうに歩いていたって教えてくれたよ。いったいあいつとはどういう関係なんだ」

義明は不満をあらわにして、声を荒げて言った。

二人で歩いているところを誰かに見られていたのだ。確かに、仕事の帰り際に、誠治から東向きにある刃物屋に包丁を買いに行くから一緒に行ってくれと頼まれてついていったことがあった。時間があったこともあるが、なんとなく楽しそうで、軽い気持ちでついて行った。

「誰がそんなこと言ってたのよ。確かに一緒に出かけたことはあるわ。でも、ただそれだけで、何もないわ」

ここはきちんとしておかなければと思って、美鈴は言い返した。

「仕事が終わってから、いったい二人で何の用事があるというんだ。それに、こんなに酔っぱらって帰ってきて、いつからお前は、こんなふしだらな女になったんだ」

美鈴は、話しながら今日のことを思い出してムカムカしていたところに、この言葉がぐさりと胸に突き刺さり、とうとう切れてしまった。

「義明さんは、私が好きでこの仕事をやっているとでも思っているの？　嫌な客にからまれて不愉快なことだっていっぱいあるわ。それに、私が酒を飲んで帰って何が悪いの？　あなたにとやかく言われる筋合いなどないわ。私だって、酒を飲んで何もかも忘れたいと思うことだってあるわ！」

美鈴は大きな声で一気にまくしたてた。

「そんなに大変なら、もっと違う仕事だってあるだろう。何も夜遅くまでこんな仕事をしなくたって」

「昼間の仕事がよければそうするわ。でも、その時は誰があなたの食事を作るの。あなたがきちんと仕事をしてくれたら、私がこんな苦労をしなくてもいいのよ」

美鈴も負けずに言い返した。

「こんな体で、何ができる。どういう仕事をしろというのだ。だから我慢して、仲間と商店街にも出かけているんだ」

「足がないくらい何なのよ。足がだめなら頭を使う仕事をすればいいじゃない。家で私に文句ばかり言っていないで、もっと真面目に仕事を探したらどうなの。町角に立って道行く人たちからお金を恵んでもらって、それでもあなたは恥ずかしくないの。まるで、乞食じゃないの。東京帝大の学生が聞いてあきれるわ。あなたにはプライドというものがないの」

「…………」

義明は、今まで見たことのない美鈴の剣幕とあまりの激しさに、じっと聞いているしかなかった。しかしそれだけで終わらず、美鈴は更に絡んだ。

「ねえ、どうなのよ。今日は、いつものように私に出て行けって言わないの。まだ籍も入れてもらっていないから、出て行けって言うのなら出て行ってあげるわよ。もう、愛想が尽きたわ。これからは、自分一人で好きに生活していったらいいわよ！」

美鈴は言いたいことをすべて吐き出した。それでも気持ちが治まらず、そこら辺にあった物を手当たり次第に島津に向かって投げつけた。新しい涙が次々ととめどもなく溢れ出てきた。

翌朝、美鈴が目を覚ますと、着物のまま布団に寝ていた。義明が布団をかけてくれたようだが、起き上がろうとすると頭が割れるように痛かった。美鈴は座ったままで身づくろいしてから、這うようにして台所まで行って、コップ一杯の水を一気に飲み干した。もう太陽がだいぶ高く上っているようだった。

昼頃になって、ようやく頭痛の方も落ち着いてきた。部屋がいっぱい散らかっていて、雑誌や茶箪笥の上に置いてあったものまでが床に落ちていた。部屋の隅の方に、首の取れたこけしが転がっていた。美鈴はそれを拾い上げて、

「まあ、こけしの首が取れているわ」

こけしの首は、部屋の反対側の角に転がっていた。

「美鈴は、昨夜のことを何も覚えていないのか。酔っぱらって大変だったよ。俺は、もう本当に殺されるかと思ったよ」

義明は美鈴の方を見ながら、真面目な顔をして言った。美鈴は昨夜のことはほとんど何も覚えて

いなかったので、ばつが悪かった。そう言えば、こけしを取り上げて投げつけたような記憶があった。義明に当たらないように、襖《ふすま》めがけて力いっぱい投げたことがぼんやりと思い出された。見ると、正面の襖が破れてへこんでいた。何か言い争いをしていたことだけは覚えていたが、その時に義明に何を言ったのか、ほとんど覚えていなかった。でも、何か大変なことをしでかしたことだけは確かなようだった。

美鈴は静かに部屋を片付け出した。義明はしばらく黙って見ていたが、自分も手の届く雑誌や本を片付け出した。それから、美鈴は、遅い朝食を準備し、お互いに口も利かずに黙ったまま食事を済ませた。気まずい空気が流れたままであり、美鈴はずっと神妙にしていた。美鈴は、午後遅くになって、仕事に出かける時間になっても家にいた。仕事は休むことにした。義明と口を利いたのは夕方近くになってからである。義明が、

「お腹が空いた。何もしないで黙っているだけでも、人間ってお腹が空くんだね。何か美味しいものを食べたい」

美鈴の方を見てそう言った。朝食が遅かったので昼食を抜いたため、美鈴もお腹が空いていた。義明のその言葉をきっかけに、美鈴はにっこりと頷いて、

「そうね。何か美味しいものを食べましょうか」

部屋をめちゃめちゃにした罪滅ぼしもあって、美鈴は腕によりをかけてご馳走を作ることにした。

さっそく、近くの大門市場まで買い物に出かけた。大門市場は、表手通りに出て北の方に向かっ

て数分くらいの、転害門のすぐそばにあった。市場から帰ってきて、美鈴は急いで仕度に取り掛かった。義明が好きなお魚の煮付けやほうれん草の胡麻和え、ゴボウのきんぴら、吸い物などをお膳の上に並べ、お酒も付けた。義明にお酒を注いであげると、

「美鈴も一緒に少し飲んだらどうだ。でも少しだけだよ」

義明はそう言って、笑みを浮かべて盃を差し出した。

（昨夜は酔っぱらってよほど悪態をついたのに違いない。いつもなら「もっと飲めよ」としか言わないのに……）

美鈴は少しおかしかった。

「もう、二日酔いはこりごりよ。お酒は、しばらくよしておくわ」

そう言って、美鈴は笑いながら酒を遠慮した。義明は少ししてから、

「俺は、自分のことばかり考えて、美鈴に大変な苦労をさせていて悪かったと思っている。何もしないで、愚痴ばかり言って過ごしていた。昨日、美鈴に言われてそのことに気が付いたよ。朝からずっとそのことばかり考えていた」

しんみりとして言った。

「私こそ、あなたの辛い気持ちをきちんと理解してあげられなくて、ごめんなさいね。でも、いつまでもくよくよして、元気のない姿を見ているのが嫌なの。私も辛くなってくるから」

「俺はずっと考えていたんだ。戦争で亡くなっていった人たちのことを考えると、自分だけ生き残って申し訳ないという気持ちもあった。しかし、こんな体で生き残ってしまった俺に何ができる

のか。どう生きていけばいいのか。いや、生きていてもしょうがないのではないか……そんなことばかり考えていた」

「私も、どうして自分だけが生き残ったのか不思議に思うことがあるの。自分は何のために生きているのか……難しくてよく分からないわ。でも、その意味を考えながらこれからも生きていこうと思っているの」

（もしあの時、もう一日出発を遅らせていたなら、私もこの世におそらく生きていなかったに違いない。何故、自分だけが生き残ったのか。それとも生かされたのか……）

　美鈴は心の中でいつもそんなことを思っていた。

「とにかく、あなたが元気に働けるようになるまで、私もその分頑張りますから。二人で一緒に力を合わせれば、必ずいいこともあるわ」

　不安はいっぱいあるが、美鈴は本当にそう思いたかった。

「そうだね。俺もきちんとした仕事を探すよ」

　こんな話をしながら、久しぶりに二人でゆっくりと食事をした。そして、二人が知り合った頃のことや戦争中の話をしていた時、義明は意外なことを言い出した。

「実は、俺の足がこんなになってしまったのは、佐々木が閉めたハッチの扉に両足を挟まれてしまったからだ。あの重いハッチの扉に挟まれて、骨が粉々に砕けてしまった。だから、船に救助されたあと、すぐに手術して切断するしかなかった。藤本が横にいてボートに乗せてくれたから助かったけれど、もし藤本がいなかったらとっくに死んでいたよ」

美鈴はその話に息をのんだ。初めて聞かされる話だった。

「そんな……」

美鈴は次の言葉が出なかった。

「あの時、俺は仮眠室で休んでいた。敵の魚雷がちょうどその下にある機械室の真下に命中したため、機械室にいた乗組員はみんな吹き飛ばされて、何人も即死した。俺は顔に大火傷を負って、医務室に運ばれてベッドに寝ていた。だから、退却命令が出てもすぐに甲板に出られなかった。でも、藤本が来てくれたおかげで、外に出ることができた」

義明はその時のことを思い出しながら、ゆっくりと話し続けた。

「命令だから仕方がないが、せめてもう十秒遅く閉めてくれていたら、こんな体にはならなかった。だから、あいつのことをずっと恨んでいた。俺は、悔しくてたまらなかった」

美鈴は、両足を失った義明の事故に、一緒だった仲間が関係していたことに、大きなショックを受けた。佐々木や藤本が、義明と一緒の船に乗っていたことは、美鈴も知っていた。しかし、義明と再会した時に、佐々木や藤本の消息を聞いたことがあったが、義明はただ黙って首を横に振るだけで、離れ離れになって分からないと言っていたが、義明からこの事実を聞かされて、美鈴はすぐに言葉が見つからなかった。

「そうだったの……。それで、佐々木さんたちはどうなったの？」

美鈴は少し間おいてから、その場に偶然居合わせた佐々木と藤本のことを尋ねた。

「佐々木は、足を挟まれたのが俺だと気が付いていたかどうか分からない。何せ、俺の顔は、火傷のために包帯でぐるぐる巻きにされていたから。近くにいた人が騒ぎ出して俺を引きずり出してくれたが、もう甲板の上は脱出しようとする人間でごった返していたから、その後、佐々木がどうなったのかは全く分からない」

「それで、藤本さんはどうしたの」

美鈴は膳に体を乗り出すようにして、藤本のことを聞いた。美鈴は、空母「信濃」が横須賀を出港する前に、藤本から手紙をもらっていた。美鈴にとって藤本は、小さい頃から可愛がってもらったお兄ちゃんであり、大切な友人であったが、大学に入学した頃から、藤本にとってはそうではなかった。美鈴がもらった藤本からの手紙は、美鈴を恋い慕う別れの手紙であった。手紙には「これから戦地へと向かうことになりますが、お国のために命を捧げることの意味がよく分からない。自分は、その意味を考えるためにもっと生きたい。これから戦争に行きますが、自分はこの日本と大切な人を守るために……家族や美鈴さんを守るために死ぬ覚悟で行って参ります」と書かれていた。だから美鈴は、島津から出航の知らせを受けた時、藤本のことを気遣って、横須賀まで見送りには行かなかったのである。

「藤本は、人で溢れそうになっているボートに俺をなんとか乗せ、救助のために近づいてきた駆逐艦雪風まで、寄り添って付いて来てくれた。しかし、十一月の冷たい海の中で一時間以上も泳いでいたのと疲労で、とうとう力尽きて海に沈んでいった。俺も、足の痛みで何度も気を失いそうになって耐えていたが、『島津っ、美鈴さんのこと頼んだぜ。幸せにしろよ』というのが、あいつの最後の言葉だった……」

(何ということだ)

美鈴は大きく目を見開いて、しばらく宙を見つめていた。やがて、美鈴の瞼が膨れ上がり、涙が溢れ出した。小さい頃から優しくしてもらった藤本も亡くなっていたのだ。もっともっと生きていたかったろうに。戦争は、死んでいった人にも生き残った人にも、悔しさや無念、苦労をもたらす。そう思うとやりきれなかった。生き残った人たちも、そのことを心の底に引きずりながら生きていかなくてはならないのだ。

(ハッチが閉まるのが、あと少し、三十秒、せめて十秒遅かったなら、義明さんは足を失わないで済んだのに……。佐々木さん、どうしてもう少し遅く閉めてくれなかったの？　そうしたら、藤本さんも助かっていたかもしれない。皆、無事に生きていてほしかった。決してそんな死を望んでいたわけではなかったでしょう)

美鈴は布団に入ってからも、そのことを考えていた。その夜は、佐々木や藤本のことが思い出されて、いつまでも眠れなかった。

(四)

「女将さん、お先に失礼します」

美鈴はそう言って支度部屋に入った。

「お疲れさま。気を付けてね」

女将の元気な声が、後ろから聞えてきた。

美鈴は義明のことがあるので、いつも夕方六時までの仕事にしてもらっていたが、この日は忙しくて少し遅くなった。あれ以来、美鈴は座敷には出ないことにし、誠治のこともできるだけ避けるようにしてきた。

この日、美鈴が仕事を終えた時、すでに八時近くになっていた。蒸し暑い夏の夜であった。今にも降り出しそうな黒い曇が空一面を覆い、辺りはすでに暗くなっていた。

美鈴は急いで帰り支度をし、普段の着物に着替えて裏の勝手口で下駄を履き、裏木戸の方に歩き出した。その時である。不意に後ろから誠治の声がした。

「ちょっと話がしたいから、付き合ってくれよ」

誠治は物置の陰からいきなり出てきた。美鈴がびっくりして振り向くと、だんだんとこちらに近づいてきた。ドスのきいた声で、ぎらぎらとした異様な目付きをしていた。

「今日は困ります。遅くなったので帰らないと」

そう言って、美鈴が急いで帰ろうとして踵を返し、格子戸に手をかけたようとした時である。

「少しぐらいええやろ。最近、なんで俺を避けようとするんや」

誠治は後ろから美鈴の両肩をつかんで引き戻そうとした。美鈴が誠治の手を払おうとして振り向いた拍子に、格子戸を背にして誠治と向き合うような格好になった。

「俺と付き合ってほしいんや」

誠治はそう言いながら美鈴を引き寄せ、いきなり抱きついてきた。

「何をするの！　大きな声を出すわよ」

美鈴は必死に抵抗した。しかし、誠治の屈強な力に押さえ込まれて身動きができない。必死でもがいて逃げようとしていた時、誠治の足を下駄で踏みつけてしまったらしく、「痛い！」と言って誠治がひるんだ。その時、一瞬二人の身体が離れた。美鈴は誠治の顔を思いっきりが引っぱたいた。

「乱暴な男は、嫌い！」

美鈴はそう言い放つと、急いで格子戸を開け、転びそうになりながら石段を下りていった。

「あいつのどこがええんや！　あんな足のない奴の世話をするのがそんなにええのか！」

誠治の罵《ののし》る声が後ろから聞えてきた。その言葉が美鈴の背中に深く突き刺さった。

美鈴は猿沢池までたどり着くと、ほとりにある柳の木に寄りかかり、はあはあと肩で大きく息をした。体中から汗が噴出していた。

ふと気が付くと、髪は乱れ、帯も崩れ、着物の裾がばらばらになっていた。いつのまにか胸元がはだけ、その下で白い乳房が大きく息をしていた。

美鈴はそのことに気が付き、羞恥心で気を失いそうになりながら、慌てて身づくろいをした。辺りはすっかり暗くなり、小さな外灯の光が射していたが、周りに誰もいなかったことがせめてもの救いだった。

少し落ち着いてから、家に帰ろうと歩き始めた時、美鈴は下駄が片方しかないことに気が付いた。しかし、戻って探す気持ちにもなれず、そのまま歩いて帰ることにした。

興福寺の境内を通り過ぎれば、あとは奈良公園の芝生であり、そこから家まではそう遠くない。美鈴は裸足のままゆっくりと歩き出した。

興福寺の境内を通り過ぎる頃から、空からポツリポツリと雨が落ちてきた。温かい雨だったが、しばらくすると雨は夕立のように激しく降り始めた。

美鈴は立ち止まって天を仰いだ。降り注ぐ雨が、汗とともに何もかも拭い去ってくれそうな気がして気持ちよかった。悔しさも、つらさも、この恥ずかしさも。

美鈴は激しい雨に打たれて歩きながら、誠治のことを考えていた。

(私がバカだった。あの人がいるというのに。でも、悪いと感じながら、私の気持ちが揺れ動いたのも事実。つい好意があるような素振りを見せたばっかりに、誠治をそんな気にさせてしまった)

美鈴はそう思い、そんな自分を恥じた。

登大路を横切る辺りから、石畳の歩道が続いており、足が痛み出した。でも、そこから家まではもうすぐである。足の痛みを我慢しながらゆっくりと歩いた。すでに全身はびしょ濡れになっていた。

家に着くと、美鈴は、いつも鍵のかかっていない裏の戸口から入った。

「今帰ったのかい?」

物音に気付いて、義明が居間の方から話しかけてきた。

「ええ。遅くなってしまってゴメンなさいね。傘を持って出なかったので、雨でびしょ濡れになってしまって」

美鈴はそう言いながら、急いで風呂場に入って戸を閉めた。

「ちょうどいい。風呂を沸かしておいたから、先に入ったらいい」

義明の優しい声が戸の向こう側から聞えてきた。

お風呂に入ると、涙がとめどもなく溢れてきた。悔しさと後悔で、ぬぐってもぬぐっても涙が出てきた。美鈴は、しばらく気持ちが落ち着くまで、お風呂の中にいた。

美鈴がお風呂から出てくると、義明はちゃぶ台の前に座っていた。まだ食事もしていないらしく、夕食が上に置かれたままであった。

「あら、まだ食べてないの？　今日は少し遅くなるから、先に食べておいてくださいって言っておいたのに」

美鈴はわざと明るく振舞いながら、腫れた目を気付かれないようにして、下を向いてお茶を入れながらそう言った。

美鈴は、遅くなる日は、あらかじめ夕食を近くのお店に頼んで仕事に行っていた。

「今日は、いいことがあってね。それで一緒に食べようと思って、帰ってくるのを待っていたんだ」

義明は嬉しそうにそう言った。どうやら頭はそのことでいっぱいのようなので、美鈴は少しホッとした。

「いいことって何？」

美鈴はそっと義明を見つめて向き合った。

「うん。知り合いに仕事を頼んでおいたのが、とうとう見つかったのさ」

「どんな仕事なの？」

美鈴は心配して聞いた。これまで義明は仕事を探しても何度も断られていたからだ。

「うん。二月堂のそばの社務所で受け付けやお札を売る仕事さ。あれなら、足が不自由でも座ったままできるから。向こうはすぐに来てほしいと言っているから、さっそく来週から行くことにしたよ」

「それは、本当に良かったわ」

美鈴はそう言うと、またもや涙ぐんでいた。美鈴はもう若菜館に行くつもりはなかった。

（また新しい仕事を探さねば……）

そう思っていたが、とりあえずその話はまたあとでしようと思った。

「いろいろと苦労かけてすまなかったが、俺も頑張るよ」

義明は美鈴に向かって神妙にそう言った。

美鈴は嬉しくなり、義明に抱きついた。するとまた涙が出てきた。

「本当に、美鈴は泣き虫なんだから」

義明は笑いながら美鈴を抱きしめた。久しぶりに、二人の間にまた明るい笑顔が戻ってきた。蒸し暑い夜であったが、いつのまにか雨は止み、雲の切れ目から夏の星がきらきらと輝いているのが見えた。

（五）

義明が働くようになってから、美鈴は仲居の仕事を辞めて少しのんびりと過ごすことにした。美鈴が住んでいるところから少し北に行き、今小路町のバス停がある角を左に曲がり、西の方にまっすぐ進むと、十五分くらいのところに古風な学校があった。かつては奈良女子高等師範学校と呼んでいたが、戦後になって奈良女子大学と名前が変わっていた。美鈴が通っていた東京女子高等師範学校も、戦後になって、お茶の水女子大学と名前を変えていた。

美鈴は、木立に囲まれた静かな場所にあるこの学校がすぐに気に入った。奈良市は大規模な空襲からはかろうじて逃れたため、多くの建物が昔のまま残っていた。敷地の中に建つ講堂は実に風格があり、趣があった。秋になると、大学のそばを流れる佐保川沿いの大きな銀杏の木が見事に色づき、黄色の葉が川べりまで溢れ落ち、校庭や道は敷きつめられた銀杏の葉でいっぱいになった。美鈴は、この学校の図書館に通うことにした。また、近くの図書館から本を借りてきては、時間を見つけ、読書にふけった。そうして、少しずつ落ち着いた生活をし始めていた。時間のゆとりができると、時々近くの神社仏閣を訪ねたり、町内会の行事にも少しずつ顔を出すようになった。

ある日のこと、美鈴の家の近所の奥さんが、通りすがりに声を掛けてくれた。その女性は野村綾子と言い、美鈴は何度か町内の会合で顔を合わせていた。町内の会合に出てくるのはたいてい男性だったが、綾子も旦那の代わりとしていつも出てきていた。綾子は結婚して大阪に住んでいたが、夫が亡くなってから奈良の実家に戻っていた。綾子の夫は戦地から無事に戻ってきたのだが、腎臓病を患い、二人の子どもを残して亡くなってしまった。美鈴が初めて会った時、綾子はすでに未亡人であった。とてもよく気が付き、町内会の仕事もてきぱきとこなす活発な女性だった。同じ町内ということもあって、美鈴はすぐに親しくなった。

通りがかった綾子は美鈴に挨拶すると、

「子どもの散歩で、いつもこの道をよく通るんですよ」

と気さくに話した。二人の子どもを連れていた。三歳くらいの女の子は綾子と手をつないでいたが、もう一人は背中におんぶされていた。女の子は綾子の後ろに隠れるようにして、母親のスカートの裾をしっかりと握ったままで、恥ずかしそうに顔を半分覗かせた。綾子が後ろの方を見やりながら、

「娘の亜希子です。亜希ちゃんも挨拶しなさい」

綾子がそう言うと、「こんにちは」と小さな声で恥ずかしそうにぺこりと頭を下げた。そして、少し笑顔を見せると、また母親の後ろに隠れてしまった。少し長めに切り揃えた髪に、黒豆をふたつ並べたような可愛い目をしていた。少し目じりが下がっているところが何とも可愛い。

「亜希ちゃん、こんにちは。美鈴といいます」

美鈴はそう言って、綾子の後ろを覗き込むようにして亜希子に挨拶した。

綾子におんぶされていたのは、丸々とした小さな男の子であった。名前は直也と言った。美鈴が背中の子どもに話しかけると、赤ん坊は嬉しそうに微笑んだ。美鈴は、「まあ、可愛い」と思わず声を上げた。

それ以来、綾子は、子どもを連れて、美鈴の家に時々遊びに来るようになった。義明が休みの日は遠慮してあまり来なかったが、義明も綾子たちの訪問を嫌がらなかった。

綾子の家族は、綾子と子ども以外に母親だけしかいなかったので、下の子が一歳になると、綾子は亜希子を保育園に入れ、直也の方を母親に預けて大阪の百貨店に勤め出した。勤務先まで、綾子の家から私鉄電車で一時間ほどだった。しかし、帰りが遅い日や保育園が休みの日などは、母親が二人の世話をしていた。美鈴はそれを見兼ねて、時々子どもを預かった。綾子は、「迷惑をかけて、申し訳ない」と、いつも恐縮していたが、美鈴にとっては、子どもと一緒にいる時間が楽しいひと時となり、いつしか心待ちにするようになった。子どものいない美鈴にとって、亜希子や直也との時間は、楽しい安らぎの時間となった。また、亜希子も直也も、美鈴によくなついた。

美鈴は時々、綾子がしていたように直也をおんぶして、亜希子の手を引いて、東大寺の鹿を見に行ったり、公園へ遊びに出かけたりした。

亜希子は保育園から帰ってくると、「おばちゃん、あそぼう」と言いながら、美鈴の家へ一人でもよくやって来た。美鈴は最初、亜希子に「おばちゃん」と呼ばれた時にはびっくりした。

「えーっ。おばちゃん?」

でも、関西では、結婚した女性のことは誰でも「おばちゃん」と呼ぶということを、美鈴はあとで聞いて少し安心した。

ある日、亜希子が裸足のままやって来たことがあった。玄関の方で「おばちゃん」と呼ぶ亜希子の声がするので出て行くと、着物姿の亜希子が立っていた。足は泥で真っ黒である。

「まあ、裸足でどうしたの」

美鈴が驚いて尋ねると、亜希子は後手に隠していた赤い下駄を見せて、

「お母ちゃんになあ、こっぽり買ってもらってん」

そう言って、嬉しそうに美鈴の前に差し出した。

「いいもの買ってもらったね。でも、どうして履いてこなかったの？」

「あんなあ、お母ちゃんが『あんまり歩き回ったら、すぐにすり減るから』って」

美鈴は可笑しくて吹き出しそうになった。

「じゃあ、すり減ったら、今度はおばちゃんが買ってあげるから」

そう言うと、亜希子は嬉しそうに「ほんと？」と、豆粒のような黒い目を輝かせた。美鈴はそんな亜希子が可愛くて仕方がなかった。こうして、何かある度に美鈴の家にやって来る亜希子の相手をするのが楽しかった。

直也が二つになると、亜希子は直也の手を引いて、二人で遊びにやって来た。美鈴は直也に「ブリキの金魚」を買ってあげて、一緒に盥《たらい》に浮かべて遊んだりした。そんなことをしているうちに、美鈴は自分も子どもが欲しいと本気で思うようになっていた。

ある時、美鈴は覚悟を決めて義明を誘惑した。義明の帰宅を待ちかまえて、早々と雨戸を閉め、なまめかしい化粧で義明に迫り、自分から求めたことも何度かあった。美鈴は、自分から身をよじって誘惑した時のことを思い出すと、今でも顔から火が出そうなほど恥ずかしくなる。しかし、本当に子どもが欲しかった。だが、そんな努力の甲斐も空しく、二人は子どもに恵まれなかった。

美鈴は恥ずかしい思いをこらえて、勇気を出して産婦人科を訪ねていった。しかし、医者から「船での事故による高熱が、おそらく影響してるんやろう」と医者から言われ、唇をかんで病院を出た。歩き出すと涙が込み上げてきて、家に着くまで涙が止まらなかった。義明も自分で病院に行ってそのことを知り、大きなショックを受けた。義明は、自分に子どもができないと分かってから、美鈴への態度が余計にかたくなになってしまった。美鈴は、そのことだけが義明に対する大きな不満であった。こうして義明は、ずっと一緒に暮らしていても、一向に籍を入れようとはせず、結婚の約束を果たそうとしなかった。

「俺のような人間は結婚する資格などない。美鈴は、もっといい人を見つけて結婚したらいい」

と言って自分を卑下して突き放すばかりで、真面目に取り合おうともしなかった。美鈴はそのことがどうしても納得できなかった。一緒に暮らし、助け合って生活しており、結婚しているのと何ら変わりがない。おそらく、周りの人たちの目にもそう映っているだろう。

（なのに、どうして籍を入れようとしないのか……）

美鈴はそのことが理解できなかった。美鈴は義明のことが大好きだが、これだけはどうしても納得できない、義明の「偏屈」な一面であった。それからも義明は籍を入れることなく、一緒の生活を続け、時が流れていった。ただ、美鈴は、義明を誘惑した夜以来、彼を「義明さん」でなく「あなた」と呼び、周りの人には「うちの旦那」「私の亭主」と呼ぶようになった。

（六）

それから、十五年近くの時が流れようとしていた。

美鈴は自宅で塾を開いていた。塾を始めてからすでに十年余りになるが、もとはと言えば、小学校に上がった亜希子の勉強を、母親の綾子に頼まれて時々見てあげていたことがきっかけだった。美鈴は、それまで先生になりたいとずっと思っていた。しかし、義明のことをおいて復学するわけにはいかなかった。先生になる夢が叶わなかった代わりに、自分で塾を始めることにしたのである。そのことが、美鈴の生きがいにもなっていた。

最初、生徒は亜希子一人だったが、そのうち近所の小中学生を相手に勉強を見てあげることになり、表には「美鈴塾」という小さな看板も掲げた。こぢんまりした塾ではあったが、週二回ずつ小学生と中学生、多い時にはそれぞれ十人を超えた。もちろん、亜希子も直也も、この「美鈴塾」で勉強した。塾のある日は、亜希子たちは一緒に夕食を食べて帰っていった。美鈴にとって、もはや二人は家族と同じような存在であり、子どものいない美鈴たちにとって、大きな楽しみになっていた。

綾子は相変わらず大阪のデパートに通いながら、子どものために頑張っていた。綾子の母は、四年前、亜希子が中学二年の時に病気で亡くなっていた。亜希子は高校三年生になっており、弟の直也は、この春、高校に入学したばかりだった。直也は中学校の時から野球部に入っており、美鈴より背丈が大きくなっていた。高校に入ってからは、相変わらずクラブ活動で忙しいのか、あまり顔を見せない。亜希子も、三年生になるまでは、よく美鈴の家に遊びに来ていたが、この春からはほとんど顔を見せなくなっていた。

七月に入って、亜希子はピンクの花柄のワンピースを着て久しぶりにやって来た。家に上がるなり、美鈴の前でくるりと回ってスカートの裾をひらひらさせながら言った。

「ねえ、素敵でしょう。美鈴おばちゃんも着物ばかり着ていないで、洋服にしたら？」

「そうね。でも私には似合わないわ」

「そんなことはないわ。美鈴おばちゃんは綺麗やし、それに洋服の方が動く時とっても楽やよ」

亜希子は大きな目を輝かせて楽しそうに笑う。美鈴はそんな亜希子を見ていると、ついつい自分の学生の頃と比べ、とてもうらやましく思う。

（私の頃は、そんな綺麗な洋服などなかった。もしあったとしても、亜希子のようにそれを着て自由に歩くことなどできなかった。『贅沢《ぜいたく》は敵だ』として非難されたであろう）

そんな時代だったからである。亜希子は、スカートの裾をひらりとさせて、座布団に腰を落とした。

「ところで、いつから手伝えばいいの？」

「前半は、夏休みに入ってから十日間。後半は、八月二十日から三十一日までよ」

美鈴は亜希子に、夏休み中の塾の手伝いをしてくれるようにお願いしていたのだ。

塾は、いつもは学校が終わってから夕方までの二時間くらい開いているのだが、夏休みには、朝から補習時間を設けていたため、卒業生たちにも手伝ってもらっていた。普段は、中学生には英語と数学を教えていたが、夏休みは他の学科も見てあげていた。だから美鈴は忙しかった。亜希子は英語が得意だったので、いつも中学生の英語を見てくれていた。美鈴は冷えた麦茶を亜希子に差し出して言った。

「ねえ、亜希ちゃん。今年は数学の方もお願いね」

亜希子は麦茶のグラスを手に取り、

「えーっ、数学も手伝うの？　私にできるやろか」

「何言っているの。中学生の数学だから大丈夫よ。洋子ちゃんが旅行でいないから、欠けてしまうのよ。亜希ちゃんなら安心よ」

洋子は近所に住んでいる同じ学校の生徒で、亜希子もよく知っていた。しかも学年は一つ下である。亜希子は、美鈴にそう言われると引き受けざるを得なかった。

「分かったわ。その代わり、私のアルバイト料は高いわよ」

そう言いながら、亜希子は麦茶を一気に飲み干した。美鈴は少しおかしくなって、笑いが込み上げてきた。そして、二人は顔を見合って笑った。

亜希子は、一条通りにある市立高校の英文科に通っていた。この高校は県内でもいち早く生徒の長髪を認めたことや、全国で初めて外国語科を設けたユニークな学校で知られていた。亜希子は中学生の頃から勉強がよくできたので、同じ通りにある県立高校に入ることを美鈴は勧めたのだが、制服が嫌だと言って、今の高校を選んだ。紺色の制服が多い中で、亜希子が通う高校の制服は黒色の清楚なスーツであった。黒の制服は、可憐な生徒をより大人びて見せた。ここの生徒は長い髪の娘が多い。亜希子もその制服に身を包み、長い髪を颯爽《さっそう》となびかせて自転車で通学していた。美鈴は、亜希子には黒の制服がよく似合うと思った。一方、弟の直也は、亜希子に勧めた県立高校に入学したばかりの一年生であった。直也の学校は、県内でも有数の進学校であり、校風はいたって自由で、細かい校則やきまりがないことで知られていた。二人とも、美鈴たちの学生時代と比較すると、自由に伸び伸びと青春を謳歌しており、羨ましい環境である。亜希子が市立高校の英文科に入学した時、

「そんな敵性語を教える学校があるのか」

義明は、そう言って驚いた。敗戦から二十年あまり。今やアメリカは敵国ではなく、ほとんどの日本国民が親しみを持つ国になっており、時代は大きく様変わりしていた。

義明は相変わらず社務所での仕事を続けており、単調そうな日々を送っていたが、それでも、近くの児童養護学校へボランティアに出かけたりしていた。美鈴の家から東大寺の参道へ出る手前に、子どもたちが通う養護施設があった。足がなくても、身体が不自由でも、子どもたちは明るく元気に生きようとしていた。義明は、昔セツルメントで活動していた頃の自分とは違う目線で、子どもたちと向き合っていた。

そうして、義明は子どもたちに励まされ、美鈴は、亜希子と直也に、そして塾に通ってくる子どもたちに癒され、元気をもらって戦後の日々を送っていた。質素ではあったが、二人で仲良く慎ましい落ち着いた生活だった。

夏休みも終わり、九月の下旬に亜希子がひょっこりやって来た。

「美鈴おばちゃん、お久しぶり。中間テストも終わったから、少し寄ってみたの」

「亜希ちゃん。夏休みは、ありがとうね。おかげで随分と助かったわ」

そう言って、美鈴は台所で紅茶とお菓子の用意をして部屋へ入った。今日は塾が休みで部屋が静まり返っていた。亜希子は紅茶をすすりながら、少し自慢そうに言った。

「なんの、なんの、あれくらい。でも、最初はどうなるかと思ったけど、こっちも勉強するいい機会になったわ」

「それじゃ、アルバイト料を払い過ぎたかな」

「そんな……」

亜希子はお煎餅を口に入れたまま、少しふくれっ面をした。

「ところで、亜希ちゃん」

「なあに」

「最近忙しそうで、二人ともあまり顔を見せなくなったわね」

「ああ、直也は野球部だから、毎日練習で忙しいみたいやわ。でも、直也の高校は弱いから、練習はそんなに厳しくないし、適当にやってるようやけどね」

「亜希ちゃんは、いつもどうしてるの？」

美鈴は心に秘めていることがあって、そっと聞いてみた。

「三年生になると、いろいろと勉強も忙しくなってきて、私も大変なの」

亜希子は、昨年までは「家にいても、静か過ぎるから」と言って、美鈴の家にやって来て勉強することが多かった。でも、今はそうでない。

「そうね。勉強も図書館の方が落ち着くでしょうしね」

「………」

亜希子は紅茶のカップを口につけたまま、大きな目をそっと美鈴の方に向けた。

「でも、おばちゃんなら、男の人と一緒に勉強するというのは落ち着かないかもね。きっと気が散って、頭に入らないと思うわ」

美鈴は優しく微笑みながら窓の方を見て、自分のことのように言った。

「えっ、おばちゃん見てたの？　いつ見たの。知っていて黙っているなんて、そんなのずっこいわ。まあ、たまたま一緒になることがあってね……」

亜季子は慌てて早口で、でも少しとぼけてそう言った。

「へえ、たまたまねえ。おばちゃんが図書館に本を借りに行く時は、いつも二人よ」

美鈴は少し意地悪そうに言って、大きな声で笑った。

県立図書館は、県庁と興福寺の間にあった。緑の芝生に囲まれた白い壁の大きな木造の建築で、公園の中に堂々と建っていた。美鈴は家から近くだったので、この図書館にもよく通っていた。ある土曜日の午後、美鈴が本を借りて帰ろうとして、薄暗い廊下を歩きながら、何気なく廊下の窓から自習室の中を見ると、窓際の席に制服姿の女子生徒が男子と二人で勉強していた。仲良く肩を並べ、時々静かに何かを話し合い、また机に向かって勉強している。その生徒が亜希子によく似ていた。背中だけしか見えないので、美鈴は少し後戻りして横から眺めてみた。やはり、亜希子だった。美鈴は何か悪いことでもしたかのように、その日は玄関まで抜き足さし足でそっと帰ったが、それ以降も、美鈴が図書館に行く放課後の時間には、必ず二人で並んで勉強していた。

亜希子は美鈴にそう言われて、赤くなって下を向いた。

「あはは。何も恥ずかしがらなくてもいいわよ。私たちの頃は、男の人と一緒にお勉強なんて考えられなかったから、羨ましいわ。ねえ、一度ここにも連れていらっしゃいよ」

「もう、美鈴おばちゃんたら、何でも知りたがるんだから。お母ちゃんもまだ知らないのに……」

亜希子はそう言いながら、とても嬉しそうであった。

それからしばらくして、亜希子はその男子を連れて遊びにやって来た。彼は森村勇樹と言い、直也と同じ県立高校に通っていた。直也の先輩にあたる。亜希子と勇樹は同じ中学の卒業生であり、高校二年の時に文化祭で知り合ってから親しくなったらしい。亜希子によれば、図書館が二人のデートの場所であるようだった。最初、美鈴の家に遊びに来た時、勇樹は緊張していたが、すぐに美鈴とも親しくなり、それからは図書館で会っても、気軽に挨拶をしてくれるようになった。

秋が深まり、落ち葉が色づき始めると、美鈴は毎年そうしているように、近くを散策し始めた。美鈴の家の近くには、紅葉を楽しむところがいっぱいあった。大仏池のほとりは銀杏の葉で埋め尽くされ、池の周りには水を飲みに鹿がやって来る。一枚の絵になる光景である。美鈴は、奈良公園一帯がすべて秋色に染まるこの季節が好きだった。もう少し足を延ばして、遠くまで出かけてみたい。しかし、義明のことがあり、遠出は難しかった。

それで美鈴は、久しぶりに遊びに来た亜希子に相談してみた。

「ねえ、亜希ちゃんに少しお願いがあるんだけど」

「なあに」

「一度、旦那と浄瑠璃寺に行ってみたいんだけど、一緒に行ってくれない？　車椅子だから一人じゃ無理なのよ。だから、少し手伝ってくれない？」

亜希子は、少し間をおいてから、

「分かったわ。お安い御用だけど、その代わり……」

「その代わり、何なの？　もちろん、お礼はするわよ」

「ううん、そんなのはどうでもいいの。それより勇樹君を連れて行っていい？　何かと役に立つと思うし、手伝わせるから……」

ちゃっかりとそう言った。美鈴も大助かりだと思った。聞いてみれば、二人はいつも図書館だけで、映画にも行ったことがないという。最近の若者にしては珍しい。

（案外、うぶなんだわ）

美鈴の顔からにんまりと笑みがこぼれた。

「ありがとう。それは、大いに助かるわ。それじゃ、お願いね」

出かけるのが日曜日だったので、

「亜希ちゃんのお母さんも誘ってみようかな」

と美鈴が言うと、

「おばちゃん。それはあかん。絶対にダメよ」

すぐに返事が返ってきて、亜希子はふくれっ面をして拒んだ。

「あはは、冗談よ。少しからかっただけ。彼と一緒じゃ照れ臭いもんね」

「もう、美鈴おばちゃんは本当に意地悪なんだから」

亜希子は、そう言って明るい声で笑った。

美鈴がこの寺を訪れたいと思ったのは、堀辰雄の「浄瑠璃寺の春」という作品を読んでからである。作家である堀辰雄は、度々奈良を訪れている。彼は十九の時に関東大震災に遭い、二十歳の頃に東京本所区の向島に移り住んでいた。美鈴と同じ下町で青春時代を過ごしていたということにも興味を持ったが、彼は一九四三年（昭和十八年）の春、奥さんと一緒にこの浄瑠璃寺を訪れていた。「浄瑠璃寺の春」は、わずか八ページほどの短い随筆風の紀行文であるが、美鈴はそれを読んでから、昔の風情をそのまま残して、山中にひっそりと佇むこの古寺に自分も行ってみたいと思っていた。

十月の下旬に、義明と美鈴、そして亜希子と勇樹の四人で浄瑠璃寺を訪ねた。京都府の最も南の町、加茂町に建てられているが、奈良の文化圏にある。

国鉄奈良駅から加茂駅まで電車に乗り、加茂駅からはバスで行った。車椅子も、乗り合いバスにどうにか積んでもらうことができた。バスは加茂駅を出てからしばらく狭い町中を走り、通り抜けると、すぐ目の前に田園地帯が広がった。後ろから一台の車が、もうもうと土煙をあげてバスを追い抜いていった。バスはゆっくりと右に左へとカーブしながら、里山を進んで行った。加茂から当尾《とうの》の里に続く道の両側にある田んぼは、ほとんどが稲刈りを終えたばかりであり、あちこちの田んぼに稲が稲架《はさ》かけしてあった。ところどころに、まだ刈り取りが終わっていない田んぼもあり、そこでは重そうに黄金の稲穂が頭を垂らしていた。途中のバス停で車掌がドアを開け放すと、もみ殻を焼く匂いが漂って入り込んできて、バスの中が秋の匂いでいっぱいになった。川沿いの土手にそって、沢山のススキがゆっくりと風に揺れていた。

やがて山道に入り、そこから緩やかに曲がりくねった道を、バスはゆっくりと上っていった。紅葉にはまだ少し早かったが、ところどころ広葉樹が色づき始めていた。道のそばにはお墓や小さなお地蔵さんが点在しており、無人の販売所に野菜や果物などが吊るされているのが見えた。美鈴には、そうした風景が珍しかった。しばらくして、バスが坂道を上りきったところに、浄瑠璃寺のバス停と駐車場があった。

バス停から、入口までは緩やかな上り坂となっていて、わずか五十メートルほどの距離ではあったが、勇樹に車椅子を押してもらって、山門までの細い道を歩いた。門の前で勇樹と義明は迂回して、庫裡《くり》の後ろから本堂の受付の前に出て、その横から庭園に出た。美鈴と亜希子は、五つほどある石段を上り、正面の山門から入った。門を入るとすぐ左側に小さな可愛い釣鐘堂があった。目の前に池が広がり、池を挟んで右側に本堂があり、左側に石段が見え、その上に三重塔があった。少し色付き始めた楓や落葉樹が周りを取り囲み、池の周りには白い尾花のススキがゆっくりと風に揺れていた。

池の西側に位置する本堂には九体の阿弥陀如来像が安置されており、美鈴と亜希子はゆっくりと本堂に足を踏み入れた。丁度、特別な時期にしか見られない吉祥天女像が開帳されていたからである。美鈴と亜希子は、厨子の中に安置され、極彩色の衣を着て立つ、ふくよかな吉祥天女像の姿に見とれた。見ているだけで心が和んだ。義明と勇樹は、開け放たれた本堂の外から眺めていたが、美鈴たちが本堂から出て来てから、池を一巡して庭園の風情を一緒に楽しんだ。美鈴は、ゆっくりと義明の車椅子を押して歩いた。亜希子と勇樹は、二人で何やら話をしながら少し前を歩いていた。

「ねえ、あなた。二人とも楽しそうでいいわね」

「今の若者は、俺たちの頃と違って自由でいいよ。『男女七歳にして席を同じゅうせず』なんて言われないからね」

美鈴たちの時代は、高校も大学も男女共学など、とても考えられなかった。

東にある三重塔の石段下から池を隔てて本堂を眺めながら、庫裡の横を見ると、大きな柿の木に見事な柿が実っていた。亜希子と勇樹は、石段を上って三重塔の方へ行ってまだ戻ってこない。美鈴は柿の木の近くまで来て、

（堀辰雄が本に書いていた、大きな柿の木とは、この木のことだろうか）

そんなことを思った。それにしても、美味しそうな柿が、枝がしなるほどいっぱい実っていた。

「ねえ、あなた。この柿、本当に美味しそうだわね。一度かぶりついてみたいわ」

よく見ると、所々に熟して落ちそうな真っ赤な柿がなっていた。

「道端に柿を売っていたところがあったから、帰りがけに少し買って帰ろうか」

二人でそんなことを話していると、亜希子たちが戻ってきた。義明と勇樹は、車椅子の道をまた戻った。山門を出たところで合流し、ゆっくりとバス停の方に向かい、途中の喫茶店で少し休んでいくことにした。しばらく休憩してから、また山門の道に出た。ゆっくりとした下り坂なので、そこからは美鈴が車椅子を押していくことにした。すると、前の方を歩いていた亜希子が、美鈴たちの方をふり返って、

「ねえ、美鈴おばちゃん見て、綺麗やわ」

と大きな声で言った。美鈴は何のことか分からず、

「綺麗？」

「ほら、あそこ見て。柿がとっても綺麗や」

美鈴と義明は、亜希子が指さす方向に目を向けた。そこには、たわわに実った柿の木が、西の空にシルエットのように浮かび上がっていた。美鈴は驚いた。

（柿を見て、綺麗だとは……）

今まで、一度もそんなことを思ったことがなかった。その感性の違いに驚いていると、車椅子の義明が言い出した。

「おい、美鈴。聞いたか。お前とはえらい違いだな。美鈴は柿を見て『かぶりつきたい』としか言わなかったのに……」

「ああ、もう言わないで」

美鈴は耳元まで赤くなるのを感じながら、亜希子がこっちへ来たので、慌てて義明にそう言った。美鈴は、思う。確かに、私は食べ物に執着していたことが多かったと。戦争中は、みんなお腹を空かしていた。美鈴は奈良にやって来た時、人々が「あをがき」と話しているのを聞いて、「青い柿」のことだと思っていた。それが奈良盆地を囲む垣根のように見える山々のことだと知って驚いた。その頃は食べ物も満足に手に入らなかった。戦争が終わって、奈良市に越してきた頃も、東向き通りのお菓子屋さんの前で、しばし眺めて立ち止まっていたことがあった。あまりにも美味しそうなお饅頭が、ガラスケースの中に並べられていたからだ。

（このお饅頭は、どんな人が食べるんだろうか。いつか、自分も食べられるのだろうか）

今なら、それくらいなら買うことは容易にできる。しかし、食べ物を見て「美味しそう」だとは思っても、「綺麗」などと思ったことなど一度もなかった。亜希子の家も決して裕福ではない。しかし、ほとんど不自由なく、どんな食べ物でも手に入れられる時代に生まれた若い人たちの感性には、もう驚くほかない。そんなことを思い出して可笑しくなった。美鈴は心の中で苦笑しながら、柿の木の向こうにゆっくりと沈みゆく夕日をしばらく眺めていた。夕焼けが西の空を真っ赤に染め始めていた。

（もうそろそろ急いで帰らなくては……）

四人は、最終バスに乗り遅れないように停留所へと向かった。

この時、美鈴と義明は、ともに四十歳を過ぎようとしていた。

美鈴は、こんな時代の変化や移り変わりに、驚いたり戸惑ったりしながら、義明と二人で暮らしていた。

第五章　夕張での生活

（一）

雪江は、夕張の炭鉱病院で終戦を迎えた。太平洋戦争の末期、日本はアメリカ軍の空襲によって四百を超える町や村が被害を受けていた。北海道でも空襲を受けた。一九四五年七月十四日から十五日にかけて延べ三千機が飛来し、爆撃によって七十市町村で二千人を超える人たちが亡くなった。夕張では、空襲にこそ見舞われることはなかったが、朝鮮人や中国人への過酷な労働に対する逃亡事件や暴動事件などが頻発し、混乱した。敗戦の前の年の秋にも、大夕張炭鉱に中国人二百九十一人が新たに連れられてきたが、その内、八十四人が敗戦までに一年も経たないで亡くなっていた。戦地でも国内でも、暗くて悲しい不幸な時代であった。

一九四五年八月十五日、雪江たちは、病院の看護婦詰所にそれぞれ整列し、日本が無条件降伏して戦争が終わったことをラジオで知った。朝鮮人寮の中では喚声が湧き起こり、大夕張炭鉱では中国人が蜂起したという話が、病院にまで伝わってきた。暴動と仕返しを恐れた監視人たちは、すぐに姿をくらませた。会社側は慌てて、「今日から作業量も日本人と同じにする。賃金も同じにする。これから差別はしない」といった通達を出し、戦地から坑夫が復員してくるまで働かせようとした。翌日からは、仕事始めの軍艦マーチも取り止めとなった。しかし、就業を拒否し帰国の準備を始める人たちと会社側との小競り合いがあちこちで起こった。炭鉱に働く日本人や住民たちは、これらの成り行きを静かに見守っていた。雪江たちも、不安な中で過ごしていた。

秋に入ると本国からも人がやって来て、日本側と交渉するために朝鮮人の労働組合が結成された。帰国するものへの補償や、残って働く者たちの食事や賃金、労働改善などについて話し合いを行うためである。十月九日には夕張炭鉱の三十三の寮にいた朝鮮人や家族で暮らす朝鮮人たちが、雄飛台《ゆうひだい》広場に集合し、その数は四千人にもなった。そして、十一月には夕張炭鉱の朝鮮人五千六百人が帰国の途についた。労働組合幹部たちは、血気にはやる人たちを抑え、同胞の者たちを確実に帰国させるため力を尽くした。その中には、金燐容の姿もあった。

戦争が終わって、雪江たちは灯火管制を強いられていた電灯の被いを外し、暴風除けに張られていた窓ガラスの目張りを取り外し、部屋のカーテンも明るいものと取り換えた。十一月に入ると雪が降り積もった。夕方の帰り道、雪江は途中で病院の方をふり返って驚いた。病院の窓から漏れた光が、降り積もった雪道を照らし、輝いていたからである。

(窓から漏れる電灯の光がこんなに綺麗だとは……)

雪江は嬉しくなった。

十二月に入ると、にわかに結成された労働組合の役員に名を連ね、同胞の帰国の世話をしていた一人の朝鮮人が、小林医師を訪ねて病院にやって来た。最初、雪江はそれが誰だか分からなかったが、芳恵がそっと横から教えてくれた。

「雪江、金さんだよ。良かったね」

「金さん？」

雪江はよく分からなかったので、芳恵に小声で聞き返した。

「あの金燐容さんよ。今年の春に病院に逃れてきて、かくまってあげた人よ」

そう聞いて雪江は驚いた。あの時は髪の毛もボサボサでよく分からなかったが、そう言えばそんな気がした。雪江は、怖かったあの時のことを思い出した。彼はあの時のお礼を何度も何度も丁寧に述べ、今年最後の便で朝鮮へ帰るつもりだと言った。雪江は、「憩いの家」にいた女性たちも、先月帰国したことを聞いていた。そして、金さんも無事に国に帰ることができそうで安心した。

（あの時は、芳恵に協力させられて本当に怖かったけれど、これで良かった）

そう思うと嬉しかった。それにしても、今までこの夕張の町に、こんなにも多くの朝鮮人たちが働いていたとは知らず、今更ながら雪江は驚いた。しかし、無事に帰ることができて何よりだが、この地で命を落として故国に帰れなかった人たちも沢山いた。

そして、ようやく戦争が終わり、朝鮮や中国から連れてこられた人たちが自分たちの国に帰っていくのと入れ替わって、多くの日本人が続々と戻ってくるようになった。戦地から帰ってきた人、空襲で焼け野原になって仕事を求めて内地からやって来た人など、夕張の町は再び日本人で活気付いてきた。日本人が住む共同住宅もどんどん作られていった。

（また、新しい年とともに昔のような生活が戻ってくる……）

雪江は、そう考えると嬉しかった。そんなある日、金さんのことについて先生に聞いてみた。診察室には他に誰もいなかった。

「先生、金さんが無事に帰ることができて良かったですね。金さんが逃げ出してきた時、監視人や警察の人が沢山やって来て怖かったけど、先生は恐ろしくなかったのですか？」

「いやあ、そんなことはないさ。恐ろしかったけれど、でもあのまま引き渡すわけにはいかなかったからね」

雪江は、小樽の病院で聞いた先生の話を思い出した。

――敵であろうと味方であろうと、先生はみんな同じように助ける……。

「実は、こちらに来た時に、岩見沢の方で逃げた朝鮮人を匿《かくま》っている人たちがいると教会の人から聞かされていたんだ。だから、少し手助けすることにしたんだよ」

小林医師は窓の外を眺めながら、その時のことを思い出しているようだった。

「確かに、あのまま引き渡したらきっと大変な目にあわされたでしょうね。でも、先生だって見つかったら大変なことになってしまうのに……」

「こちらへ来てから、朝鮮の人たちがああして働かされていることに疑問が湧いてきてね。中川さん、よく考えてみるがいい。日本人と朝鮮人とどこが違うのか。みんな同じ人間であり、家族もあれば好きな人だっているに違いない。それがどうして、こんな酷《ひど》い働き方をさせられているのか……」

小林医師は、雪江の方に向き直ってそう言った。雪江もそうだと思った。

「だけど、私はいつも祈っていることしかできなかった。でも、祈っているだけでは何も解決しないということに気が付いたんだ。だから、少し勇気を出して手助けすることにしたんだよ。正しいと思うことをやってみて、それが神の道に外れているというなら、誰でもない、神が私を裁くだろう。その時は、神に懺悔し罰を受け入れようと思ってね」

雪江は、「人道主義」に基づいた小林医師の行動に深く胸を打たれた。

「友達の多くは、医者として戦地へ行った。そして、亡くなった奴もいる。私も戦地で傷ついた人たちを助けたいと思って志願したが、肋膜炎の疑いがあるという理由で行けなかった」

小林医師は残念そうに言った。

（本当は、そうだったのか。クリスチャンだからということだけじゃなかったのか）

雪江は少し納得した。そして、雪江の家族のことを聞いてきた。

「ところで、お父さんのところには、時々帰っているのか」

雪江の父は、旭川の酒屋で住み込みのままずっと働いていた。歳もすでに五十を過ぎており、戦争中は年齢が理由でかろうじて徴兵を逃れたが、若い頃の無理がたたったのか、あまり健康ではなかった。雪江が「父の近くにいてあげたいから、私も夕張に行きたい」と言ったことを小林医師は覚えていたのである。しかし、実際に夕張に来てみると、旭川までは小樽からも夕張からも時間はさほど変わらなかった。確かに直線距離では近くなったのだが、鉄道では大回りしなければならないので同じだった。雪江はそのことに気が付いて苦笑したが、それでも、小樽にいた時よりも旭川に帰ることが増えていた。岩見沢で妹の春子と待ち合わせして二人で帰ることが多かった。雪江が小林医師とそんな話をしていると、芳恵が病室の方から戻ってきて、

「二人で、楽しそうに何を話しているの？」

手板に挟んだままの記録用紙を机の上に置いてそう言った。

「いやあ。ここから旭川まで、小樽からよりもずっと近いと思っていたら、あんまり変わらなかったっていう話をしていたんだよ」

「そうね。私もここに来た時、札幌まで六十キロだと聞いていたので、すぐに帰れると思っていたらそうでもなかったわ。直線でなら六十キロだけど、鉄道だと百キロほどもあるのよ」

芳恵はそう言って楽しそうに笑った。夕張から栗山に抜ける炭鉱鉄道を利用すればもう少し近くなるが、決して大げさではなかった。そんな話をしながら、雪江は、一人で旭川で暮らしている父のことを思っていた。

（また春になれば父に会いに帰れる）

そう思うと、まだ冬になったばかりだというのに春が待ち遠しかった。窓から外の景色を見ると、昨日からの雪で街路樹の赤いナナカマドの実もすっぽりと雪に隠れてしまっていた。雪江は、降り続ける真っ白い、けがれのない雪をしばらく眺めていた。

（二）

戦争が終わり、春の到来とともに病院には明るさと笑いが戻ってきた。

外壁や病室内の壁の色が明るく塗り替えられ、改修工事が行われることになった。病院としての本格的な改修工事は、もう少し先に行われる予定だったが、大正八年に建てられたままの建物はあちこちが傷んだまま戦時中も使用されてきたので修復が必要になっていた。相変わらず二階への木造の階段は、上り下りする度にギギッと大きな悲鳴を上げたままであったが、壁の色を塗り替えただけでも見違えるほど病室は明るくなった。

四月に入ると、雪江たちの北病棟の二階にも二人の新人が配属となった。青木奈津子と山内世津子である。雪江は山内を、芳恵は青木を担当することになった。北病棟の二階には六人部屋が十二室あり、そのうちの三室ずつ十八名の患者を、芳恵と雪江はそれぞれ担当することになった。看護婦長の倉橋信子は、大きな体を器用に動かしながら、北病棟二階全体の管理と十人余りの看護婦を統括した。

しかし、病室の方では、新人の受け入れと改修工事で、雑然としていた。ある時、部屋の壁紙の張り替えと看護婦詰所のレイアウト変更を行っている最中、芳恵が床の配線を跨《また》ごうとしてつんのめり、新しい壁に頭から激突した。手に書類をいっぱい抱えていたために、手を付くこともできず、あっという間の出来事であった。

「キャーッ」

近くにいた青木が大きな悲鳴を上げた。病室にいた雪江が、その声を聞いて詰所に駆けつけると、芳恵は脳震盪《のうしんとう》を起こして気を失っていた。周りにいた看護婦が急いで抱え上げ、処置室のベッドに芳恵を寝かせた。雪江は、芳恵の当たった壁を見て、笑いをこらえきれず噴き出してしまった。せっかく新しく修理した壁が、膝くらいの高さのところで一部壊れて凹んでしまっていた。ぽっかりと穴が見えていたからである。新人の山内がそれを見て、機転を利かせてカレンダーを貼って取り繕っておいたが、婦長の倉橋がそれに気付かないはずがなかった。早速、翌日の朝礼で、

「せっかく新しく修繕した壁を蹴飛ばして穴をあけたのは誰ですか」

そのことを問題にした。新人の青木が恐る恐る、

「昨日、津村先輩が、つまずいて倒れた時に壁にぶつかり……」

消え入りそうな声でそう答えた。が、倉橋は納得がいかない。

「ぶつかった？　ぶつかったのならあんな低いところに穴ができるはずがないでしょう。誰かが蹴飛ばしたのに違いない」

皆がうつむきながら、婦長の怒りが収まるのをじっと待っていた。当人の芳恵は、休みで出勤していなかった。婦長が出て行ってから、皆、お互いに目配せしながら顔を見合って笑い合った。婦長以外は、全員が知っていたからである。芳恵は昨日、倒れてからすぐに元気を取り戻していたのでほっとしたこともあるが、雪江はその時の芳恵の姿を思い出しては、愉快で楽しくて仕方なかった。

（いつも私に厄介なことばかりさせるから、きっと神様が罰を与えてくれたのだわ）

五月には、町で恒例の炭山祭りが行われた。沢山の神輿《みこし》があちこちを練り歩き、露天商のお店がいくつも並んだ。大人も子どもも総出で繰り出し、夜遅くまで町が賑わった。

六月に入ると、炭鉱で小さな落盤事故が発生した。数人が崩れた石の下敷きになり、病院に運ばれてきた。応急処置は一階で行われたが、空き部屋がなかったため、雪江たちのいる二階の病室にも一人が運ばれてきた。その男は横川と言い、雪江が担当することになった。横川は屈強そうながっちりとした体格をしており、全身打撲を負っていたが、幸いにして肩をひどく痛めただけで

一ヶ月ほどの入院で済みそうだった。そして、横川が入院した時、付き添いでやって来た背の高い男性がいた。雪江はその男から横川の病状や身の回りのことについて聞かれたので、丁寧に説明してあげた。男は横川の病状を気遣って、それ以降もほぼ毎日のように見舞いにやって来た。しかし、家族ならばともかく、その程度の傷なら、毎日見舞いに来る必要もない。が、男はこまめにやって来ては、しばらく話し込んで帰っていった。男は新人の看護婦にも愛想が良く、礼儀正しく接し、細々と話しかけ、雪江にも横川の病状のことをよく聞いてきた。雪江は、職場の仲間のことを心配して、毎日のように見舞いにやって来るその男の、真面目で誠実な態度に次第に好感を持つようになり、だんだんとその男のことが気になりだした。

（今日も、あの男の人は来ているのだろうか。もう帰ってしまっただろうか）

そして、特別な目で見るようになっていた。

そんなある日、雪江が病室から出て行こうとした時、横川に呼び止められた。横川は、周りを気遣いながら雪江に小声で話しかけてきた。

「中川さん、いつも私のところに見舞いに来る男がいるだろう」

「ええ。いつもお見舞いに来られる人ですね。親切で優しい方ですね」

雪江は微笑みながらそう答えた。すると横川は、雪江にもう少し近くに寄るようにベッドの上で手招きして、雪江に顔を近づけてきて小声で話した。

「うちの家内や子どもだってそう度々は見舞いに来ないのに、親切な奴だと思っていたんだよ。そうしたら、やっぱり違っていた」

「何がですか？」

雪江も少し声を落として聞いた。横川の言っている意味がよく分からなかった。

「どうもおかしいと思っていたんだ。あいつは、どうもあんたに会いたくてちょいちょい見舞いに来るようだ」

「えっ、まさか」

雪江はすぐに否定したが、耳たぶまで赤くなっていくのが自分でも分かった。横川はそれを見て笑いながら言った。

「どうして分かったかというとね、ここに見舞いに来た時は、あんたと会って話をするまで帰らないんだよ。それまでくだらん話ばかり長々としている。ところが、あんたに会って話をしたら、すぐに帰っていく」

「でも、それって偶然じゃないですか」

雪江はできるだけ普段を装ってそう言ったが、胸の中は穏やかでない。

「いや、偶然じゃない。私がそう確信したのはねえ、あんたが休みの日は、一度も見舞いに来たことがないからだよ」

そう言えば、以前、その男から休みの日を聞かれ、いつもの公休日を教えたことを思い出した。

横川の話によると、この男性は、昨年の十月頃に内地から夕張にやって来たらしく、何でも大学では電気工学を学んでいたらしい。そして今は、横川と一緒に坑内で保安業務の仕事をしているとのことだった。雪江は、もっとその男性のことを知りたかったが、こちらから横川にそんな話をするわけにはいかなかった。横川も、そうした話をしてから、雪江のことを楽しそうに冷やかしたりしていたが、いつも「あいつ」とか「あの男は」と言うのみで、雪江は名前すら聞くことができなかった。そして、一ヶ月経った七月半ばには治療も終わり、横川は予定通り退院していった。暑い夏の日であった。雪江は名前を聞くこともできず、満たされぬ思いのまま、ぽっかりと心に穴が開いたままとなった。会えなくなってしまうと余計に思いが募った。一人でいると、何か時々胸が締め付けられるような苦しい気分になった。そしてその度に、「ふーっ、ふーっ」と大きなため息をついた。そんな雪江を見て、

「雪江、最近何かおかしいよ。ボーッとして外を眺めたり、ため息ばかりついて……」

芳恵がにんまりとしながら聞いてきた。

「ううん。何でもないわ」

「うそ。あの人が来なくなったから、淋しいって、ちゃんと顔に書いてあるわよ」

そう言って、芳恵はからかった。

「変なこと言わないでよ。本当に何でもないんだから」

「ふーん。何でもなければ、大きなため息なんかつかないわ。それにあの人がいた時は、あんなにしおらしく丁寧に仕事していたのに……まただんだん雑になってきたわ」

「そんな意地悪なこと言わないで。でも、私は名前も知らないんだから」

「やっぱり、好きになってしまったのね」

「もうーっ」

芳恵に言い返そうとしたが、相応しい言葉が思いつかず、真っ赤な顔をして睨み返した。

「まあ、私にまかせておきなさい。横川さんからあの人のことを聞いてあげるから」

雪江はそれを聞いて少し嬉しかった。

その後も芳恵は、

「ほら、そのうちひょっこりと現れるかもよ……」

などと、時々雪江のことをからかっていたが、いつまで経っても何ごともなく、時はいたずらに過ぎていった。

（芳恵、あれはどうなっているのよ！）

雪江は、こちらからしつこく聞くこともできず、悶々とした日々を過ごしていた。


この年の春から、夕張の病院も夜勤が複数体制に改善され、雪江のいる北病棟二階でも二人ずつが交代で夜勤を行うこととなっていた。おかげで仮眠も少し取れるようになった。時々、雪江と芳恵も一緒に夜勤をすることがあった。二人はずっと同じ家で生活しているため、夜勤の時も家でくつろいでいるような気軽さがあった。見回りが終われば、詰所に戻って、記録したりしながらいろんな話をした。

夜勤をしていると、いろんなことがある。雪江が担当している部屋には川崎という老人がいて、夜中にうなされて大声を上げるので、「眠れないから、何とかしてくれ」という苦情が度々持ち込まれるほど、周りの患者が迷惑していた。

そんなある夏の夜、雪江と芳恵は一緒の夜勤に入っていた。その時、雪江は、初めて一人で夜勤をした時の怖かった体験を芳恵に話した。夜勤中、誰もいないはずの階段がギギッと音を立て、誰かが一階から上ってきた気配がしたのだ。その時、雪江は詰所でうとうとしていたが、音に気がついて時計を見ると深夜の三時であった。すべてが寝静まっており、そんな夜中に起きている人は、いるはずがなかった。その夜は、怖くてずっと震えていた。翌日になって、ある患者が寝ぼけて一階に下りて戻ってきたということが分かってほっとしたが、雪江は今でもあの時のことを思い出すと、背筋がぞっとする。雪江がそんな話をすると、芳恵は真面目な顔をして、第一小学校に伝わる恐ろしい話をし始めた。

「六丁目の方へ行くと、シホロカベツ川の下り口に第一小学校が建っているでしょう」

「ああ、夕張高等女学校の隣にある小学校ね」

夕張町立高等女学校は、一九四〇年に第一小学校の隣に建てられていた。

「そう、あの小学校には、夜になると毎晩のように幽霊が現れて、宿直室の戸を叩くという話があるの」

「そんなの嘘でしょう？」

雪江は怖い話が苦手なので、すぐに否定した。しかし、芳恵は真剣な顔をして話を続けた。

「嘘じゃないわ。実はねえ、あの第一小学校ができる五年くらい前まで、あそこには強制労働させられていた囚人の収容所があったの。鉄道工事や炭鉱労働のために囚人が集められ、ろくな食事も与えられずに毎日十八時間近く働かされ、病気になっても治療も受けさせず、亡くなるとゴミのように埋めてしまったらしいの。それで、毎日のように亡霊が出たそうよ」

「…………」

「それで困って、学校がお坊さんを呼んで慰霊したら、ようやく鎮まったらしいわ。これって本当にあった話よ」

「でも、もうだいぶ昔の話でしょう」

雪江は自分に言い聞かせるように言った。すると芳恵は、

「そうだけど、実は、今でも同じようなことがあるのよ。囚人ではないけれど、中国や朝鮮から連れてこられて、ここで働かされ、亡くなっていった人たちが夕張には沢山いるでしょう」

「ああ、金さんみたいに連行されてきた人たちね」

「そう。でも死んだ人たちが、きちんと葬られ、丁寧に供養されていないから、収容所のあった山の付近では、今も成仏できない霊が火の玉となって飛ぶのよ。ほら、向こうの方角を見てごらんよ。あの山の奥辺り。火の玉が見えない？」

雪江は窓からその方角を見たが、暗くて何も見えない。すると、

「ほら。火の玉が見えるでしょう。あそこよ、あそこの方角に飛んでる！」

芳恵がそう言いながら、そっと立ち上がって後ずさりして電灯のスイッチを切ったからたまらない。

「わーっ！」

雪江はびっくりして、暗闇の中で大声で叫んだ。

「雪江って、本当に怖がりね」

芳恵はそう言って大きな声で笑いながら、電気を点けた。

「もう、芳恵ったら大嫌い！」

雪江は、その夜はもう、怖くて見回りに行く気にならず、みんな芳恵に押しつけた。
二、三日して、朝礼で申し送りが済んで終えようとしていた時、看護婦長の倉橋が、「夜中に大きな声を出す人がいて、眠れないという苦情があったので注意してください」という話をし出した。雪江はてっきり自分の担当している川崎老人のことだと思って、
「ここのところ、川崎さんは落ち着いておられて、昨日も熟睡されていたようでした」

と報告すると、倉橋が、

「今日の話は、患者さんのことではありません。職員が夜中に大声を出してうるさくて眠れないという苦情です」

そう言って、雪江の方を大きな目でぎょろりと睨んだ。雪江は下を向いて静かに頭を垂れ、婦長の怒りが過ぎ去るのを待った。横を見やると、芳恵は涼しい顔で知らん顔をしていた。婦長が出ていったあと、芳恵は雪江の方を見て、ウインクして小さく肩をすくめた。


九月に入り、夕張の山間に秋風が吹き始めた頃、雪江は、芳恵から小林医師と来年結婚するという話を聞いた。雪江は自分のことのように嬉しかった。芳恵が小林医師のことを好きだったのは、前から知っていた。時々、一緒に教会に行っていたことや、金さんが逃亡してきた時に見せた芳恵

のあの一途な行動、先生への熱い視線。

（愛がなければあんな行動はできない）

あの時、雪江は、自分には入れない二人の強い絆と信頼をはっきりと感じた。

夕方、雪江が一人で遅くまで残って仕事をしていると、小林医師が部屋に入ってきた。

「中川さん、遅くまでご苦労さん。まだ沢山仕事が残っているの？」

小林医師は白いガラスケースを開けて、棚に並んだ薬品を一つ一つ確かめながら、雪江に話しかけてきた。

「いいえ、もう少しで終わりますから」

雪江は煮沸消毒した器具を鍋から丁寧に取り出し、指定された場所に戻しながら返事した。すべての器具を片付け終わる頃、芳恵も部屋の見回りを終えて、診察室に戻ってきた。雪江は二人の顔を見ながら言った。

「結婚なさるそうで、おめでとうございます。私も嬉しいです」

「ありがとう」

二人は雪江にお礼を述べた。芳恵は少し照れくさそうであった。雪江は小林医師に尋ねた。

「先生は、芳恵のどこが気に入ったんですか？」

芳恵は、今更、何を言い出すのかという顔をして、雪江の方を見た。

「そうだね。津村君は、私のことをよく理解して助けてくれる。それに、大らかだからね」

「そうですね。私と違って、細かいことにくよくよしないし、大変さを吹き飛ばしてしまうからいいですね」

芳恵は横で神妙な顔つきをして、二人の会話を静かに聞いていた。

「これからいろんな苦労があっても、津村君ならけらけらと笑い飛ばして、いつも家中が明るくなるような気がする。どんな困難な壁でも一緒に乗り越えていってくれるような気がしてね」

（壁？）

雪江は壁と聞いて、ハタと思い出した。少し芳恵にいじわるしたい気持ちになった。

「先生、確かに芳恵ならどんな困難な壁でも乗り越えていくと思いますわ。いや、芳恵なら乗り越えるというより、頭で壁をぶち破ってでも進んで行くでしょうね」

「…………」

横で聞いていた芳恵が、雪江の二の腕を思いっきりつねり上げたからたまらない。

「ヒーッ」

「雪江、余計なことは言わないの」

芳恵が腕をつねったまま、耳元で小さく言った。小林は、何をしているのかと、不思議そうに二人を見やった。

雪江が帰ってからブラウスを脱いで、つねられた腕を見ると、黒々とアザになっていた。腕はまだひりひりと痛んだままだったが、雪江は思い出すとひとりでに笑みがこぼれてきた。愉快だった。

（三）

九月に入って朝夕の冷え込みが増してきた頃、また、炭鉱事故で患者が運ばれてきた。雪江が担当している部屋は、二、三日前に盲腸炎で入院してきた人があり、満床になっていた。北病棟の二階では、芳恵が担当する病室の他に、三つほどしかベッドの空きがなかった。その日は朝からバタバタと忙しかったので、雪江が昼食に行く頃、すでに午後二時を回ろうとしていた。食事に行くことを部下の山内に伝えて、南病棟の食堂に向かおうと階段を下りていくと、芳恵がカルテを持って下から駆け上がってきて、すれ違いざまに言った。

「雪江、二階で急患を二人引き受け入れるようになるから、雪江の部屋で一人お願いね」

「私のところは、この前の患者さんでいっぱいだから、空きベッドがないわよ」

「この前の人は私の病室に移すから、そこを空けて新しい人をお願いするわ」

「何を言うの。一昨日手術したばかりの人なのに、どうして部屋を移動させるの」

雪江が芳恵に強く抗議すると、芳恵はカルテの方を見やりながら言った。

「坑道を支えていた柱が崩れてきて、足を挟まれて手術したばかりの人なの。ねえ、頼むわ」

「そんなこと言われても……。第一、崩れた柱で挟まれたなんて、のろまじゃないの」

「のろま？　……そんなこと言うもんじゃないわ」

「だってそうでしょう。こちらだって、急に言われても困るわ」

「とにかく、処置が終われば、もう少しでこちらに運ばれてくるから」

雪江はいろいろと抗議したが、一向に埒があかない。芳恵は、こちらでやっておくから早く食事をしてこいと言わんばかりに、さっさと行ってしまった。雪江は食事から戻ってきてからも、小腹が立っていた。芳恵の強引なやり方に納得していなかった。しかし、婦長に言われて、新しい患者にとりあえず挨拶にだけは行くことにした。雪江は気を取り直し、入口で丁寧に頭を下げ、笑顔を作って病室に入っていった。そして、一番奥の左側のカーテンを開けて、新しい入院患者を見て「あっ」と思わず声を上げそうになった。

そこにあの男性がいたからである。

「こんにちは」

男性は照れくさそうに雪江を見て、ベッドから起き上がろうとした。

「ああ、大丈夫です。そのままでいいですから。担当の中川雪江です。今日からよろしくお願いしますね」

病室から一歩出ると、雪江の顔から自然と笑みがこぼれてきた。スキップでもしたい気持ちだった。そして、詰所に入るなり、雪江はふーっと大きく深呼吸をした。自分の席に座ると、向こう側に座っていた芳恵がにんまりとして言った。

「雪江、どうだった？ よろしく頼むわね。いやなら私の病室へ移してもいいのよ」

「そんなことはないわ。ありがとう」

「あとで、雪江が『のろま』って言ってたって話しておくわね」

「もう、芳恵ったら」

雪江は立ち上がって、芳恵にイスの座布団を投げた。芳恵はそれをひょいとかわした。

それからの雪江は、いつもより心を込めて一生懸命に仕事をした。翌日からは部屋に花を飾り始め、てきぱきと仕事をこなした。その男性の名は、佐々木貞心とカルテに記載されていた。ただ、最初の頃少し困ったことがあった。毎朝、雪江は一人一人に挨拶しながら、体温と脈拍を測っていく。ところが、上気してしまって佐々木の脈拍だけがうまく測れなかった。雪江は佐々木の手を取って、小さな時計を見ながら脈拍をとる。雪江が手元を見つめている間、佐々木の視線が自分の方にじっと注がれているのが感じられる。すると、雪江の心臓がだんだん大きく脈打ち始め、ドキドキして脈拍数が分からなくなる。雪江は、手板に挟んだ記録用紙に書き留めるふりをして終え、詰所に戻ってからもう一度、山内に検脈と検温を頼んだ。山内は不思議そうに首をかしげながら、雪江に言われた通り佐々木のところに行った。なんとそれが五日間も続いた。

佐々木はギプスで足を固定して、二ヶ月ほどの入院予定だったが、一ヶ月ほどでギプスが外れるようになると、松葉杖を使いながら少しずつ歩く練習をし、やがて外出許可願いを申し出た。小林医師は、看護婦の付き添いを条件に佐々木の外出を許可した。

「まだ、あまり無理しない方がいいから、出かけるのなら付き添いと一緒に行くように」

十月の半ば、佐々木は雪江の付き添いで錦沢まで紅葉を見に行くことになった。その日、雪江は朝早くから起きて、二人のお弁当を作った。あとから起きてきた芳恵が、台所へ来て雪江の作った弁当を覗き込み、つまみ食いしながら、

「今日は、どこへ行くの？　二人で楽しいお出かけね」

そう言って、冷やかした。

「佐々木さんが、錦沢へ紅葉を見に行きたいと言うから、先生に許可をもらって付き添って行くことにしたの」

「どうせなら、もっと人目に付かないところの方がいいんじゃないの。共同墓地とか……」

「変なこと言わないでよ。病人の付き添いだから。仕事よ、仕事」

「へーっ、嘘ばっかり。仕事に行く人が朝早くから起きて、お弁当なんか作って持って行きますか。それともこの弁当は、私のために作ってくれたの？」

「もう。芳恵ったら」

芳恵は楽しそうに雪江をからかいながら、簡単な朝食を済ませて、玄関の戸をガタピシと閉めて、先に病院に出かけていった。雪江は日曜日で休みを取っていたので、芳恵よりもあとに出て、佐々木を病院に迎えに行ってから、すぐ近くの夕張駅から汽車に乗った。

錦沢は、夕張鉄道で三十分ほどのところにある。二人が着いたのはお昼前であった。錦沢は山間の風光明媚な場所で、紅葉の時期は多くの人で賑わった。小さな遊園地もあるため、休日には子ども連れの人たちも多かった。雪江は佐々木の足を気遣いながら、ゆっくりと寄り添って歩いた。紅葉は少し盛りを過ぎていたが、夕張の短い秋を二人で楽しんだ。お昼には、遊園地にあるベンチに腰掛けて、お弁当を食べた。

「炭鉱では、どんなお仕事をされているんですか？」

「私は、坑内での安全を守るために保安の仕事をしている。坑内作業は一日三交代制で、一番方から三番方までに分かれていて、石炭を掘る人や坑道を作る人や坑道の柱の維持管理をしている人、石炭や資材を運ぶ人など、沢山の人たちが働いているんだ。私はその中で、外と坑内を結んでいる電気配線や通信設備などを主に担当しているんだ」

佐々木はそう言って、丁寧に説明してくれた。

「地下の深いところで作業している人と、どうやって連絡し合うんですか？」

「今は電線を張って電話機で連絡しているが、無線のようなものがあれば簡単でいいんだがね」

「無線ですか」

「そう。でも、地下では電波が届かないから、これから誘導無線の研究をやろうと思っているんだ」

佐々木は目を輝かせながら説明した。雪江は心配していることを聞いた。

「何百メートルもの深い地下で石炭を掘っているって聞いたことがあるけど、そんなところで落盤や爆発があると怖いですね」

「立坑で一キロメートルくらいのもあるかな。そこから更に掘り進んでいるから、一番深いところだと地面から三キロメートル以上もある。やはり、一番怖いのはガス爆発だなあ。メタンガスには色も臭いもないからね」

「三キロもですか」

雪江には想像もつかなかった。炭鉱で働く人たちが、そんなに深い地底で仕事をしているとは知らなかった。そんなところで事故が起きたら、どうやって助け出すのだろうか。

「それでも、昔のようなカンテラの明かりとツルハシで掘り進んでいた時代から比べると、ずいぶんと安全になっているが、更に安全を保障していくために僕の仕事がある」

佐々木は自信に満ちた言葉で、いろいろと仕事の話をしてくれた。そして、炭鉱の仕事は危険が付きまとうが、働いている人たちが安心して採掘できるように、これからもこの仕事をずっと続けていきたいと言った。

「ところで、雪江さんはどうして看護婦になったの？」

「小さい頃に結核で母が亡くなり、何もしてあげられなかったので、大きくなったら看護婦になろうと思ったの」

「雪江さんは、どこの生まれですか」

「旭川の近くが故郷よ。小学校の頃まで、そこで家族一緒に暮らしていたんだけど、母が亡くなってから二年ほどして祖母も亡くなり、父も病気で動けなくなってしまったの。それで私と妹の二人が小樽の伯父さんの家に引き取られたの。父は旭川の酒屋さんで働いていて、仕事中に足を踏み外して大樽の上から落ち、背中を痛めて一年ほど入院していたの。今もあまり丈夫ではないけれど、住み込みで一人暮らしだから、時々妹と帰るようにしているんです」

「妹さんは、まだ小樽にいるの？」

「そう。妹は学校の先生になりたいって勉強してるわ。伯父さん夫婦は小樽で雑貨商を営んでいるんだけど、子どもがいなかったので、私たちを学校まで出させてくれて、本当に感謝しているの」

雪江は今まで、こんな身の上話を誰にも話したことがなかった。でも、佐々木には自分のことを知ってほしいと思った。そして、雪江ももっと佐々木のことを知りたいと思った。

「佐々木さんは、内地からやって来たって横川さんから聞きましたけど、どこの生まれですか。ここに来る前は、何をされていたんですか」

「出身は札幌ですよ。家は呉服屋をしており、今も家族は札幌で暮らしている。俺は四人兄弟の三番目で、上に兄と姉、下に弟が一人いる。俺は家の跡取りでもなんでもないので、研究者の叔父を頼って東京の大学に通っていた。しかし、戦争が激しくなってきた頃、二人の友人と一緒に学徒出陣して海軍に入り、神奈川県で終戦を迎えた。叔父の家に相談に行くと、東京で暮らすように勧められたが、焼け野原の東京を見ていて、そこで暮らす気にはなれず、北海道に戻ってきたというわけさ。戦争で沢山の人たちが傷付き亡くなった。もう、戦争なんてこりごりだよ」

「でも、無事で良かったですね。戦地の方へも行っていたんですか」

「いや、まあ。戦地というところまでは……」

「私の先生は、中国の方に医者として行くつもりだったようですが、病気の疑いがあったので戦地には行かなくて済んだみたいですけど」

「ああ、行かなくて良かったと思うよ。戦争なんか絶対にしてはいけない」

雪江は、佐々木の口数が少しずつ少なくなってきたのを感じていた。

「ごめんなさいね。余計なことをいろいろと聞いて」

雪江は、自分にも良い思い出がない戦争中の話は、あまりしないでおこうと思った。

二人は、歩き回るよりもベンチに腰掛けて話している時間の方が多かった。雪江は佐々木の身体のことも気遣っていたが、紅葉を楽しむよりも佐々木と話をしていたかった。

三時過ぎに錦沢の駅まで戻ってきて、また駅のベンチで話していた。もう、夕張行きの汽車を二本もやり過ごした。だんだんと日が陰り、太陽が山の向こうに沈み始めると、急に気温が下がり始める。この時期、北海道の朝夕は、ストーブなしでは寒くてどうしようもないくらいだ。雪江は、持ってきたセーターを取り出して羽織った。それでも寒そうにしていると、佐々木が服を脱いで雪江に掛けようとしてきた。

「僕はいいですから、これを着てください」

「いいえ、大丈夫です。佐々木さんこそ、風邪でもひいたら大変だわ」

そう言って、雪江は固く拒否した。嬉しかったが、よく考えてみれば、自分は付き添いで来ているのに、風邪などひかれたら申し訳がない。

佐々木が帰り際に言った。

「今日は、迷惑じゃなかった？」

「どうして？」

「実は、外出するには付き添いが必要だと言われたので、それなら中川さんと一緒に出かけられるかと思って外出許可を願い出たんだよ」

「あら、でも付き添う人が、私になるかどうかわからないでしょう。世津子だっているし。もし違う人になったらどうするつもりだったの？」

「いや、もともとは津村看護婦から『そろそろ外出でもして、歩く練習をした方がいいですよ』って言われたからなんだよ」

「えっ、芳恵がそんなこと言ったの」

佐々木の病室の担当者は、雪江と山内世津子である。二人を差しおいて何ということか。

「ただ、外出するには、まだ付き添いがないと許可が下りないから、その時は中川さんを付き添いにするってね」

「そうだったの。でも良かったわ」

二人が待っていると、室蘭本線の栗山駅の方から、夕張鉄道の汽車が白い煙を吐き出し、急こう配をあえぎながら入ってきた。雪江は、佐々木の手を取って汽車に乗り込んだ。錦沢の近くで汽車はスイッチバックし、汽車が行ったり来たりする。二人は顔を見合わせながらすっかり打ち解け合っていた。雪江たちが病院に戻る頃には、夕日が山の向こうに沈み、暗くなりかけていた。


翌日、雪江が出勤すると、二人のことが噂になっていた。南病棟にある食堂へ昼食に行くと、顔見知りの南病棟の高田看護婦が、

「中川さん。昨日はどうだった？　お似合いだったよ」

楽しそうに聞いてきた。くりくりとした丸い目が笑っている。

「そう。とっても楽しそうだったわね」

一緒にいた吉川看護婦も声をかけてきた。雪江が慌てて、

「足のギプスを外したばかりなので、付き添って行っただけ。どこで見てたの？」

そう言い訳したが、誰も相手にしてくれない。家に帰ってから、芳恵にそのことを話すと、

「ばかねえ、だからもっと静かな所に行ったらって言ったのよ。夕張の人が紅葉を見に行くとしたら、あそこしかないの。こんな小さな町で、しかも小柄な雪江とノッポの男が二人で歩いていたら直ぐに目立つわよ。なのに、駅のベンチでずっと話してたんだって？　本当に、あきれるわよ」

「えーっ、そんなところまで見られていたの」

確かに駅のベンチで長く話していたことがいけなかった。特に、南病棟の看護婦に見られたことが致命的であった。先月も、南病棟の岡本婦長が、看護婦の躾ができていないと嘆いていたという話が伝わってきていた。夕張鉄道は病院のすぐ前を通っており、機関車が夕張炭鉱専用線に入ってくると、その度に病棟の窓から若い機関士に向かって、看護婦たちが一斉に手を振るというのだ。

「でも、これで二人の交際が公認になったからいいじゃないの」

芳恵はそう言って笑った。

雪江は、それから皆に冷やかされ、見守られながら、佐々木との交際を続けた。

そして、雪江と佐々木は、二年ほどの交際を経て結婚した。ただ、雪江の父は二人の結婚について賛成したものの、「このままでは、中川家が途絶えてしまうから、婿養子に入るのなら」という条件で承諾した。こうして佐々木は中川貞心となり、雪江と一緒に暮らすことになった。

（四）

夕張における石炭の生産量は、敗戦の直後、朝鮮人や中国人の労働者が帰国したことによる人手不足で、一時期減少した時があるが、一九五〇年に朝鮮戦争が起こると、その特需を受け、それに続く一九五五年頃から始まった神武景気に支えられ、一九六〇年代まで増産に次ぐ増産が続いた。

雪江は、芳恵が結婚して共同住宅を出て行ったあと、そこで貞心との新婚生活を始めたが、やがて炭鉱住宅に代わって鉄筋四階建ての文化住宅が建ち始めると、すぐに申し込んだ。申し込みを希望した人たちはかなり多かったが、三回目の抽選でどうにか入ることができ、二人は文化住宅に引っ越した。六畳二間と四畳半の部屋に台所やトイレ、水道などが完備されておりモダンなものだった。やがて、テレビが出回るようになり、最初はデパートの前に設置された街頭テレビに大勢の人たちが詰めかけ、黒山の人だかりで見入っていたが、そのうち各家庭にもテレビや洗濯機、電気釜などが普及するようになった。雪江たちも、ワクワクしながらこの文化的な生活に溶け込んでいった。

雪江は一九五一年に女の子を出産し、続けて二人の男の子を授かり、産休が明けると子どもたちを近くの保育所に預けて仕事を続けた。炭鉱住宅や文化住宅に住む子どもたちは、大きい子から小さな子まで、外で一緒になって遊び回った。男の子はビー玉やメンコ、チャンバラごっこ。女の子は、通りや広場で、縄跳びやおはじき、石けりをして遊んだ。雪が降れば、男子も女子もソリやスキーで遊んだ。貞心と雪江は、三人の子どもたちに振り回されていつも忙しくしていたが、笑い声の絶えない楽しい日々が続いた。貞心は、時々子どもの相手をして遊んでくれたが、どちらかというと部屋に閉じこもって本を読んでいることが好きだった。そんな貞心を、雪江はあちこち連れ出した。山歩きや遊園地に子どもたちと一緒に出かけた。

同じ頃、芳恵も二人の子どもを出産し、雪江のアパートにもよく遊びに来た。雪江は一番下の子が保育所に通い出した頃、芳恵に誘われて札幌の教会にも行くようになり、休みの日は子どもたちも連れて行った。雪江はクリスチャンである小林医師を尊敬し、教会に対してもあこがれのようなものを抱いていた。

芳恵はすでに洗礼を受けて入信していた。だが、芳恵の場合は他のクリスチャンとは少し違う、と、雪江は思う。芳恵には、どこまで神を信じているのか分からないところがあった。

雪江は、神に静かに祈りを捧げることが、敬虔な信者だと思っていた。しかし、芳恵の場合はまるで違っていた。行動的であった。芳恵は雪江に向かっていつも言っていた。

「祈っているだけじゃダメ。雪江は、讃美歌を歌って神の前に静かに跪《ひざまず》き、お祈りしているのが信者だと思っているでしょう」

「それじゃダメなの？」

「当り前よ。目の前に困っている人がいれば、手助けするのが当然でしょう。ただ、祈っているだけなんておかしいわ」

あくまで行動的である。確かに、目の前で起こっていることは、もっと現実的で切実なことばかりである。小林医師も「祈っているだけでは何も解決しない」と言っていたことを雪江は思い出した。しかし、雪江は、今まであまりそんな風に考えたことがなかった。

「それじゃ、まるで野村のおじさんと同じね」

野村のおじさんとは、夕張市議会議員をしている野村忠志のことであった。野村は議員であり、炭鉱労働組合の役員もしながら、公用日以外の日は坑内で仕事をしていた。そして、いつも炭鉱の安全や合理化のこと、生活のことなどについてビラで知らせ、人の嫌がることもよく引き受けていたので、町の人たちから親しまれていた。

「あはは。確かにね。でも、あのおじさんったら、どんな寒い日でも、毎週駅前で演説しているんだもの。あれにはついていけないわ」

芳恵はそう言って笑ったが、雪江は行動的で自由奔放な芳恵を羨ましく思っていた。そして自分も、芳恵のように少しでも行動的でありたいと思った。

（それにしても、芳恵は、神様にすれば、きっと手のかかる厄介な子羊の一人に違いないわ……）

そう思うと、独りで笑いが込み上げてきた。

一九五〇年以降の石炭の増産と好景気に支えられて、夕張の人口も十二万人近くまで膨れ上がった。しかし、一九六〇年頃から日本のエネルギー政策が石炭から石油へと転換していく中で、夕張の石炭年間生産量は、一九六六年の四百万トン余りをピークにしてだんだんと衰退し、石炭産業は斜陽化の道を辿るようになっていった。新しい鉱山での操業もいくつか開始されたが、一方で事故が発生して閉山するところが相次いだ。一九六〇年には北炭夕張第二鉱でガス爆発が起こり、四十二名が死亡するという事故が発生した。一九六三年には北炭新夕張炭鉱が閉山となった。更に、一九六五年には、北炭夕張第一鉱でガス爆発が起こり、六十二名が死亡し、十七名が負傷するという事故が発生した。そして、一九六七年には旭炭鉱と志幌炭鉱が閉鎖された。一九六八年には、北炭平和鉱内の火災によって三十一名の犠牲者が出た。こうした状況の中で、一九七〇年代以降も次々と閉山が続き、その度に、炭鉱で働く人々の間に、人員整理や合理化の嵐が吹き荒れ、苫小牧などの新しい工業地帯や札幌などに仕事を求めて、夕張の地を離れる人たちが増えていった。戦後しばらく、炭鉱夫の給料は世間の相場よりも高かった。だからこそ職を求めてあちこちから炭鉱に人が集まってきていた。しかし、この頃は、もうそうでなくなっていた。

当時の夕張市の炭鉱経営は、北炭と三菱の会社でほぼ占められていた。その下に下請けとなる沢山の子会社が作られ、事業所ごとに目標が割り当てられた。親会社は採掘量を引き上げ、一方で単価を切り下げていった。当初、トンあたり四千五百円で引き取っていたものを、二千五百円まで引き下げたため、給料が支払えない子会社がどんどん廃業に追い込まれていった。会社側は、斜陽化する石炭産業を維持するために、機械化や合理化によって生産を引き上げることに努力したが、もはや石油を中心とした国の大きなエネルギー政策の流れを止めることはできなかった。

そんな中で、貞心は炭鉱の保安業務の責任者として仕事に打ち込み、夕張で働き続けた。炭鉱夫がどんどん人員整理され、小さな事業所はつぶれていったが、幸いにも貞心の仕事は、特殊な技術を要する保安業務のかなめだったから、親会社グループの中を渡り歩くことで、仕事を続けることができた。

雪江も病院で勤務し続けていた。小林医師と芳恵夫妻は、一九七〇年に夕張の病院から札幌の病院に移り、暮らしていた。雪江は芳恵が転出したあと、北病棟の看護婦長となった。

三人の子どもたちは、それぞれ高校を卒業すると同時に、貞心の親戚を頼って、札幌で進学や就職をするために夕張を離れていった。そして、貞心が五十歳を迎え、雪江も四十七歳になる頃、長男と長女が結婚して子どもを授かり、夕張に孫たちを連れて時々遊びに来るようになっていた。

一九七〇年代に入って、事故や閉山が増える中で、夕張の町は重苦しい雰囲気に包まれ、かつてほどの賑わいがあまり見られなくなっていたが、そんな折、鬱陶《うっとう》しい気分を吹き飛ばす明るい話題が町の人々を勇気づけた。

一九七七年、夕張で『幸福の黄色いハンカチ』の映画ロケが行われたのである。山田洋次監督を始め、高倉健や倍賞千恵子ら、沢山の人たちが撮影のためにやって来た。小さな生協マーケットで働く妻が、刑務所から出てきた夫を、約束の黄色いハンカチをつるして迎えるという撮影シーンを見ようと、沢山の人たちが見学にやって来た。雪江も「子どもたちに見せてあげたい」と言って、遊びにやって来た五歳と三歳になる孫を連れ出し、いそいそと撮影現場に出かけていった。

それから四年後、夕張の炭鉱で世間を揺るがす大きな事故が発生した。一九八一年十月十六日十二時四十一分、北炭夕張新炭鉱で大事故が起きたのである。それまで、炭鉱での事故がマスコミで取り上げられることなどほとんどなかったが、この時は全国にテレビ放映された。この年、北炭では、すでに九人の死者と六百人を超える負傷者を出していた。そのうちの五人が、この夕張新鉱であった。

北炭夕張新炭鉱は、一九七〇年に開発され五年後に出炭が始まった。ここでも七〇年代後半から、下げられた単価を取り戻すために、更にコストを下げ、効率を上げて生産量を増やすことに拍車がかかっていた。日産四千トンの目標をやり切ることが前提となっていた。そのため、ガス警報器が鳴っても、採炭が遅れるという理由から、作業を続行させるということも行われていた。北炭夕張新炭鉱では、前年の十月に、会長名で「向こう三年間で三百八十人の人員削減を行い、一日三千トンの出炭を五千五百トンまで引き上げ増産する」という計画を発表していた。野村のおじさんは、労働組合のビラやチラシで「地底で働く労働者が報われる山の再建を」と題して、「人員削減反対」「合理化反対」「安全の確保」を呼びかけていた。大事故は、そんな矢先に起こったのである。

事故が起こった北第五盤下坑道は、海面下八百十メートルの地点であり、地表から三千メートルもの地底であった。この新炭鉱での採掘方法は、従来の方法とは全く違っていた。通常は地上の方から順番に石炭を採掘しながら、奥へ奥へと深く掘り進んでいく。だが、北炭新炭鉱では、先ず数百メートルの立坑を掘り、そこから炭層に沿って水平坑道や斜めの坑道を横に掘り進んでいく。その際に、採炭予定の炭層の下にもう一つの坑道を掘って、そこから上の炭層に向けてボーリングで穴をあけ、メタンガスを吸引するというやり方をしていた。だが、そこはバージンフィールドと呼ばれる全く未知の世界であり、三十度を超す温度と湿度に囲まれており、体から噴き出る汗と機械からの強風で、炭塵《たんじん》が顔にべっとりとへばり付く劣悪な環境下での作業であった。盤圧で坑道がねじれてしまうほど歪むこともあるが、人手がなくて修繕も追いつかない。それに、メタンガスがどのくらい抜けているのか、目に見えないから確かめようもない。掘り進む坑道の速度に安全対策が追いつかない場合が、しばしば起こった。ガスの湧出量が増え、ガスが突出し、坑内温度の上昇も手伝って、自然発火や炭塵爆発の危険にいつもさらされている場所だった。

北炭夕張新炭鉱での事故発生の報告は、雪江の病院にもすぐに知らされた。炭鉱でガス爆発や火災が起きた場合は、病院では特別の体制が求められるからである。一九六〇年に起きた北炭夕張第二鉱でのガス爆発や、一九六五年に起きた北炭新夕張第一鉱でのガス爆発の際は、雪江の病院の近くだったこともあり、沢山の怪我人が運ばれてきた。夕張にある五ヶ所の病院から医者や看護婦が応援にやって来て対応したが、負傷者は廊下まで溢れ、救出されて赤い毛布にくるまれた担架にすがりつく家族たちで病院の中はごった返した。

北炭夕張新炭鉱は、雪江のいる夕張の中心部から七キロも南にある清水沢町から、更に東に三キロほど行った夕張川沿いの山中にある。病院では、早速十名の看護婦を派遣させることにし、更に十名の待機者を選んだ。雪江は、貞心が心配だった。貞心は坑内に誘導無線を設置するため、先週末から泊まり込みで、北炭夕張新炭鉱に入って仕事をしていたからである。坑内では電波が通じないので、トランシーバーでの連絡はできない、そのため誘導無線を張りめぐらせる必要がある。だから、貞心も、掘り進んでいる坑道に沿って奥深くまで入り込んでいた。

まもなく、坑内で火災が発生し、多くの人が閉じ込められているという報告が入ってきた。雪江は病院に待機したままであったから、気が気でなかった。夕方には、テレビが火災発生のニュースを伝えていた。雪江は、いったん自宅に戻り待機することにした。雪江が疲れて家に帰った時、すでに夜の八時を回っていた。先週から長男の幸一が出張で、雪江の家に泊まりに来ていた嫁の美智子が心配して家で待っていた。貞心も留守なので、雪江が泊まりに来させたのである。美智子は、二つになったばかりの息子の大輔をようやく寝かしつけたところだった。雪江が帰るなり、

「お義母さん、大変ですね。お義父さんから連絡は何かありましたか」

心配して聞いてきた。そしてテレビのスイッチを入れた。ニュースによれば、すでに救出された人は二十人余りで、まだ行方不明者百人以上が坑内に取り残されたままであるとのことだった。

（夫は、どこにいるのだろうか。無事なのだろうか）

そう思うと、じっとしていられなかった。

（病院にすでに何か連絡があったのだろうか。いや、あるとすれば自宅の方だろう）

そんなことを考えていた。美智子が夕食を用意してくれたが、食事も喉を通らなかった。雪江は、部屋の熱さを感じて、少しストーブの火を落とし、窓の近くに寄って外を眺めた。黒くなった寒空に星屑がいっぱい散らばり、きらきらと瞬《またた》いていた。雪江は貞心のことを思い、祈りたい気持ちになった。

その時、電話のベルが鳴り響いた。雪江は居間の入口にある電話機まで走り寄って、受話器を取った。

「もしもし、中川ですが……」

雪江が、すべてを言い終わらないうちに、

「雪江か、俺だ。無事でいるから心配しないように」

夫の声がした。どこからかけているのか、後ろの方で騒々しい人の声が聞える。

「あなた、無事だったの。良かった。でも大変なことになったわね」

「ああ、今も救出作業が続いている。今夜は徹夜でやることになると思う。しばらくは帰れないと思うけど、もし時間が取れたら着替えだけでも取りに戻りたいから、用意しておいてくれ」

「分かったわ、準備しておくわ。それじゃ、気を付けて頑張ってね」

雪江はそれだけ言うと、受話器を置いた。とりあえず、夫が無事であったことに一安心したが、緊張していた気持ちが緩んで体から力が抜けてしまった。

後ろで聞いていた美智子も、少しホッとした様子で言った。

「お義母さん、お義父さんが無事で良かったですね。でも、まだ沢山の人たちが取り残されているというから心配ですね」

雪江も美智子も、その日遅くまでニュースに見入っていたが、布団に入ってからもなかなか寝付けなかった。

翌日の夜、貞心は車を飛ばして家に帰ってきた。雪江は、貞心が帰ってくることを美智子からの電話で聞いていたので、夕方には病院からアパートに戻っていた。貞心は帰ってくるなり、当時の状況を詳しく話し始めた。

事故は、炭鉱内の北部方面で発生した。貞心は南方面で作業をしていたが、無線機はいつも受信状態となっているため、事故が起こった時、救援を求める交信を聞いてすぐに分かったという。

「十五人がズリの厚い壁に閉じ込められている。しかし、内部はズリもなく怪我している者はいない。救援を頼む」

「まもなく救護の手が差しのべられる」

そんなやり取りが交わされていた。最初はガス突出だったらしく、近くの避難場所であるビニールマントに入った人たちもいたようだが、ガスが充満する中を助けに行った救護隊の着衣から出た静電気が粉炭に燃え移って、坑内火災になったようだ。貞心たちもすぐに現場近くに向かって、坑底から出てくる坑員をトロッコで搬送する作業を手伝っていたが、下から駆け上がってきた坑員から、火災が発生していることを知らされ、それ以上奥へ入って救出することができなかったという。

「酷いもんだよ。事故発生現場付近のメタンガス濃度が、事故の二時間も前から異常に高い数値を示していたのに、会社は退避命令を出さなかったようだ」

貞心は、雪江の入れたお茶を飲みほしながら、吐き捨てるように言った。貞心は無線でのやり取りを聞いていたから、そんなことまで知っていた。

「どうしてなの？　そう言えば、この前のビラにも『会社は生産量を優先するあまり、安全対策がおろそかになっている』って書いてあったわ」

雪江は町でもらった「ゆうばり民報」の記事を思い出した。しかし、そういう指摘をまともに聞こうとしない人も多かった。

「炭鉱ではガスが出るのは当り前だよ。どこそこで怪我人が沢山出たとか、警報器が何度も鳴っているだの、ガス抜きのボーリングに手抜きがあるなど、そんなことばかり言っていたのでは仕事にならない」

「そんなことばかり言っていたのでは、労働者の士気が下がるから書くな」

と言って憚らない人たちもいた。

「そうした意見を無視し、ちゃんと聞かない人がいるから困るんだ」

貞心は真面目で研究熱心だったので、こうした記事には強い関心を持っていた。そして、貞心は驚くことを話した。

「今日までに、行方不明者が九十三人で、そのうち収容された人が三十二人しかいないから、まだ六十一人が坑内に取り残されている。しかし、今日会社の社長がやって来て、清水沢体育館に行方不明者の家族を全部集めて何と言ったと思う。『残念ながら生存の見込みがないので、坑内火災の延焼を防ぐために水を注入したい。水没させて火災を鎮火させると、罹災者を早期に出すことができる』って言ったんだよ」

雪江はにわかに信じられなかった。

「それって、本当なの。だってまだ生きている人がいるかも知れないじゃないの」

（人の命を何だと考えているのか）

だんだん腹が立ってきた。隣で美智子も驚いた様子で話を聞いていた。

「そりゃ、会場は騒然となったさ。そんな言葉を予想している人は誰もいなかったからね。それに、その説明をした時は、まだ事故から十四時間しか経っていなかった」

雪江は聞いているうちに怒りで体が震えてきた。

「そんなことってあるの。それでどうなったの」

「家族の強い抗議と悲痛な叫びで、結局すぐに注水することは取り止めとなったが、会社側は引き続き話し合いをするとして解散になった」

「当然でしょう」

雪江はぶ然として言った。

雪江はその夜はほとんど眠れなかった。そして、翌日の朝早く、貞心は現地に戻っていった。

翌日から、会社側は家族への個別の説得を始めた。

「このままでは坑内が持たないので、水を入れて消火させ、行方不明者を収容するしかない。そのことで身体の損傷も少なくできるし、その後の二千人の労働者が安心して働ける炭鉱にしたい。それがまだ坑内にいる人たちにできる最善の方法である」

あたかも、火災を鎮火させて早く復旧させないと、あとの人たちが仕事に取りかかれないから協力せよ、と言わんばかりである。家族にとって、胸が張り裂ける、辛い決断だったに違いない。

そして、事故発生からちょうど一週間。十月二十三日、坑内へ注水することが決められた。午後一時三〇分、夕張市内の全域にサイレンの音が響いた。坑内で、病院で、町のあちこちで黙とうが行われ、坑内に五十九人を残したまま、夕張川から冷たい水が坑内に流し込まれた。救援先から戻ってきた看護婦たちによると、黙とうが終わって注水が始まると、体育館に家族の嗚咽と泣き叫ぶ声が響き渡り、溢れる涙で家族の顔を見ることもできなかったという。雪江もその報告を聞いていて、悔しくて涙が止まらなかった。最終的に、この事故で九十三人が犠牲となり、その中には救援でかけつけた十名も含まれていた。

翌日から山のあちこちで雪虫が飛び交い、やがて夕張の里は雪で真っ白に被われた。

年末から、今度は注水した水を抜く作業が始まった。揚水による救出作業は、年末も休みなく続けられ、年明けも二日から四交替で行われた。貞心もこの救出作業に加わった。坑道はどす黒い水で満たされており、黒い底なし沼のような坑道を揚水しながら少しずつ進んで行く。残された遺体を搬出する作業は、春まで続いた。貞心は、洗濯物を取りに週末だけ帰ってきたが、それ以外は泊まり込みで作業に当たっていた。貞心は、疲れて帰ってきても寝つかれないのか、うなされる日が多かった。貞心の話では、坑内は目を覆いたくなるような光景だったという。夕張の里は深い雪で覆われていても、何キロメートルもある地底の救出現場は、四十度近い灼熱の世界である。ほとんどの人が、更に高まった火災の熱で、衣服を脱ぎ棄て真っ裸で焼け死んでいた。

「注水で遺体が深く沈んで、また浮いてきて漂っていたのだろう。もうそれは、ばらばらの状態で人間の姿ではなかった。それを拾い集めて板の上に順番に並べ、ビニールで包んで毛布を掛けて運び出すんだ。数体の遺体が重なり合い、エアホースにしがみついて亡くなっていた人もいた。苦しかったろうなあ」

貞心は帰ってきて寝ている時には毎晩うなされた。突然大きな声を上げることもあった。

「うわーっ！　貴様、大丈夫か。しっかりしろ！」

「あなた、どうしたの」

横に寝ていた雪江が、貞心を揺り起こした。

「いやあ。顔中が火傷で覆われた男が、『苦しい。苦しい』と叫びながら助けを求めてきて……」

貞心の身体は、ぐっしょりと汗で濡れていた。

そんな日が続き、ようやく三月の末頃に九十三人の死亡がすべて確認され、全員の遺体搬出が終わった。

四月に入って、清水沢体育館で、亡くなった人たちの合同慰霊祭が行われた。体育館には遺族や関係者など、千人以上が集まった。貞心と雪江も参加した。広い体育館に足を踏み入れると、正面に大きな祭壇が作られており、九十三人の遺影が飾られていた。その両側に沢山の献花が飾られ、祭壇の前には二十基もの焼香台が置かれていた。貞心と雪江は、中ほどより少し前の方の席に並んで腰掛けた。黒い額縁とリボンで包まれた九十三人の遺影は、参加した人たちを見つめていた。微笑んでいる人、かしこまっている人、静かにこちらを見つめている人など、様々だった。

雪江は、亡くなった人たちの数の多さに驚くとともに、一人一人の無念さを思った。雪江が座って祭壇の方を見つめていると、後ろの方から「野村議員も亡くなったのよ、奥さんも気の毒ねえ」という小さな話し声が聞えてきた。

（えっ。野村議員って、あのおじさんのこと？）

雪江は、入口でもらった犠牲者の名簿に目を通した。すると、「野村忠志」という名前がそこにあった。皆に「野村のおじさん」として慕われた人も、今回の事故の犠牲となっていた。

やがて、市長と会社社長の話が終わると、十人の坊さんによる読経が始まった。あちこちからすすり泣きや嗚咽の声が体育館に響いた。雪江も、込み上げてくる涙で、遺影が見えなくなってしまった。焼香が始まり、貞心と雪江も遺影に向かって手を合わせ、亡くなった人たちの冥福を祈った。

会場を出て、正面にあるなだらかな山を見た時、雪江は言いようのない淋しさを感じた。夕張の山々は、真っ青な空の下で、あちこちに雪を残したまま、ところどころ枯葉色の山肌をさらしていた。雪江は駐車場に向かって歩きながら、

「ねえ。野村議員も犠牲になっていたのね」

　黙って歩いていた貞心に話しかけた。

「野村議員のこと知っているのか」

「病院では、皆が親しみを込めて『野村のおじさん』って呼んでたわ。人の嫌がることまでよくやってくれるって評判だった」

「そうか。俺も会社の集会で何回か会ったことがあるが、いつも腰の低い人だったよ。何度か話していて、職制から『危険分子』とは、話をしない方がいいって注意されたこともある」

「あのおじさんが『危険分子』？　どうしてなの」

「自分たちを批判したりする人には、すぐにそういうレッテルを貼りたがるんだよ。きちんと人の意見に耳を傾けようともしない。日本人の悪い癖だよ」

「戦争中に、おしゃれをしたり、パーマをかけた人にまで『非国民』というレッテルを貼ったのと似ているわね」

「今回のことだって、もう少し現場の意見をきちんと聞いて対応していたら、こんなにはならなかったかも知れない。野村さんは、何でも奥さんが病気だったようで、金がかかると言って休みの日も坑内に入って働いていたようだ」

「奥さんが病気だったの？」

「どうもそうだったようだ。普通、労働組合推薦の議員は、炭鉱に入らなくても給与がきちんと保障されているようだが、野村議員は、仕事をしながら議会にも出て、ここのところ率先して北坑で仕事をしていたようだから、本当に気の毒だよ」

「いい人だったのにねえ」

（それにしても、人の命はなんと儚いものなのか。そう思わざるを得ない。ただ、野村議員が指摘していたように、これが自然災害でなく、限りなく人災であるとしたら、どんなに悔しいだろう）

雪江がそんなことを考えていると、

「俺たちもここまでよく頑張ってきたよ。そろそろ夕張を出て、これからの生活を考えようかと思ってるんだ」

貞心が、そんなことを言い出した。貞心は、これまでも炭鉱での事故を何度も見聞きしてきた。しかし、救出現場に出向いて直接作業にあたったことはなく、今回が初めてであった。雪江は、事故が起こってからの貞心の心労をずっと心配していた。なにしろ、疲れ方が尋常ではなかった。その上、帰ってくる度にいつもうなされていたからである。

「そうね。二人でよく頑張ってきたと思うわ。あなたも来年でちょうど六十歳だし、そろそろ潮時かもしれないわね。札幌にでも帰って暮らしましょうか」

「俺もそれを考えてきた」

貞心は、ゆっくりとかみしめるように言った。一時期、十二万人を超えていた夕張の人口も、もうすぐ四万人を切ろうとしていた。二人は、一つの大きな時代の終わりを感じていた。

その翌年の一九八三年春、二人は退職して札幌へと転居した。貞心六十歳、雪江五十七歳の時である。

第六章　探しあてた友

（一）

一九八九年（平成元年）二月二十四日、その日は昨日からの冷え込みが緩まず、朝から寒い日であった。美鈴と義明の二人は、テレビの前に座って、ブラウン管に映し出された映像を食い入るように見つめていた。テレビで昭和天皇の大喪《たいそう》の礼が中継報道されていた。昭和天皇の棺を乗せた黒い車は、小雨の降る中をゆっくりと進んでいた。おごそかな葬送曲に送られ、皇居の正門を出ると、桜田門を通り、国会議事堂前を通過してから、赤坂見附、青山を通って新宿御苑に向かった。テレビは、沿道には二十万人近くの人々が集まっていることを静かに伝えていた。二人は黙ってその光景を見つめていた。昭和天皇は一月七日に亡くなった。それ以降、テレビやラジオの番組はすべて編成し直され、コマーシャルもほとんど姿を消し、町のあちこちでは弔旗や半旗が掲げられた。

「とうとう昭和の時代も終わったのね」

テレビを見終わってから、美鈴は静かに呟くように言った。隣を見ると、義明は目に涙を浮かべてうなだれていた。そして、しばらくしてから、

「これで、我々の時代も一区切りついたのかな。そう思うと感慨深いよ。俺たちも、これを区切りに、新しく生きていかなければならないね」

義明は、半ば自分に言い聞かせるようにぽつんと言った。

「そうね。考えてみれば、これまで大変な時代を生きてきたわ」

「でも、今まで俺がしてきたことは何だったのか……そのことを考えると、空しくなるよ」

拒否することのできない戦争に巻き込まれ、翻弄され、足をもぎ取られ、昭和という時代を引きずりながら生きている。義明にとって、戦争はまだ終わっていないのだ。

美鈴はつくづく思う。戦争に負けてから、大きく日本は変わった。戦争で大切な人を亡くし、傷付いた人たちの心は少しも癒されていない。その時のことを思うと、今でも涙が溢れてくる。義明の家族、そして自分の家族もあの空襲でみんな亡くしてしまった。焼け跡に積み上げられた真っ黒焦げの死体の山、山、山。何十年経っても忘れることもできなければ、癒されもしない。だというのに、たった十年余りで「もはや戦後ではない」としてこの国は走り出してきた。

（そんなに簡単に割り切れるものではない）

美鈴は、そう思っていた。米国や英国を鬼だと教えて戦争に協力してきた多くの人たちが、敗戦後は手のひらを返したように「自由主義者」になり済まし、単に相手国と仲良くするだけでなく、時にはすり寄りながら、なりふり構わず走り続けてきた。

（もし、戦争で亡くなっていった人たちが、この国の現状を見たら、一体どう感じるだろうか）

あの人たちは最後まで、アメリカ軍を敵だと信じたまま亡くなっていったのだ。

こうしためまぐるしい戦後の日本の変化に戸惑うばかりの四十年余りだったと美鈴は思う。

平成という新しい時代を迎え、人々の心から昭和の悲惨な戦争は遠い過去のものとして片隅に追いやられ、日本は世界に誇れる経済大国として生まれ変わりつつあった。

中でも、日本が世界を牽引し始めたものの一つに、電子機器の研究と開発があった。一九八〇年代初頭から世界に注目されるようになった日本のコンピューター技術は、目覚ましい進歩を遂げた。八〇年代半ばに入ると、手軽に家庭で使えるワープロ機器が一般に普及した。そして、九〇年代に入るとパソコンや携帯電話が家庭でも使えるようになった。

平成に入ってから、義明の生活にも大きな変化が起きた。それまで黙々と社務所で働いていたが、一九八〇年代半ばから、義明はパソコン部品を製造する会社に勤めるようになった。美鈴がその会社の近くを通った時に職員募集の貼り紙を見つけ、それを義明に話したのである。義明は大変興味を示し、すぐに応募し、そこで働くようになった。その会社は、奈良女子大学の北側の道を少し入ったところにあった。小さな会社ではあったが、県内にある大手電気会社のパソコンの基盤や部品の一部を製造していた。東京帝大で工学を学んでいた義明は、新しい電子機器に強い関心を示し、その仕事が気に入った。とは言え、義明はすでに六十歳を過ぎようとしていた。普通なら、定年で退職する年である。しかし、研究開発を行うわけではない。製造の一部を受け持つだけに過ぎないが、それでも義明にとって、わくわくする仕事だった。また、新しいパソコンを個人的に買い込んできては、バラバラに分解し、納得するまで学習した。沢山の本を買い込んできて、夜遅くまで没頭した。美鈴も、その頃にはもう塾の仕事をしていなかったので、一緒になって義明に協力した。二人の部屋は、義明が持ち込む本や部品でたちまちいっぱいになり、雑然とし出した。義明は生き生きと仕事をするようになり、美鈴はそれを見ていて嬉しかった。

（ようやく義明さんのやりたいことが見つかってよかった）

そう思うのだった。

義明が、昔の仲間である「佐々木」を探し始めたのは、この頃からである。いろいろと学習や仕事に没頭している最中に、少し手を休めては、

「こんな時、佐々木がいてくれたらなあ。今、どこにいるのかな」

そんなことを時々言い出すようになった。

「そうね。また昔みたいに一緒に研究できればいいわね」

美鈴もそばで聞いていて、相槌を打った。佐々木へのわだかまりがないと言えばウソになる。これまで何度、佐々木のことを恨んだことだろう。

（佐々木さんが、あと三十秒、いやせめて十秒遅くハッチを閉めてくれていたら、義明さんはこんな風にならなかったのに……こんなに苦労しなくてもよかったのに……）

しかし、戦争中の出来事であり、佐々木も絶対的な上司の命令に背くわけにはいかず、仕方がなかったのだと、美鈴は年齢を重ねる中で少しずつそう思うようになっていた。

義明は一九八〇年頃から、友人たちと一緒に靖国神社にも参拝するようになっていた。そして、パソコンの勉強をし始めてからは、東京に行ったその足で、厚生省の軍人恩給課や目黒にある防衛研究所を訪問しては、恩給の受給者や海軍名簿を調べ、佐々木の名前を探した。しかし、「佐々木貞心」の名前は、戦没者のどこにも見当たらなかった。

（佐々木は、どこかに生きている……）

義明はだんだんとそう考えるようになっていた。しかし、佐々木の居場所は全く分からなかった。

（二）

　島津が佐々木を探し始めてから、すでに十年近くが経とうとしていた。

　佐々木の住んでいる場所を見つけることになったのは、ほんの偶然の出来事からだった。

　一九九八年の初夏、島津は久しぶりに以前勤めていた二月堂近くの社務所に立ち寄り、昔の仲間たちと談笑していた。東大寺や二月堂の付近は、いつも観光客や修学旅行生でにぎわっており、行楽シーズンともなると一層混み合う。ゴールデンウィークも終わり、初夏の季節を迎えた奈良公園付近は、いくらか落ち着きを取り戻していたが、それでも相変わらず修学旅行生は多かった。その中に、男性の先生に引率された、二十人ほどの生徒の一団があった。女子生徒ばかりで、高い声で楽しそうにきゃあきゃあとはしゃぐにぎやかな声が周りに響いていた。近くのベンチで腰掛けていた五、六人のグループが、二月堂をバックにして代わる代わるに写真を取り合っていた。島津たちは、それらを横目で見ながら雑談していた。しばらくすると、「バスの時間だから、すぐに移動するよ」という先生の声で、生徒たちはその場を去った。かん高い声が去り、急に辺りが静かになった。女子生徒が立ち去って少し経った頃、そのあとに来た別の観光客が、

「あそこのベンチにカメラが置き忘れてあったから」

　そう言って、島津たちがいた目の前の社務所に届けてくれた。受け取った社務所の職員が、先ほどの女子生徒たちのカメラだと気が付いてすぐに後を追ったが、すでに三十分ほど経過しており、バスの駐車場まで追いかけた時には、生徒たちを乗せたバスはすでに出発したあとだった。仲間の

一人が、

「確か、引率していた先生が、お札を奉納するために隣で記帳していたように思う」

　そう言い出したので、調べてみると確かに記帳されていた。ただ、そこには「札幌市　長尾武史」とだけしか書かれていなかった。

「これでは探しようがないなあ」

「でも、学生さんもカメラを忘れて可哀そうやなあ。楽しい思い出がいっぱい写ってるやろに……」

「そうやなあ」

　口々にそう言いながら、皆が困り果ててしまった。ともかく、しばらくそのカメラを預かっておく他なかった。島津は、家に帰って、その日の出来事を美鈴に話した。美鈴も女子生徒のことを思って気の毒がった。しかし、なんら探すすべもなく、それから一週間ほどが経過した。島津はカメラがずっと気になっていたので、昼休みに会社の友人たちにそのことを話した。すると、弁当を食べていた中の一人が、

「そんなん調べるの簡単や」

　口をもぐもぐさせながらそう言った。

「でも、札幌市ということと名前しか分からないのに、どうやって調べるんや」

「住んでいる町と名前が分かればそれで十分。図書館に行けば、全国の電話帳が置いてある。それで調べたら、住所も電話番号も分かるから」

その男は、県外に引っ越していった昔の友人を、そうして探したことがあるらしかった。電話局にも全国の電話帳は保存されていない。が、図書館にはそれがあるという。島津と美鈴は、さっそく県立図書館に行って調べることにした。奈良公園の芝生の中にあった図書館は、県庁のすぐ西側に新しく作られた奈良県文化会館の中に移っていた。東側の入口から入ってエレベーターで二階に上がったところに図書館の入口があった。全国の電話帳は、入ってすぐ隣の新聞や雑誌などの書架が並んでいる一般閲覧コーナーの棚にあった。二人は、こんなに沢山の電話帳が図書館の中に揃えられていることなど、今まで知らなかった。

島津が、近くのテーブルで車椅子に乗ったまま待っていると、美鈴が札幌市の電話帳を抱えて持ってきた。島津はもどかしい手つきで「な」のページを開いて、「長尾武史」の名前を指で追った。名前をなぞっていた島津の太い指が、にわかに止まった。

「あったぞ！」

島津が思わず大きな声を出すと、周りにいた人たちが驚いてこちらを見た。しーっと美鈴は口の前に人差し指を立てて島津をいさめながら、テーブルの横から乗り出すようにして、島津の指先を見つめた。そこには「長尾武史」の名前と電話番号、そして住所が記されていた。

「札幌市厚別区……」

島津がゆっくりと読み上げ、美鈴が丁寧にその住所と電話番号をノートに書き写した。島津が、なおも感心しながら電話帳を見ていた時、「中川貞心」というところで目が止まった。

（ナ・カ・ガ・ワ・テ・イ・シ・ン）

島津は、心の中で繰り返した。島津の心に、何か引っ掛かるものがあった。

「美鈴、ちょっとここを見てくれ」

「どうしたの。ああ、中川貞心さん。世の中には、同じような名前の人がいるのね」

美鈴は、あっさりと言った。美鈴は、ちらっと佐々木貞心のことを思い浮かべたが、苗字が違う。しかし、島津はその名前がどうも気になり、

「いや、貞心などという坊主みたいな名前は、滅多にない。だから、何か気になるなあ」

島津にそう言われて、美鈴は中川という人の住所と電話番号も一応ノートに書きとめた。中川貞心という人の住所は、「札幌市白石区――」と記されていた。島津が、帰り際に地図で「長尾武史」の住んでいる場所を確認した。札幌市厚別区は、千歳空港の方から札幌駅に向かう途中の新札幌駅の近くにあった。また、「中川貞心」の方は、厚別川を挟んですぐ隣の区であり、「長尾武史」の住所からさほど遠くない場所だということも分かった。

島津はその日の夜、さっそく長尾氏に電話をした。やはり、カメラを忘れたのは長尾のクラスの女子生徒であることが分かった。その生徒は、バスに乗って伊丹空港に向かう途中でカメラを忘れたことに気が付いたが、どこで忘れたのかも覚えておらず、連絡もできないままだったということだった。修学旅行で関西を訪れ、京都から奈良を回って帰る最後の日だったので、思い出の写真がいっぱい詰まったカメラをなくしてしまって、大変残念がっていたとのことで、長尾は電話の向こうで何度も何度もお礼を述べた。島津はすぐにカメラを送ることを告げて、電話を切った。翌日、美鈴に頼んで社務所からカメラを引き取って送ったところ、すぐに長尾からお礼の返事が届いた。

また封筒には、カメラを忘れた女子生徒からの丁寧なお礼の手紙も入っていた。

そうしたことがあってから、島津は時々図書館に出かけ、全国の電話帳の中から「佐々木貞心」の名前を探し始めた。しかし、どこの電話帳にも「佐々木貞心」という名は見当たらなかった。季節はいつの間にか秋になり、奈良公園の木々が色づき始める季節になっていた。

島津は困り果てていたが、ふと「中川貞心」のことを思い出した。それで、気になっていた「中川貞心」のことを、長尾氏に問い合わせてみることにした。十月に入って手紙を書いた。

詳しい経緯については書かなかったが、「昔の友人かも知れないので探している」「おそらく人違いとは存じますが、どんな方なのかだけでもそっと教えていただけたら有難い」というお願いの手紙を出した。長尾氏からの返事は、投函して十日ほど経ってから届いた。

「問い合わせの件についてですが、多分貴殿がお探しになっている人とは違うように思われます。中川氏は、もう七十歳くらいのご高齢の方です。背格好はすんなりとした背の高い細身の体をしており、眼鏡をかけた神経質的な感じのする人です。奥さんと二人で教会に通っておられる敬虔なクリスチャンです。私の家からもそう遠くなく、地域では有名な方なのですぐに分かりました」

と書かれていた。それを読んで、島津の心は躍った。

「おい、美鈴。とうとう見つかったぞ。あいつに違いない！」

台所で食事の準備をしていた美鈴は、島津の大きな声にびっくりした。

「あなた、いったいどうしたの」

島津の声に驚いて、エプロンの端で手を拭きながら、美鈴が部屋に入ってきた。

「佐々木が見つかったんだよ。この手紙を読んでみろ。これは、佐々木に間違いないよ」

美鈴は義明の差し出した手紙を手に取って、一気に読み終えて言った。

「そうかも知れないわね。私もそんな気がするわ。でも、どうして苗字が中川なのかしら」

美鈴にも、それは分からなかった。だが、背格好や年齢から考えて、本当に佐々木さんかも知れない、と思い始めた。しかし、二人とも確信するまでには至らず、念のため、厚生省の援護局や軍人恩給の関係部局に問い合わせたら、「中川貞心中尉」という人物がいることが分かった。戦後、島津たちは少尉から中尉に昇進していた。それで、中川氏に直接電話をしてみることにした。

その週末の土曜日、島津は昼過ぎに会社から帰っていた。美鈴は用事で朝から出かけたまま戻っていなかったので、一人だった。島津はしばらく電話の前で腕組みしながら、電話をかけることを少し躊躇していた。

（もし、人違いだったらどうしよう。もう探すあても、望みもすべて消えてしまう）

そんな気がした。家に帰ってきてから、もうかなり時間が経つ。時計の針は、すでに午後の四時近くになっていた。島津は意を決して、電話機のプッシュボタンを押した。指先が震えておぼつかなかった。

電話の呼び出し音が鳴り、相手が出るまでの間、島津の心臓は激しく鼓動した。少しして、

「はい。中川ですが……」

奥さんらしい女性の声がした。

「失礼ですが、ご主人はおいででしょうか」

続けて名乗ろうとしたが、相手は友人からの電話とでも思ったのか、こちらの名前を聞くこともなく、

「ちょっとお待ちください」

奥さんの声はすぐに遠くなり、「お父さん。電話ですよ」という声が小さく聞えた。そして、少ししてから、

「もしもし、中川ですが……」

電話の向こうから男の声がした。島津は、その声を聞いてほぼ確信した。

「もしかすると、昔の佐々木少尉さんのお宅ではありませんか」

相手は一瞬押し黙ったが、

「おおっ、島津か。島津なのか。貴様、生きていたのか」

そう言って絶句した。相手の驚く様子が、こちらにもはっきりと伝わってきた。

「ああ、生きていたとも。俺はこの通り無事だよ。今までお前のことを随分と探し続けたよ」

「そうか、それは良かった。ところで、今どこにいるんだ。元気にしてるのか」

中川は、矢継ぎ早にいろいろと尋ねてきた。

「ああ、あの時の事故で両足を失って達磨みたいな身体になってしまったが、どうにか元気にやっているよ」

「…………」

「いや、あの時のことは、もう恨んではいないよ。命令だから仕方がなかったのはよく分かってい

る。それより、一度会いたいぜ」

「そうだなあ……。俺も是非一度会いたい。俺の方は、もう仕事も辞めて、時々旅行したりしながら少しのんびり暮らしている。そっちはどうしているんだ」

「俺は、パソコンの部品を作っている工場を経営している。でも、もう年も年だから無理しないでぼちぼちやっているよ」

電話で、しばらくお互いの近況について話し合っていたが、

「ところで、今どこに住んでいるんだ。東京か」

中川は、居場所について尋ねてきた。

「いや、東京ではない。俺の家族は、東京大空襲で皆死んでしまった。だから、もう東京には帰る場所もない」

島津は、自分の住んでいるところを明かさなかった。

「とりあえず、そちらの居場所が分かっただけで嬉しいよ。また、こちらから電話するから」

そう言って、島津は電話を切った。話している間に、中川の暮らしぶりが垣間見えてきた。結婚して子どもにも恵まれ、幸せに暮らしているようだった。島津は、自分の暮らしのことを考えると、すべて正直に中川に話す気にはなれなかった。

夕方になって、美鈴が帰ってきた。島津は電話でのことを話し、相手がやはり佐々木であったことや、北海道で元気に暮らしていることを話し、二人で喜びあった。しかし、島津は複雑な心の奥底の思いまでは、美鈴に話さなかった。

翌年の春先、島津は二回目の電話をかけた。島津は、戦争が終わって仕事が見つからずに苦労したことや、乞食のように托鉢して暮らしていた時期があったことも話した。中川は、

「苦労したんだな。済まないことをしたなあ」

電話の向こうで、同情して詫びた。

「いや、もう済んだことだ、気にするな。厳しい軍律であり、命令だから仕方なかった」

「でも、本当によく助かったなあ」

「実はあの時、藤本が俺をボートに乗せて助けてくれたんだ」

「藤本が、か。あいつもずっと一緒だったのか」

「ああ」

「そうか。それで、藤本は今も元気にしているのか」

「いや。あいつは、俺を助けてくれて、駆逐艦に救助される直前で、力尽きて海に沈んでしまった」

「ええっ。藤本は死んだのか……」

中川は電話の向こうで絶句したまま、しばらく押し黙っていた。

「でも、俺の方は会社の経営で忙しくしながら、どうにか元気に暮らしているよ。パソコン部品の下請けなので、一緒に研究していた昔のことを思い出して、十年ほど前からお前を探していた。靖国神社に行っても貴様の名前がないので、どこかで生きていると信じていた。厚生省援護局や目黒

の防衛研究所にある海軍の名簿など、あちこち調べ尽くしたが、どうしても見つからなかった」

話が終わろうとする時、中川はまた居場所について尋ねてきたが、島津はやはり住んでいるところを話さなかった。そういう気分にはなれなかった。中川の暮らしぶりが見えてくればくるほど、ためらう気持ちが強くなり、

「またそのうち、こちらから掛けるから」

そう言って、この時も島津は住所を告げないで電話を切った。

（三）

それからも、島津は何度か佐々木に電話をした。

そして、次の年を迎える頃から、島津の体調がすぐれない日が続くようになった。腹部や背中の痛みを訴えるようになり、三月に入ると黄疸の症状も少し見られるようになったので、国立病院で検査を受けることにした。

戦争中も事故で負傷したあと、入院中に黄疸症状が表れたことがあったので、さほど気にはしていなかった。しかし、美鈴は、その結果を医者から告げられた時、目の前が真っ暗になった。決して芳《かんば》しい結果ではなかったからである。だが、美鈴は動揺を隠し、哀しみを胸の奥深くに涙とともに封じ込めた。

そうしたこともあって、美鈴は島津を中川に会わせたいと強く思うようになった。もちろん、美

鈴自身も中川に会いたいと思っていた。

（中川さんと会って、苦しかった胸の内を話し合い、慰め合うことができたらどれほど気が休まるだろうか。中川さんの奥さんもどんな人だろうか……）

美鈴はそんなことを思った。それである時、

「ねえ。暖かくなったら、北海道に一度行ってみましょうか。中川さんに会いに行きましょうよ」

美鈴は甘えるようにして言った。もちろん二人とも北海道には行ったことがない。最初、島津は躊躇していたが、再三の美鈴の言葉に、

「そうだなあ。一度会いに行ってみるか」

と言い出した。

「でも、どうせ行くなら、突然行って驚かせてやろうぜ」

「えーっ、そんな。でも、きっとびっくりするでしょうね」

「それじゃ、連休の頃にでも行こう。北海道では、ちょうど桜が咲く時期だろうから、今年は二度桜が楽しめるかな」

美鈴も北海道への旅行が楽しみになってきた。

（どんな奥さんなのか分からないけれど、二人で旦那の悪口でも言い合えれば……）

そう思うと、中川夫妻に会うことが待ち遠しくなってきた。そうして二人は密かに計画を立て、五月の連休を利用して中川に会いに行くことにした。

五月二日、二人は伊丹空港から、午後の便で北海道へと向かった。そして、夕方には市内の旅館

にチェックインした。二人で夕食を済ませ、風呂に入ってきてから、島津が部屋から電話をかけた。美鈴は部屋の隅にある小さな鏡台で、湯上がりの肌にクリームをたっぷり塗って、鏡に向かって髪をとかしていた。

「もしもし、俺だよ。そう、島津だ。今、仕事で北海道に来ている。明日、用事が終われば帰るので、明日会いたいが会えるだろうか」

電話の向こうで、中川が驚いているようだった。島津は、当然二つ返事で快く了解してくれるものだと思っていた。が、返ってきた言葉はそうでなかった。

「どうしてもっと前もって連絡してくれなかったんだ。実は、明日から長女の家族と一緒に長崎のハウステンボスに旅行に出かけることになっている。だから、孫たちも来ていて、本当に残念だが会えない」

「えっ、明日から旅行に出かけるのか」

島津が大きな声で返事したものだから、美鈴は髪をとかしていた手を止めた。そして、櫛《くし》を手に持ったまま、島津の方に向き直った。

「せっかくここまで来て、やっと会えると思ったのに。少しでも会えないのか」

「申し訳ない。明日の朝早く家を出る……済まないが、いつかまた会おう」

「そうか、それなら仕方がない。いきなり連絡して悪かったなあ。また、別の機会にでも会おう。それじゃまた連絡するよ」

そう言って、島津は受話器を置いた。そして、半ば自分に言い聞かせるように、

「あいつには、もう会わない方がいい。残念だが、会わないでこのまま帰ろう」

美鈴の方を向いてそう言った。

「そんな……。あれほど楽しみにして来たのに」

美鈴はそう言いながら、窓際に置いてある籐椅子に腰をかけた。不満だった。義明も、小さな丸いテーブルを挟んで向かい合って座り、外の方を見ながら言った。

「中川は、明日から家族で長崎へ旅行に出かけるようだ。突然電話したものだから戸惑っていたよ。迷惑だったかも知れない」

「迷惑？　どうしてなの」

美鈴は少し身を乗り出すようにして言った。

「俺の考えが浅はかだった。考えてみれば、突然やって来て会いたいなどと言われても、あいつも困るだろう。それに、あいつが俺のこの姿を見たらなんと思うだろうか。真面目なあいつのことだ、きっと自分を責めて後悔するに違いない」

「でも、会っていろいろと積もる話をしたかったのに……」

「俺だって、積もる話は山ほどある。昔の話をしながら、酒でも酌み交わしたいと思っていた。でも、俺たちと、あいつの住んでいる世界はもう違う。それが分かった。電話の向こうではしゃぎまわっている子どもたちの楽しそうな声を聞いていてそう思った。そんなところに、俺がこんな姿をさらけ出したら、あいつはどう思うだろうか」

「……………」

「だから、もうあいつとは会わない方がいい。住所も知らせない方がいい」

美鈴は、どうしても島津と中川と会わせたいと思っていたので、涙が出てきた。

（せっかく北海道までやって来たのに……）

美鈴は、旅館の窓から見える空を眺めながら、しばらく泣いていた。

「そんなに泣かなくてもいいだろう。明日は、どこかで美味しいものでも食べよう」

義明はそう言って慰めたが、ほとんど美鈴の耳には入らなかった。美鈴は島津の布団の中に入り込み、厚い胸に顔を埋めながら、静かに眠った。

そして翌日、二人は朝早く旅館を出発し、定山渓と登別の方を観光して、夕方帰路に着いた。

（四）

貞心の心は晴れなかった。楽しみにしていた長崎行きの前日に、島津から掛かってきた電話のことが、旅行中ずっと心に引っ掛かっていた。会いたくなかったわけではない。

（しかし、いつも居場所も知らせないのに、よりによってこんな時に突然……）

貞心は、断ってしまって悪い気がしていたが、仕方がなかった。

今回の旅行は、貞心も前々から楽しみにしていた。同じ札幌に住んでいる長女が、孫たちと一緒に長崎に行くというので貞心夫婦も同行することにしていた。雪江には長崎は初めての地であったが、貞心にとっては、敗戦の間際に造船所にいたことがあり、思い出の土地でもあった。

貞心は旅行から帰ってきてからも、後味の悪い気持ちでしばらく過ごしていた。そして、十日ほど経った頃である。再び、島津から電話がかかってきた。

「もしもし、俺だよ。そう、島津だ。元気にしているか」

「ああ、元気にしている。この前は、会えないで残念だった。もっと早めに連絡しておいてくれたらどうにかなったと思うが、本当に申し訳なかったよ」

「いや、こちらこそ突然で済まなかった。しかし、家族で長崎に旅行に行くなんて、いい生活しているんだな」

「…………」

「俺など、せいぜい靖国神社に参拝に行くくらいだよ」

島津は嫌みな言い方をしてきた。

「靖国神社には、行っているのか」

「ああ、毎年夏になると参拝に出かけるよ。お前は、靖国神社には行かないのか」

「今まで一度も行ったことがない」

「何故、参拝に行かないのだ。長崎へ旅行に行く暇があるくらいなら、靖国にお参りぐらいできるだろう」

島津は電話の向こうで怒り始めた。

「お前は、もう昔のことを忘れたのか。仲間のことを忘れて、のんびりと旅行を楽しんでいられるなんていい身分だな。平和ボケしてるんじゃないのか」

島津の声は、話しているうちにだんだんと大きくなった。

「忘れてなどいない。しかし、俺は靖国神社のようなところには行かない」

「何故だ。あの戦争で多くの仲間が命をかけて戦い、お国のために亡くなって逝った。なのに、どうして参らないんだ！」

島津は電話の向こうで大きな声を張り上げた。貞心も言い返した。

「戦争のことは、俺だって忘れてはいない。戦争に負けて東京に戻った時、焼き尽くされて廃墟になった町を見て、二度と戦争をしてはならないと思ったよ。だから、戦争を起こした奴を許せないと今でも思っている」

貞心は、なおも話し続けた。

「島津、靖国神社には、お国のためにと信じて亡くなった人たちだけでなく、戦争を起こした奴らも一緒に祀られているんではないのか。俺は、そんな味噌も糞も一緒にしたようなところに行く気がしないんだよ」

貞心は、知らない土地であっても、戦没者の墓石が目につけば、必ずそっと手を合わせた。どこの墓でも、たいがい隅の方に「○○上等兵の墓」「陸軍二等兵○○の墓」などと記された墓石があったからである。しかし、東京に行くことがあっても、靖国神社には一度も足を向けたことはなかった。貞心は、高ぶる気持ちを落ち着かせながら話した。しかし、島津には、それが気にくわなかったようだった。

「しかし、みんなこの国のために戦って死んでいったのではないのか。だからこそ、今の平和があるんではないのか！」

「島津は本当にそう思っているのか。これほどまでに沢山の人たちが亡くなり、おびただしい屍《しかばね》を積み重ねなければ、今の平和が得られなかったとでも言うのか。それは違う。戦争が終わって、我々には何も真実が知らされていなかったことも分かった。もし、あの戦争がなかったら、こんなに沢山の人たちが犠牲にならずに済んだ。もっと平和に暮らすことができていたはずだ。その方が、もっと日本は繁栄していただろう」

「それじゃあ、戦争で死んでいった仲間は、無駄死にだったとでも言うのか」

「そうではない。無駄死ににするかどうかは、生き残った我々がきちんと過去の戦争と向き合い、再び愚かな戦争を起こさないことだと思うよ。また、同じような戦争を繰り返すようなら、その時こそ彼らの死が無駄死ににになると思わないか」

　更に貞心は続けた。

「戦争は自然に起こるものではない。起こす奴がいるから起こる。そのことで利益を得るものが必ずいる。だから戦争が起こるんではないのか。そして、犠牲になるのはいつも弱い者や、普通の人たちなんだよ」

「…………」

「島津、お前に一つ聞きたいことがある。東京横網町にある慰霊堂にも毎年参拝しているのか」

　東京墨田区にある横網公園には、東京大空襲で亡くなった犠牲者を追悼する慰霊堂がある。美鈴は東京に行った折に一人で何回か訪れていたが、島津はこれまで一度も行ったことがなかった。

「いや、行っていない」

「何故だ。俺は、東京に行った時は必ず立ち寄る。靖国神社よりも、そちらの方がよほど重要ではないのか。島津の家族は、あの時の空襲で亡くなっているんだろう。なのに、どうしてそこへは行かないのだ。それとも、もう済んだことなのか。あの日の空襲で、一夜にして十万人もの人たちが犠牲になった。でも、広島や長崎と違って、いまだ一人の大臣も訪れたことがない。政府は慰霊碑すら作ろうともしない。俺には、こっちの方がより関心がある」

　貞心と島津は、しばらく電話で言い争った。

「どうも、俺とお前とは意見が合わないようだな。お前とは、もう絶交だ。二度と電話などしないから……」

　貞心が最後まで話さないうちに、島津はそう言って一方的に電話を切った。

（五）

　貞心は退職後、札幌に戻ってから、自分の生き方や身の処し方について考えてきた。戦後四十年近く、夢中で仕事をしながら生活してきた。少しはゆっくり生活しようと思えばできなくもなかった。幸い二人で働いてきたので多少の蓄《たくわ》えもあり、子どもや孫たちに囲まれてのんびり過ごそうと思えばできた。しかし、「余生」を送るというには、まだ早すぎた。そんなことから貞心は、雪江と一緒に教会に通う傍らで、社会奉仕の活動にも参加した。また、週末には図書館へ行って過ごした。図書館では、これまで研究していた専門以外の書物も読むようにした。戦争に関する本や資料、体験談も沢山揃えられており、貞心は自分が体験してきた戦時中のことも調べるようになった。そうした中で、自分の体験からしか見えていなかった「戦争」の実態を詳しく知ることになった。

貞心は、太平洋戦争で三百万人もの日本人が亡くなり、アジア全体では二千万人もの人たちが亡くなっていた事実を知り、その多さに愕然とした。

（何故、これほどまでに多くの人たちが死ななければならなかったのか。犠牲にならなければならなかったのか）

そして、いろんな本を読み進んでいるうちに、様々な事実が見えてきた。

貞心は、先ず、「日中戦争」という表現に引っかかった。

（日本が中国と戦争をしていた？）

貞心が知っていたのは、「満州事変」であり「支那事変」でしかなかった。貞心は、戦争という言葉は確か「大東亜戦争」からだと記憶していた。なのに、どうして当時は「戦争」という言い方をしていなかったのか。調べてみると、それは単なる事変ではなく、まさしく戦争そのものであった。しかし、「戦争」という表現は用いられなかった。それは、どうしてなのか。

戦争であれば、戦時国際法を守らなければならないし、アメリカの中立法にも触れることになる。そうなると捕虜の扱いもぞんざいにはできないし、アメリカからの石油の輸入もできなくなる。その頃、日本は石油の大半をアメリカに頼っていた。だから「事変」という言い方をしたのである。それが、捕虜の扱いや南京で起こった大虐殺の実態まで小さく見せ、曖昧にしてしまったのではないかと貞心は思う。何故なら、「事変」は戦争ではなく、単なる「局地的な紛争」であり「小競り合い」でしかないからである。

国民は、「大東亜国建設のための正義の戦争」であって、敵は米英だと教えられてきた。しかし実態は、東南アジアの一部で欧米諸国の植民地化に悩んでいた国々から歓迎された一面もあったが、中国を含めて、ドイツとイタリア以外のすべての国を敵に回して戦争していたのである。そして、国民は真実を知らされることなく、新聞やラジオから流される「連戦連勝」の報道を信じ、戦争に参加させられていたのである。

一九四三年（昭和十八年）には、学徒動員で多くの学生たちが戦地に向かっていった。しかし、その頃の日本は、本当はもう勝つ見込みがないところまで追い込まれていたのである。そして、満足な訓練も受けないまま戦場に駆り出され、大切な命を散らしていった。

（いったい、特別攻撃隊などという方法は誰が考えたのか。しかも、片道の燃料だけを積んで、沖縄に向けて知覧から飛び立っていったという。狂気の沙汰としか言いようがない）

貞心自身も伏龍部隊で危うく命を落とすところだったのである。

そして、最後は日本中の多くの都市が空襲で焼き尽くされ、破壊されていった。それでも国民は本土決戦に備えて「竹やり訓練」や「防火訓練」に精を出していたのである。

貞心は東京大空襲の写真集を見ていて、ある写真に目がとまった。それは、東京大空襲から十日ほど経った時、つまり三月十九日に天皇陛下が現地を視察している写真であった。天皇陛下が自ら東京大空襲後の現状を視察しに来られたのである。しかし、その近辺は焼け跡のみで死体が一つもなく、道も掃き清められている。同じ日の別の場所では、まだ黒焦げとなった死体が山積みされており、道路脇に転がっていた。陛下が視察に来るところは、死体が目につかないように綺麗に片付けられていたのである。

（もし、この惨状をありのまま見ていたとしたら、もう少し戦争を早く終わらせることになったかも知れない……）

貞心はそう思った。沖縄戦も原爆の投下も避けられたかも知れないのである。


貞心は、島津と電話で言い争った日から、しばらく憂鬱な気分で過ごしていた。島津は、怒って一方的に電話を切ってしまった。

（もう、かかってこないかもしれない）

貞心は、電話だけでは伝えきれないもどかしさ、分かり合うことのできない空しさを感じていた。

それから一ヶ月が過ぎても、島津から電話がかかってくることはなかった。

そして、二ヶ月ほどした頃である。中川の家に、一人の女性から電話があった。ちょうどその時、貞心は用事で出かけていて家におらず、妻の雪江が電話に出た。

「もしもし、中川ですが」

「島津が、病院で昨日亡くなりました。生前中いろいろとお世話になり、ありがとうございました。ご主人様によろしくお伝えください」

相手の女性は、それだけを言って、名前も名乗らずに電話を切ったという。雪江が名前と住所を尋ねようとしたが、すぐに切れてしまった。

貞心は外出先から帰るなり、雪江からそのことを聞かされた。あまりの突然の知らせに、しばらく言葉が出なかった。島津と口論したのは、ほんの二ヶ月ほど前である。

（あいつは、どこか病気だったのだろうか）

そんなことは、全く聞いていなかった。

貞心は、喧嘩別れした二ヵ月前のことを思い出し、やるせない気持ちでいっぱいになった。そして、後悔の念に囚われながら、心に鉛を含んだまま、憂鬱な気分で暑い夏の季節を過ごしていた。

（六）

島津が亡くなってから、葬式や会社の後処理などで、美鈴は忙しく立ち回っていた。しかし、それらが終わって落ち着くと、一人身になった淋しさが襲ってきた。美鈴の胸は、ぽっかりと穴が開いたままであり、夜になると何度も涙が込み上げきて、一人で枕を濡らす日が毎日のように続いた。島津の遺骨も持ち帰ったまま、ずっと押し入れの片隅に置いてあった。少しでも一緒にいたかったからである。

島津が亡くなって一ヶ月ほどしてから、美鈴は、三人が運命に呪われた場所であり、今も藤本が海底に眠っている場所、「信濃」が沈んだ場所に一度行ってみたいと思うようになった。長年連れ添った島津がいなくなった淋しさもあったが、過去の思い出をたどって、懐かしい不憫《ふびん》な藤本の霊を慰めてあげたい……。このことを島津が経営していた会社の人に話したところ、和歌山県串本町で海釣り漁船を持つ船主を紹介してもらうことができた。その友人は釣りが好きで、和歌山の方に何度も行っていた。

八月の下旬、美鈴は串本に向かった。一日目は、途中の白浜温泉で一泊することにした。一度大阪まで出て、白浜行きの特急列車で昼過ぎに着いた。駅前で食事をしてから、タクシーで高台にある白い高層のホテルに入った。美鈴は部屋から見える海の美しさに驚いた。夏の太陽の下で、昼下がりの海はきらきらと輝いていた。白い砂浜の向こうに澄んだ青い海がどこまでも広がり、遠くに夏の白い雲が連なっているのが望めた。美鈴は、そのホテルで久しぶりにゆっくりと羽を伸ばして過ごした

翌日の午後、和歌山県最南端にある串本町に向かった。ただ、昨日までの天候とは打って変わって昼過ぎから雨になり、灰色の空と、深い悲しみの色をした海が遠くまで広がっていた。天気予報では、南の海上を低気圧が通過するとのことで、海が荒れていた。美鈴は、お世話になる船長の浜本雄二宅へ夕方近くに着いた。その頃は、雨はいくらか小降りになっていたが、空は恐ろしいような黒い雲で覆われていた。心配そうに外の景色を眺めていると、大きな湯呑みでお茶を飲んでいた主人が、

「明日は晴れるそうだから、大丈夫だ」

美鈴のことを気遣って、座敷の奥からでかい声で言った。

夕食後、美鈴は船長の娘さんに教えてもらって、海岸まで一人で散歩に出かけた。外に出ると濃い潮の匂いがした。

「信濃」が沈んだところまでは、海に突き出た半島の端にある潮岬から、まだ百キロ以上も離れている。美鈴は、その方角を眺めた。海を照らす灯台の光の帯が同じところを何度も走り回り、夕暮れの暗い海に、白いしぶきがいくつも重なって見えた。雨はすっかり上がっていたが、だんだんと辺りが暗くなるにつれて、遠くで稲光が走るのがいくつも見えた。沖の海が荒れているのだろう。美鈴が近くの岩場に腰掛けて海をじっと眺めていると、海の向こうから不気味な海鳴りの音が聞えてくる。

ゴゴゴゴ……ゴー――。

遠くから聞えてくる海鳴りの音は、闇を引き裂いて啼いているように聞えた。美鈴には、それがあたかも海に沈んで亡くなった人たちの叫びであり、慟哭のように聞えた。美鈴はいつまでもその音を聞きながら、「信濃」で亡くなった人たちへ思いを馳せた。辺りがすっかり暗くなると、再び雨が降り始めた。冷たい雨が美鈴の頬を濡らした。遠くから娘の叫ぶ声がし、美鈴がふり返ると、傘を持って街路灯の下をこちらの方へ走ってくる姿が見えた。

翌朝、再び空は晴れ渡っていた。低気圧が遥か東の海上に遠ざかり、青い海が遠くまで広がっていた。美鈴は早めの朝食をとり、日傘を持ってブラウスとズボン姿で漁船に乗り込んだ。船には、

船長の浜本と同行してくれる息子の陽一、美鈴の三人が乗った。浜本は日焼けした黒い顔で、

「船酔いすると困るから、少しゆっくり飛ばして行くとするか」

そう言って笑った。美鈴はそれを聞いて少しほっとした。紹介してくれた人から「あの船長は、釣り新聞にもよく載っている有名な人で、町一番の飛ばし屋だから」と聞いていたからである。何でも、港を出発するや他の船を抜き去って、一番乗りで釣り客を漁場に案内する人で、釣り仲間では有名な人らしい。


夏の太陽はじりじりと皮膚を刺す。船の上では日陰が少なく温度が上がるので、七時半過ぎには出航した。太陽はすでに昇っていたが、海からの風がひんやりとして気持ち良かった。海は、季節によって、また日によって、時間によっていろんな表情を見せる。美鈴が港を出た時は、透き通るような青い穏やかな色を見せていた。沖へ遠ざかるにつれて、濃い緑色の表情を見せ、そしてだんだんと深い藍色に変化した。


二時間半ほど走ったところで、船長は船を止めて位置を確認した。辺りには静かな波と風の音しかしなくなった。船長は、美鈴があらかじめ教えておいた位置を何度も確認しながら、船をゆっくりと移動させ、

「お客さん、この辺りだよ」

そう言って教えてくれた。

北緯三十三度〇七分、東経百三十七度〇四分。潮岬東南東一〇九・八五キロメートル。ここが世界最大の空母「信濃」が沈んだ場所であり、海底四千メートル下に眠ったままである。美鈴はつか

まっていた鉄柱から手を離して、ゆっくりと船のへりに近寄った。そして、ゆらゆらと揺れる船の上で、しっかり立って静かに両手を合わせた。この海で亡くなった藤本や、犠牲となった多くの人たちに。

（藤本のお兄さん、美鈴です。やっとここに来られました。佐々木さんは、北海道で元気に暮らしておられますが、島津はこの七月に亡くなりました。でも、貴方に助けていただいたお陰で、今まで生きることができたと大変感謝しておりました。私も同じ気持ちです。本当にありがとう。戦争によって多くの人たちが亡くなりました。こんなことが二度と起こらないように、美鈴は最後まで語り継いでいきたいと思っています。どうか、安らかにお眠りください……）

そう心の中でお祈りした。

美鈴は、海の中を覗き込んだ。深い海の色は青黒く、不気味な色をしていた。この海の底に、藤本は今も眠っているのだろうか。おそらく、光も届いていないに違いない。四千メートルの海溝……美鈴は想像するだけで恐ろしくなった。海に花束を投げ入れると、たちまち涙が溢れてきた。

（もっと生きたかっただろうに。ずっと、美鈴のお兄ちゃんでいてほしかった）

美鈴は、一本のお酒をゆっくりと海に流し込んだ。そして、もう一本のお酒は栓を抜かずにそのまま海に投げ入れた。瓶はゆらゆらと揺れながら、深い深い暗い海の底へと静かに沈んでいった。

――さようなら。

それから更にひと月ほど経って、美鈴は、中川と一度会って話をしたいと心から思うようになった。島津との苦しかった生活や昔の懐かしい思い出など、お互いの胸の内をさらけ出し、語り合い慰め合うことができれば、どれほど気が休まるだろうと考えていた。島津が亡くなってから、すべてを知らせようかとの念に何度もかられた。でも、島津が亡くなる時に言い残していった、「佐々木を苦しめることになるから、絶対に住所も電話番号も知らせるな」という約束を破るわけにもいかない。美鈴はしばらく思案していたが、縁あって知り合い、その後の苦しみを分かってもらえる相手がいない淋しさに耐えきれず、とうとう中川に手紙を書くことにした。もちろん、住所は書かないで投函した。

中川様

早いもので島津が亡くなってから早二ヶ月余りがたちました。同僚として冥福をお祈り頂いたものと存じます。厚くお礼申しあげます。

島津、藤本氏とともに様々な特殊訓練を受けた貴方様のこと、すでにお気付きのことと思いますが、三人が大川博士のもとで研究をしていた時に、お食事のお世話をしたり、また三人が研究結果について博士から厳しく指導や批判をされて気落ちしていた時に、元気が出るようにと明るくお喋りしていた私、坂本美鈴でございます。私にとってあの過ぎし日々が一番懐かしい思い出、絶対に忘れることのできない唯一の青春時代でした。その時のことを折々懐かしく思い出しております。

島津とは、学徒動員に参加しながら将来を約束し合った私ども二人でした。しかし、島津があのような身体になった理由を聞かされた時、正直申しまして後三秒か五秒、ハッチを閉めるのを遅らせていてくだされればと、お恨みしたこともありました。また、島津からもそうした恨みの言葉がありました。でも、彼は「俺の考えが間違っていた、恥ずかしい、申し訳ない。厳しい軍律の中で起こったことであり、まして俺がいるのも知らないで閉めたのだから仕方がなかった。そんな佐々木を一時とはいえ恨んだことは間違っていた。固く結ばれた俺たち三人なのに、その同僚を恨みそうになった俺自身が恥ずかしい」と悔やんでおりました。一時とは申せ、同じような気持ちを抱いた私も、心の底からお詫び申し上げます。

五十年一日と申しましょうか、何事にも話のはしばしに必ず貴方様や藤本氏の話が出て参ります。懐かしそうに話す様子に、何故か私までも胸がいっぱいになりました。

実は、この前に札幌から電話をいたしました折、所用で札幌に来たと申しましたが、そうではなく、最初から貴方様に会う予定で参りました。私が会うように仕向けたのですが、それは島津が病気に冒されており、あまり長く生きられないと分かったからです。二月頃から急に体調を崩し、三月に入って健康診断を受けさせましたところ、すい臓がんであることが分かりました。それまでほとんど自覚症状らしきものがなかったので、すい臓がんだとは気がつきませんでした。しかし、分かった時はもう末期段階で、医者からは「余命三ヶ月」と言われました。私は目の前が真っ暗になりました。それで、せめて貴方様に会わせてあげたいと思い、二人で出かけました。島津は、貴方様に会えることを大変楽しみにしておりました。もちろん、私も貴方様にお目もじできることを楽しみにしておりました。そして、旅館から電話をしました。しかし、長崎へ行くご予定だったこともあり、結局会うことができませんでした。

また島津は、貴方様に突然会おうとしたことについて反省しておりました。その時、もう今後も会うことを断念したようでした。貴方様の気持ちもよく考えず、私も考えが浅かったことを申し訳なく思っております。翌日、二人で定山渓と登別に立ち寄って帰りました。島津は亡くなる時まで貴方様に住所と電話番号を知らせないようにと言い残して逝きました。

私は、島津とずっと一緒に暮らしてきました。そして、島津に何度か約束の結婚を申し入れましたが、全然受け入れてもらえませんでした。申すまでもなく、私の将来を考えてのことでした。でも、私は他の方とは絶対に結婚しないと誓ったのです。「どのような身体」になろうとも、島津が私を最後まで頼りにしてくれていた事が一番嬉しく幸せを感じました。後悔した事も一度もなく、幸せな日々でした。

東京空襲、信濃の撃沈と、島津の遺品として写真一枚ありません。同送の士官帽一つだけです。初め一生私の宝物と考えましたが、私には今迄五十余年、数えきれない、苦しくとも楽しく、幸せいっぱいの思い出があります。この士官帽は、中川様、貴方様にお預けするのが一番相応しいと思います。「学徒動員兵、同期の桜」として、どうぞ島津の遺品としてお受け取り願えれば、島津も満足すると存じます。そして、島津と藤本氏の霊のためお祈りください。また、あの当時の私をも時々思い出して下さい。

人間の命には限りがあります。貴方様も何時の日か天に召されることでしょう。その時にこの士官帽を被って、三人でいつもの、貴様と俺とは同期の桜……を歌って下さい。私に聞こえるまで……。島津は時々、佐々木ほど真面目で責任感の強い男は見たことがない。一度口にした事は自分を犠牲にしても約束を守る奴だったとよく申しており、心から尊敬しておりました。

中川様、無理かも知れませんが、あまりご自分を責めないでお過ごしください。軍律の厳しい中、島津がいることも知らずに起きた出来事、千四百人余りもの方々が、艦と運命を共にしたことを思い、その方々の為にもご冥福をお祈り下さい。私も亡くなられた方々の為にお祈りいたします。思い出は尽きなくあります。中川様、奥様ご夫妻のご健康を心よりお祈り申し上げます。くれぐれもお体を大切にお過ごしください。

坂本美鈴

九月二十五日

中川貞心様

中川様

十一月に入って、朝夕の冷たさが肌に感じるようになりましたが、札幌はいかがですか。先日は、お伺いもたてずに島津の遺品である士官帽を中川様にお預かり願いましたが正直に申しまして、随分迷いました。この世にある私にとって、この士官帽だけが島津の忘れることのできない思い出であり、私の命でした。しかし、島津があれほど中川様にお会いしたかった気持ちを考えると中川様にお預けするのが一番よいと決心した次第です。人間、生命に限りがあります。失礼ですが、何れの日か中川様も召される日が有りましょう。その時一緒にお供させて下されば島津も満足のことと存じます。前にも書きましたが中川様、藤本様、島津と三人の呑兵衛が揃って呑む時に必ず歌うあの「貴様と俺とは同期の桜……」、私がまだこの世に生が有ったら、私に聞こえるまで歌って戴きたいと願っております。

私事になりお恥ずかしい事ですが、此の五十有余年間、島津とは互いに愛し合っていたとしても決して順風満帆のものでは有りませんでした。結婚のお誘いも幾つか有り恥ずかしいことですが一時の迷いもありました。しかし、たとえどのような姿、身体になろうとも、島津の手足に代わることの決心が固くなりました。それでも、当初の荒れ方は言葉では言い表すことはできません。幾ら心から尽くしても通じません。あと二、三秒と、実のところ中川様をお恨みしたことも事実でした。世間の目も冷ややかなように感じ、何のため、誰のためにこのような姿になったのかと世間を、国を恨み、いっそ死を選ぼうかと幾度か考えました。

幸い、年月の経過と共に心の落ち着きを取り戻して参りましたが、何よりの救いの神は、中川さまと同様元々無線技術者のため、コンピューターの開発の仕事をしたり、パソコンが発売されるようになると気持ちの持ち方も変わり、以前のように優しく思い遣りのある島津になりました。それでも、時には手の付けられないほど荒れることもありました。でも、気持ちを考えると仕方のないことです。

その時は総てを尽くして慰めて上げました。気持ちが落ち着き、有り難う。有り難う。君が側に居てくれなかったらもう死を選んでいただろうと言われる時、今迄の苦しみ、辛さも恨みも消し飛んで仕舞い、幸せな気持ちでいっぱいになりました。でも、日常生活の中で自分自身を我慢している気持ちを察すると、まだまだ私の尽くし方が足りない、申し訳ないと反省する毎日でした。これが本当の私の気持ちです。この内容を誤解なさらないようにして下さいます事を信じます。

島津が引き継いで経営していた会社は、従業員が五人ばかりの小さな事業所で、部品の設計や下請け部品の製造を行っているところでした。一九九〇年頃から、貴方様の住所を夢中で探していたのは、佐々木がいたら必ず俺の片腕になって協力してくれるとの思いからでした。だから、何かある度にいつも貴方様の事が話に出てきました。でも、会うことが叶わず本当に残念でした。

主人が亡くなってから、夜中にふと目を覚まして腕を伸ばした時、今まで隣にいた感触がないのに気付き、楽しかった青春時代や五十有余年の楽しさや辛さ、悲しみ、苦しさが走馬灯のように思い出され、一人嗚咽し枕を濡らすことも度々です。

私の限りない思い出の宝としていた唯一の遺品を中川様に委ねたからは、今後は再びお手紙を差し上げる事もないと存じますが、呑兵衛三中尉の心は終生、私の心の中から離れることはないでしょう。

中川様の選んだ奥様もきっと思い遣りのある立派な方と存じます。できれば一度お会いしてお互いに主人の悪口を言いながら楽しく語りたいと、その一時を夢見て参りましたが残念でなりません。くれぐれも奥様を労いそれぞれお互いを認め合い、助け合いながら、何時までも一緒に、長い夕日の影を引く散歩道を腕を組みながら歩く二人の姿を想像しております。

お会いすることは叶いませんでしたが、これも神の悪ふざけ、何時の日か皆さん揃ってお話のできる事もあるでしょう。お互いにその日まで自分を大切に過ごしましょう。お世話になった数々厚くお礼申し上げます。遺品の士官帽、くれぐれも宜しくお願い致します。

平成十二年十一月十七日

坂本美鈴

中川貞心様

奥様

中川様

お変わりなく元気でお過ごしのことと存じます。私も毎日時間に追われて過ごしております。二度とお手紙を差し上げることはないでしょうなどと生意気なことを申し上げましたが、女の性とでも申し上げましょうか、様々な用事でどれだけ忙しく飛び回っていても、自宅に戻り、島津に今日のことを報告してベッドに入ると、独り身の辛さ、何時も思い出すのは皆様と一緒に過ごしたあの頃のことです。三人で研究していた頃が本当に懐かしく思われます。怖い海軍さんに見張られ、遅くまで論議しながら研究されていた日が忘れられません。いつでしたか、学校差を気にし、遠慮している佐々木さんを藤本さんが殴り飛ばしたことがありました。それ以来、三人は親兄弟よりお互いに信頼し合い、何事も打ち解けあい、助け合って研究に取り組んでおられました。その姿を見ていて真の男の友情を感じ、羨ましく思った時もありました。

実は、八月の下旬に「信濃」が沈んだ場所に行ってきました。島津の会社の方から、串本の漁船を紹介していただき、太平洋の波にさらされながら、懐かしい愛しい思い出を胸に、亡き親友である藤本様の御霊を慰めに行って参りました。パソコンで緯度と経度を求め、信濃が沈没した場所に行きました。なお、断りなく島津と佐々木中尉と書いた同じ花束を二つ用意し、海に投げ入れてお祈りしました。お酒を海に流していると、涙がこぼれてなりませんでした。

ところで、関西の方にお出かけされる機会はありますでしょうか。お暇の折には一度奈良にもお出かけください。たとえ、名乗り会うことが叶わずとも、同じ奈良の地を散策できれば、お互いの心が通じ合うでしょう。奈良は、京都と共に神社仏閣の多い静かな処で、心静かに過ごすにはとても良い処です。今は北海道も厳しい季節ですが、やがて良い季節を迎えますね。もし北海道へ出向く機会があれば、私もまた札幌に行ってみたいと思います。札幌の同じ土を踏めると思うだけで楽しくなって参ります。

本当にお会いすることができれば、どれほど楽しいかと思うと、また涙が零れますが、島津と約束したことですので、お会いすることができません。でも私の本心はお会いしたい気持ちでいっぱいです。お会いして、お互いの苦しい思い出を話し合い、思い切り涙の涸れるまで泣き、慰め合うことができたらどれほど気が休まることでしょう。時には、全部お知らせしようかとの念に駆られる時もありますが、島津との固い約束を思うとそれができません。辛く切ない私の気持ちもお察しください。何時も同じようなことばかりで申し訳ありません。勝手なお願いで、私の最も大切な、懐かしい思い出の多い遺品をお預かりいただき、心から深く感謝致しております。唯一の遺品のこと何卒宜しくお願い致します。

私どもの為、藤本氏の霊の為にも、お体に十分にお気遣いの上、お元気にお過ごし下さい。ご夫婦様のご健康をお祈りいたします。

平成十三年一月二八日

坂本美鈴

中川貞心様

奥様

第七章　叶わなかった願い

（一）

貞心と雪江は、札幌の白石区に二世帯住宅を建て、長男夫婦と隣り合わせで一緒に住んでいた。退職して引っ越した頃、長男の幸一と嫁の美智子には、五歳になる息子と二つになったばかりの娘がおり、いつも二人で遊びにやって来た。貞心たちも孫が遊びにやって来るのを待ちかねて楽しみにしていた。週末には、両家族で一緒に食事をした。貞心は部屋で本を読んで過ごすことが好きだったが、雪江や孫たちに引っ張り出され、あちこちに出かける羽目になった。そんな毎日ではあったが、札幌で二人は楽しい生活を送っていた。雪江は札幌に戻る前に、小林夫妻の勧めで洗礼を受けていた。芳恵が通う教会からは離れていたが、雪江は近くの教会に通い、貞心と一緒に社会奉仕活動に参加した。貞心はその傍ら、週末には図書館へ行って過ごした。やがて、長男夫婦の子どもたちが揃って高校に通い出すと、今度は同じ札幌に住んでいた長女の夕子に子どもが生まれ、貞心の家に遊びに来るようになった。貞心と雪江は仕事を辞めてからも、子どもや孫たちに囲まれて忙しい日々を送っていた。

そしてふり返ると、戦後から五十年余りが過ぎようとしていた。

島津から突然電話がかかってきたのは、その頃である。貞心はそれまで、島津はあの時の事故でてっきり死んだものだと思っていた。だから、電話がかかってきた時は、腰を抜かすほど驚いた。しかし、島津が生きていたと分かって、貞心は嬉しかった。ずっと長い間、心の奥底に沈殿していたものが溶け出したような気がした。だが、島津と電話で一回、二回と話し、彼の生活の様子がだんだんと分かってくるにつれ、再び心が沈んだ。鉛をのみ込んだような重苦しく鬱陶《うっとう》しい気持ちが、胸を覆った。

「あの時の事故で、両足を失って達磨みたいになってしまった。あと二、三秒ハッチの閉まるのが遅かったら、こんな格好にならずに済んだかも知れないし、藤本も亡くならずにいたかも知れない。いや、しかし勘違いはしてくれるな、貴様を恨む気持ちは全くない。きっと藤本も同じだろう。俺たちはいつまでも仲間だ。あれは、命令だったのだから仕方がなかったのだ……」

島津は貞心のことを気遣い、電話で何度もそう言った。しかし、それが逆に貞心の心にいつまでも重荷となってのしかかった。

(『もう少しも恨んでいない……』と言うが、本当にそうなのだろうか)

その言葉を思い出す度に、貞心の心は憂欝になった。

(そもそもこの再会は、もしかすると、神様の思し召しなのか……)

貞心は、教会のミサ中に十字架のイエスに向かって語りかけた。

(神はどれほど意地悪く私をもてあそんだら気が済むのか)

そして「私が背負った二人に、どうか愛と安らぎをお与えください」と何度も祈った。

いつしか貞心は、いつかかってくるか分からない電話に次第に怯えるようになり、落ち着かない日々を過ごすようになっていた。

島津は翌年に入ってからも、三度ほど電話をしてきた。そして、六回目の電話は、内地からでなく北海道からだった。「今、札幌に来ているが会えないか」という突然の電話にも面食らったが、お陰で旅行前の楽しい気分も半分どこかへ吹き飛んでしまった。結局、長崎に行くことですれ違いとなってしまったが、長崎での旅行中もずっとそのことが気になり、心が晴れなかった。

そして、しまいには口論となり、喧嘩別れのまま亡くなってしまった。貞心は、後味の悪い思いでその年の夏を過ごしていたが、美鈴から届いた手紙を読むうちに、次第に深い後悔の念に取り付かれるようになった。

（島津は俺のことを一切責めようとはせず、亡くなってしまった。いくら命令とはいえ、自分のせいで大切な友人をこんな苦労に追いやり、一人を死なせてしまった。本当に申し訳ないことをした。何故あの日、自分は会いに行こうとしなかったのか。確かに、翌朝早く長崎に出発する予定をしていた。しかし、札幌市内にいたのであれば、会う気になればいくらでも会えたはずだ。自分も一瞬そういう気持ちになった。しかし、まともに顔を見られないような気がした。そればかりか、あとで島津が亡くなったと聞いて、正直少しホッとした気持ちすら心のどこかにあった。でも……あの時、島津は、わざわざ自分に会うために札幌まで来ていたのだ）

そう思うと悔やんでも悔やみきれなかった。貞心は、美鈴からの手紙を妻にも見せた。雪江は手紙を読んで同情してくれた。

「本当に会えなくて残念だったわね。島津さんの方は確かに気の毒だったけど、美鈴さんの方だけでも会いに来てくれればいいのに。美鈴さんってとっても清楚で素直な人のようね。私も一度会って話をしてみたいわ」

雪江は、住所の書かれていない白い封筒と、送られてきた士官帽を見ながらそう言った。

二人は目を凝らして探したが、どこにも住所が書かれておらず、郵便局の消印もぼやけて読み取れなかった。

「しかし、どこに住んでいるのか、これでは探しようがないなあ」

貞心は手紙を読んで、せめて墓参りをして島津に詫びたいと心から思っていた。が、どうしようもなかった。

そして、北海道の短い秋が過ぎ、雪が降り始めた頃、美鈴からの二通目の手紙が届いた。手紙には、美鈴の苦労や胸の内が切々と綴られており、貞心と雪江は、ストーブに温まりながら二人で読んだ。やはり住所は書かれていなかった。しかし、消印は「東京都内」のものだった。

「あれ？　東京の消印だわ。東京に住んでいるのかしら」

雪江は嬉しそうに言った。

「そうかも知れない。でも、これだけでは東京のどこだか分からない」

貞心は、またもや困り果ててしまった。

そして、新しい年が明け、一月の末になって三通目の手紙が届いた。

貞心はその手紙を読んでいて、最後のところで目が釘付けになった。

「おい、雪江。ここを見ろ。ここを」

炬燵の向かいに座っていた雪江に向かって、大きな声で言った。雪江は寒そうに背を丸くして、横目でテレビを見ながら、両手でカップを包んで紅茶を飲んでいたが、

「もう、びっくりするじゃないの」

　貞心の声に驚いてそう言った。雪江はテレビの音を小さくし、片手で紅茶のカップを持ったまま、貞心の差し出した手紙を受け取って目を通した。やがて、雪江のカップを持った手が静かに下り、雪江の手がカップから離れた。雪江は眉根を寄せて、何度も手紙を読み返した。手紙には、「ところで、関西の方にお出かけされる機会はありますでしょうか。お暇の折には一度奈良にもお出かけください。たとえ、名乗り会うことが叶わずとも、同じ奈良の地を散策できれば、お互いの心が通じ合うでしょう。奈良は、京都と共に神社仏閣の多い静かな処で、心静かに過ごすにはとても良い処です」と書かれてあった。

「奈良なの？　美鈴さんは、奈良に住んでいたのね」

　雪江は声を弾ませて言った。

「そうだ、間違いない。島津たちは、奈良に住んでいたんだ」

　貞心は手掛かりが見つかって嬉しかった。しかし、これからどうやって探し出せばいいのか、はたと考え込んでしまった。それで、呉にある「海軍墓地顕彰保存会」の深沢和夫に相談してみることにした。貞心は、島津からの電話があってから、「信濃」のことについても調べていた。また、札幌にある「傷痍軍人の会」や呉の「顕彰保存会」などと連絡を取り合い、深沢とも何度か手紙のやり取りをしていた。

　すると、深沢は、信濃会の幹事をしている岩上武という人物が「今、札幌に住んでいる」ことを教えてくれ、岩上の連絡先を知らせてくれた。貞心は、早速電話をかけた。そして、岩上と会った。岩上は、小さい頃に「信濃」で父を亡くしていた。岩上の話によると、彼は宮城県の生協で仕事をしていたが、全国連合会から派遣されて札幌の生協支援に入っているとのことであった。貞心が島津に関する事情を話すと、

「奈良の生協を通して、調べてくれるようにお願いしてみましょう」

と、快く同意してくれた。岩上武は奈良県生活協同組合連合会宛てに「島津の住んでいた住所を探してほしい」という丁寧な手紙を書き送った。こうして、貞心の願いは、奈良県生協連を通じて一人の男のもとへと届けられることになった。

（二）

私がお盆に訪れた時から、美鈴さんは少しずつ話し始めた。静かに、淡々と。ある時には、時々声を詰まらせながら、台所の方に立って何度も涙を拭いながら自分の思いの丈を語ってくれた。私は話を聞くために、何度もおじゃました。美鈴さんは、心を開いてくれるようになった。おそらく、ご主人が亡くなった後、こんな話を聞いてくれる人は、友人の鈴木美佐子くらいしかいないのではないか……そんな風に思えた。私は、重苦しい話だけだと辛くなるので、美鈴さんを時々外へ連れ出した。

春になると、佐保川沿いに新しく移転した県立図書館近くまで桜を見に出かけた。延々と一キロ以上も続く、桜並木の下で腰掛けて話をしてくれた。

秋になると、私は美鈴さんをコスモスの揺れる般若寺に誘った。般若寺は、美鈴さんの家から転害門を通り過ぎ、奈良と京都の県境に近い奈良坂の途中にある。美鈴さんの家から、そう遠くなかった。この寺は、核兵器廃絶を願い、東京から広島までをつなぐ平和行進の中継地にもなっており、ここで京都からの行進を奈良に引き継ぐ。夏の平和行進が通り過ぎ、秋風が境内に吹き抜ける頃になると、庭にコスモスの花が沢山咲き始める。

般若寺は、奈良時代以前まで遡る古いお寺だが、過去に何度か焼失や損壊に見舞われた。しかし、鎌倉時代に再興された楼門と十三重塔は、今も昔のままである。

秋とはいえ、まだ日中は暑さが残っている。その日も、私たちは汗を拭きながら、ゆっくりと坂道を上った。美鈴さんは、薄い藤色の着物に茶色の帯を締め、白い日傘をさしていた。境内に足を踏み入れると、すがすがしい白やピンクのコスモスが、色あせた古い建物を引き立たせていた。本堂のそばで腰掛けて休む美鈴さんの脇で、コスモスの花が涼しそうに揺れた。私たちは、秋の般若寺の風情をしばらく楽しんだ。

帰り道、美鈴さんがよく通ったという大門市場の前を通ったが、すでに市場はなくなっており、更地になっていた。将来、ここに福祉施設が建つ予定だという。

立ち寄った喫茶店で、

「古い街並みや建物が、だんだんと消えてなくなっていくのが残念ですわ」

と、美鈴さんは淋しそうに言った。

その翌年の九月下旬頃、今度は美鈴さんの方から、

「村木さん、白毫寺《びゃくごうじ》に萩の花を見に行きませんか」

と誘いがあった。私は白毫寺へ行くのは初めてだった。何でも「五色椿」で有名なお寺であることだけは聞いていたが、どこにあるのかも知らなかった。

「萩の花ですか……」

私が気のない返事をすると、美鈴さんは嗾《けしか》けるように、

「小さな寺ですけど、きっと気に入ると思いますよ。是非行きましょうよ」

そう言って、台所からお茶を入れて持ってきた。

「白毫寺ねえ……。それで、その寺はどこにあるんですか」

「何だか、面倒くさそうなのがありありですね。まあ一度付き合ってくださいな」

美鈴さんは、そう言って口に手を当てて、可笑しそうに笑った。

「白毫寺は、私にとって思い出の多い寺なんです」

美鈴さんは立ち上がると、奥の方から観光地図を持ってきて広げた。

白毫寺は、鹿が群れ遊ぶ飛火野を通り過ぎ、高畑町を抜けたところにあった。美鈴さんは地図を見ながら言った。

「ほら、ここが志賀直哉の旧居のあるところでしょ。ここが新薬師寺で、その横が入江泰吉の写真美術館。この道を通れば、新薬師寺から十五分くらいで着きますよ」

私も、かなり前に志賀直哉の旧居を訪れたことがあった。懐かしそうに地図を眺めていると、美

鈴さんは、

「そうそう、その前にここのお蕎麦屋さんに寄ってから行きましょう。私、美味しいものには目がないの」

にっこりと微笑みながら、楽しそうに話してくれた。この付近の地理には、かなり詳しそうだった。

九月の終わり、平日に二人で出かけた。美鈴さんは、どこへ行くにも和服で出かける。美鈴さんの家からぶらぶらと二人で歩いていくことも考えたが、あまりにも遠すぎる。私は美鈴さんの体を気遣って、県庁前から市内循環バスに乗ることを提案した。バスに乗って、大仏殿前を通り過ぎ、飛火野を過ぎてから破石《わりいし》町のバス停で降りた。そこから高畑の交差点を東に五百メートルほど歩くと志賀直哉邸がある。そこから更に五百メートルほどのところに「銀将」という蕎麦屋があった。どういうわけか、この近辺には美味しい蕎麦屋が点在している。中でも美鈴さんが太鼓判を押す「銀将」は、昼時はいつも行列ができるほど人気があった。その日も、平日にもかかわらず、十人ほどの行列ができており、外に置かれた床几《しょうぎ》に腰掛けて、二人で順番が来るのを待った。そこで、天ざる蕎麦を食べてから、新薬師寺の方へ向かった。

狭い街並みの路地を抜けて、新薬師寺の前へ出ると、急に視界が広がった。稲刈りを終えた田んぼが目の前に広がり、秋の匂いがした。そこから左の方へ折れ、白毫寺の方へと向かった。車がやっと一台通れるほどの狭い道路を道なりにしばらく行くと、白毫寺に続くなだらかな坂道の手前に出た。坂道を三百メートルほど上ると石段の前に着く。

白毫寺は、高円山《たかまど》の中腹にあった。石段下で一休みしてから、ゆるやかな階段を少し上がり、途中で左に曲がって、また右に折れる。そこから境内まで、まっすぐに何段もの長い石段が続いている。石段の両側には、赤や白の萩の花が一面に咲き乱れ、細い枝を垂らして、両側から石段を包み込むように咲いていた。

「おおっ」と、私は、思わず感嘆の声を上げた。

「ねえ、本当に綺麗でしょう。今が一番見頃でしょうね」

美鈴さんが満足そうに言った。石段の中ほどに小さな山門があり、門をくぐったところで少し立ち止まり、二人で萩の花を眺めた。後ろを振り向くと、奈良の街並みが見えた。階段を上りきったところに受付の事務所がある。階段はそれほど急ではないが、天気に恵まれたこともあって、少し汗ばんだ。私は受付の女性に尋ねた。

「ここの石段って、どのくらいあるんですか」

「百三十段ほどありますかね」

受付の女性は釣銭を差し出しながら、そう教えてくれた。

境内に入ってすぐ左に向かうと、低い垣根越しに奈良の街が一望できた。木立の間から古都の街並みが見え、奈良盆地のほとんどが見渡せた。左手の方には二上山が見え、右手に興福寺の五重の塔、遠くの方には矢田丘陵と生駒山が望めた。

私たちは、後方にある石のベンチに並んで腰かけた。心地よい秋の風が静かな境内を吹き抜けていく。二人はしばらく黙って、遠くの風景を眺めていたが、美鈴さんが、

「ここにこうして座っていると、いつもあの日のことを思い出すんですよ」

しんみりと語り出した。

「初めて、この寺を訪れた時のことですか？」

私は美鈴さんの話を思い出して言った。

「そう。美佐子と来た時も、このベンチにこうやって腰掛けて話していたんですよ。随分寒い日でした。東京大空襲があったのは、その日の夜なんです」

「その時の空襲で、皆さんが亡くなったんでしたね」

「今でも、その当時のことを思い出すと、辛くて。あんな体験はもうしたくないし、これからもあってはならないです」

「そうですね。空襲で沢山の人たちが亡くなりました」

日本中の主な町が空襲によって焼き尽くされ、多くの人たちが亡くなっていったことを、私も知っていた。

「村木さんは、戦後生まれだから経験ないでしょうけど、私の時代は、物心ついてから二十過ぎまで、ずっと戦争でしたわ。今の若い人たちのように、自由に青春を楽しむことなどほとんどできなかった。大空襲で、私も島津の家族も全員亡くなったから、帰るところもなくなってしまった。家族皆で楽しく暮らしていた時のことを思うと、今でも涙が出てくるんですよ」

美鈴さんは、遠くの方を眺めながら言った。

「私も、その当時のことは、いろいろと両親から聞いています」

「ご両親も、戦争を体験されているんですね」

美鈴さんは、こちらの方へ向き直って聞いてきた。

「私の父は、四人兄弟の三番目でして、長男が家を継ぐので、父は横浜に丁稚奉公に出て働いていました。病弱で徴兵は免れたようですが、結婚して子どもができた頃から、だんだんと戦争が激しくなり、空襲の時は生まれたばかりの子どもを抱えて火の中を二人で逃げ惑ったという話を何度も聞いています。最後は、保土ヶ谷の水道局に勤めている時に終戦を迎えましたが、これからどうなるのかも分からず、食糧難で大変だったので、田舎に戻ってきたようです。しかし、田舎に帰ってきても、誰も歓迎などしてくれません。皆、生きていくのに精一杯でしたから。実家から、谷間のやせ細った田んぼを少しばかり分けてもらって暮らし始めましたが、日蔭の田んぼでは、米の収穫など知れています。だから、父は郵便局に勤めながら米を作りましたが、両親の苦労は長く続きました。あれは、私が小学生の頃でした。学校から帰ると、借金の取り立て人が来ており、母がその人に頭を下げながら泣いていました。私は、母が泣いているのを見たのは、後にも先にもあの時が初めてです。そんな苦労をしながら、私たち四人の子どもを育ててくれて、両親には本当に感謝しているんですよ」

私の平和への思いは、語り継がれる悲惨な戦争の話からだけでなく、この時の母の涙も大きく影響している。

「ご両親も、苦労されたんですね」

「母は、『戦争さえなければ、田舎へ戻ってきてこんな苦労しなくて済んだのに』と、ずっと言っていました。本当に、あの戦争に翻弄され、ほとんどの人が人生を大きく変えられたのではないでしょうか」

「そうですね。私も、死んでしまおうかと思ったことが、何度もありましたわ。でも、島津のことを考えると死ねなかった。島津も両足を失って、随分苦しんでいましたから。私たちの人生は、あの戦争でむちゃくちゃになりました。でも、済んでしまったことだから、いつまでも考えていたって仕方がないと思って一生懸命生きてきましたが、戦争のことは忘れようとしても忘れられるものではありません。正直、中川さんを随分恨んだこともありました」

美鈴さんは、風でほつれた髪を直しながら、そう言った。

「中川さんのことを、今でも恨んでいますか」

「いいえ。もういつまでも中川さんのことを恨んでいても、どうにもなりませんしね。それに任務だったのだから、仕方ありませんわ」

やはり、どこにもわだかまりがないと言えば嘘になるだろう。美鈴さんの返事は、自分を納得させるような言い方に聞えた。

「美鈴さんは、中川さんにどうして会おうとしないのですか？」

私は、ずっと気になっていたことを話した。

「島津も、中川さんにはずっと会いたがっていました。でも途中から、中川さんとは、もう住む世界が違うことに気が付いたんです。私たちは、戦争をずっとそのまま引きずって生きてきました。島津も私も、足がない不自由さを感じる度に、いつも戦争の時の重苦しい体験がよみがえり、思い出してしまいます。でも、中川さんは、家族や子どもたちに囲まれ幸せに生活されており、きっと戦争などもう遠い昔の出来事でしかないのでしょうね」

「本当に、そうでしょうか。確かに状況も違うし、中川さんは、奥さんにも戦争の時のことをあまり話さなかったようですね。話したくなかったのかも知れません。でも、退職してから自分の身の処し方を考えていたようで、戦争で亡くなっていった人たちのことをいろいろ調べ、こうした不条理な戦争を二度と起こしてはならないと強く思っておられるみたいです。だから、島津さんのことも本当に悔やんでおられ、お墓参りをしたいと願っておられると聞いています」

「いいえ、もういいんです。中川さんのことは、レーダーの研究をしていた時から存じておりますが、ここという時にはハッキリ自分の意見を述べる方でしたが、本当に真面目な方でした。だから、現実を知ればよけいに苦しめることになると思って、島津も『住んでいた住所は、一切知らせるな』と言って、亡くなっていきました。私も一度会いたいと思っていましたが、もういいんです。それに、主人と約束したことですし……」

美鈴さんは、そう言って首を縦に振ろうとはしなかった。

「でも、島津さんが亡くなり、また、美鈴さんからの手紙を読んで、大変悔やんでおられるようですよ。お詫びをしたいと言って……」

「もう、そのことを聞かせていただいただけで十分ですわ」

美鈴さんは、最後まで会うことを承知しなかった。しかし私は、美鈴さんが中川氏に宛てた手紙の中で「一度会って話ができたらよかった」と書いていたことを聞いていたので、もう少し時を待つことにした。

私がベンチから立ち上がりかけると、

「ところで村木さん、この国の憲法は、百年持つと思いますか」

美鈴さんは、いきなり聞いてきた。

「どういう意味ですか？」

私はその真意を尋ねながら、もう一度ベンチに腰をかけ直した。

「戦争で、あれだけの人たちが亡くなり傷ついたというのに、また同じような道を歩んでいるように思えて仕方がないのです……」

「国民が余程しっかりしていないと、危ういかも知れませんね」

私が正直にそう言うと、美鈴さんは悲しい目をした。

一九九〇年代以降から、自衛隊が海外に出ていく動きが強まっており、九一年には湾岸戦争で「機雷掃海」を理由に自衛隊が海外に派遣されるようになり、九二年には、国連平和維持活動（PKO協力法）が開始されていた。二〇〇〇年代に入ってからは、特別措置法、武力攻撃事態法によって、自衛隊が戦地まで出かけるようになり、そして今は、自分の国だけでなく密接な関係にある国が攻撃を受けた場合は、自衛隊がどこへでも行けるようにしようとする動きが強まっている。もはや憲法九条の「改正」を視野に入れ、そのための既成事実が着々と作られつつあるように感じられ、私はそのことを危惧していた。いつでもどこででも戦争に協力できるということは、いつでもどこででも戦争に巻き込まれる危険があるということに他ならない。

「村木さんも、やはりそう思いますか」

「そう思いますよ。それに、戦争をする時は、いつも『日本国民を守るため』とか『平和を維持するため』とか、いいことしか言わないし」

「確か、満州事変のあと、中国に出兵させる時も『現地の日本人を守るため』と言っていたわ。国民が、よっぽどしっかりしていないとね」

「国のために『秘密を守る必要がある』と言って、知る権利が制限されたりするようになったら、いよいよ胡散臭《うさんくさ》いですね」

「人間というのは、そんなに強い存在ではないと思うの。だから同じ過ちを繰り返してしまう。追い込まれると何でもする。平気で人を殺したりもする。日本人も戦争の時に随分ひどいことをしてきたということを、島津の友人から聞きました。でも、『あれは誇張だ。そんな大虐殺はなかった』などと平気で言う人がいるから、本当に腹が立つわ。人間は、何回こんな愚かなことを繰り返せば分かるんでしょうか。これも、過去の戦争にしっかり向き合っていないからだと思いませんか？」

美鈴さんは、少し語気を強めて言った。

「確かに、戦争を知らない世代が増え、過去の戦争が忘れられると、また同じ過ちを繰り返す危険があるでしょうね。忘れるのがうまいのが、日本人の特徴だって言うし……」

「本当に、何ということでしょうか」

「従軍慰安婦の問題だってそうでしょうね。政府がどこまで関与していたかどうか、私も難しいことは、よく分かりません。でも、男たちのために性の道具にされ、人権を踏みにじられた女性が沢山いたことは事実で、あの時代に『国や軍が全く知らない』中で行われていたなど、とても考えられませんね」

「あったことは事実だし、そんな話が世界に通用するはずがないじゃありませんか。だから、アジアの人たちから信用されないのよ。私は、過去のことをきちんと見つめるというのは、別に自虐的なことでも何でもないと思うの。隠そうとするから、また同じ過ちを犯すことになるのよ」

私は、美鈴さんがこんなにもしっかりと、戦争のことを語る人だとは思っていなかった。もっと情緒的な女性だと思っていた。美鈴さんは、ゆっくりと立ち上がりながら言った。

「私も、戦争のことなど忘れてしまいたいわ。でも、私みたいに、死んだ人のことを思って……昔のことを思って生きている人がいないと、また歴史が変な方向に行ってしまうような気がしているの。だから、若い人たちにも伝えていきたい。未来からは学べないけど、過去からはいくらでも学んでほしいから……」

美鈴さんにとって、家族を亡くした悲しみや悔しさは消えておらず、まだ戦争は終わっていないのだということを、私は感じさせられた。

二人は、もう一度目の前に広がる景色を眺めながら、宝蔵の方へ回って中へ入った。

「私が初めて来た時は、このお寺はもっと荒れていたんですよ。ここにある阿弥陀如来坐像は、前の本堂に置かれていたんですが、八〇年頃にこっちへ移されたんですよ」

阿弥陀如来坐像は、薄暗い部屋の中に静かに座り、伏し目がちに、私たちを上から見下ろしていた。八体ほどの坐像が並んで座っていたが、文殊菩薩坐像の前まで来て、私は静かに声をかけた。

「美鈴さん、この仏像面白いですね。知ってました？」

「何がですか」

「ほれ、この仏像、ピースしてますよ」

「あっ、本当だわ。今まで少しも気が付かなかった」

美鈴さんは、そう言って笑った。平安時代に作られた文殊菩薩坐像は、この寺で最古の仏像であり、ふくよかな顔に厚めの上唇をして、右手でピースをしながら静かに座っていた。二人で笑いながら、小さな池のそばを通って本堂の方へと回り、本堂で勢至菩薩や観音菩薩を鑑賞した。

「美鈴さんは、この寺にはよく来るんですか」

「奈良市に越してきてから、時々この寺に一人で来るようになりました」

「ご主人とは、一緒じゃなかったんですか」

「今なら、いい義足があるから上れたかも知れないけど、島津はずっと車椅子だったから、この石段を上ってくるのは無理よ。それにこの寺は、私の秘密の場所だったから」

「秘密の場所……ですか？」

私はその理由を尋ねた。美鈴さんは、本堂の縁側から庭を眺めながら言った。

「そう。私が一人で考えたり、思いっきり泣くことのできる場所は、ここしかなかったから。私ね、どうしていいか分からなくなった時、ここの阿弥陀如来の前で一時間も座っていたことがあるんですよ。『これからどうして生きていったらいいのか教えてよ』ってね」

「それで、何か教えてくれましたか」

そう聞き返すと、美鈴さんは笑いながら、

「何も教えてくれないわよ。阿弥陀さんは、いつもじっと見下ろしているだけ。だから私はそれ以来、あてにならないから神や仏には頼らないことにしたの」

と悪びれずに言った。

「でも、仏様と向き合うと、心が落ち着き、自分を正直に見つめることができるでしょう。だから、時々そっとお寺に来るんですよ」

それから、樹齢四百五十年以上と言われる五色椿の周りをゆっくりと散策してから、石段を下り始めた。遠くを眺めると、秋の空を赤く染めた夕日が、生駒山の向こうに沈もうとしていた。


それ以降も私は、時々美鈴さんの家にお伺いした。

美鈴さんは、話相手として、私が訪問するのを楽しみにして待っていてくれた。だからといって、他に親しい友人たちがいなかったわけではない。美鈴さんは、島津氏が亡くなる前からも、結構いろんなところに顔を出し、友達の輪を広げていた。歌声サークルや子どもたちの朗読ボランティアなどにも、時々参加していたことなどを話してくれた。

しかし、島津氏が亡くなってから、昔の戦争時代のことを話せる相手は、大阪に住んでいる鈴木美佐子と私の二人だけのようだった。

ある日のこと、私は、玄関脇のところに、妙な形をした陶器が置いてあることに気付いた。タコ壺のように丸く膨らんでいるが、口の方は巾着袋のようにすぼんだ形をしていた。私が不思議そう

に眺めていると、にこにこしながら玄関口まで出てきた美鈴さんが、

「村木さん、それ何に見えますか？」

と、尋ねてきた。

「花瓶ですか？　なかなか乙ですね」

私がそう答えると、美鈴さんの顔がぱっと明るくなり、

「ご名答！　でも、褒めてくれたのは村木さんが初めてです」

そう言って、口に手を当てて笑いながら、部屋の方へと案内してくれた。聞くところによると、何でも陶芸教室に友人と一緒に通っているらしい。

「誰も褒めてくれなくてねえ。ろくなこと言わないのよ。友達なんか『タコの壺』だとか『象の足』なのかとか……」

そう言って、持ってきたお茶を私の前に置いた。

私も、思わず「タコ壺みたい」と言うところだったが、とりあえず褒めておいて良かったと思った。はっきり言って、美鈴さんに陶芸のセンスは全くないように思えた。でも、少し気の毒に思ったので、

「もっと、美鈴さんみたいに、ほっそりした長い花瓶の方が似合うと思いますよ。それに、習っているとだんだん上手くなっていくと思いますよ」

そう言うと、美鈴さんは丸いお盆を胸の前にあてて、

「今から、この歳で上手になろうなんて思っていないわよ。男の人って、趣味でやっていても、直

ぐに極めようとしたりするでしょう。だから、疲れるの。教室にもそういう男の人がいるわ。でも女性はね、友達ができるから、楽しいから通うの。遊びよ、遊び」

私は真剣に喋っていて疲れてきた。

ただ、美鈴さんがずっと真面目に取り組んでいることがあった。それは、遊びではなかった。いつものように二人で、元興寺に出かけた時に、美鈴さんが話してくれた。

元興寺は南都七大寺の一つであり、ならまちにある華厳宗のお寺である。興福寺の境内を通り抜け、石段を下りて、猿沢池のほとりから更に南の方へ行くと、ならまち界隈に出る。この辺りには沢山の旅館が建ち並んでおり、昔は映画館や市役所もこの近くにあった。今は映画館もなくなり、市役所も遠くへ越してしまっているが、ならまち界隈は住民の人たちによって守られ、風情のある昔の面影を残している。映画館があったところのすぐそばのホテルの喫茶室で休んでいた時、美鈴さんが話してくれた。

「私ねえ、アフガニスタンに義足を送る運動をしているの」

私は驚いた。何でも聞くところによれば、二〇〇一年九月に発生したアメリカでの同時多発テロを契機に、首謀者の引き渡しを求めるアメリカの要求を拒否したことから、アフガニスタンでの戦争が一気に拡大した。しかし、アフガニスタンには、それまでも長い間の紛争によって、足を失った人たちが多くいることを知った若者たちが、世界各国に呼び掛けて、二〇〇二年に「支援の会」を結成していた。

島津氏も両足を失って、長い間車椅子での生活だった。しかし、一九八〇年頃から優れた義足が製作されるようになり、義足を活用するようになった。このことで、補助器具としての松葉杖こそ必要だったが、あちこちに出かけられるようになった。

「義足のお陰で、随分と助かりましたわ。太腿の所から固定して義足を装着するの。最初は、ロボットみたいなぎこちない歩き方だったけど、慣れてくると松葉杖であちこち歩いて出かけるようにもなったわ。ズボンをはく時やお風呂に入る時は大変だったけど」

そう言って、美鈴さんは懐かしそうに話してくれた。そんなことから、車椅子や義足を扱う会社の社長とも懇意になっていた。島津氏が利用していた会社は、関西一円に商品を提供していた。義足もずっと同じものを使用しているのではないから、時々新しいものと交換したり補修が必要になる。そのため、日本で使わなくなった義手や義足をアフガニスタンに持って行く運動にも協力していた。輸送や持ち込むためには沢山の費用がいる。

「戦争によって、爆弾や地雷で手足をなくした大人や子どもたちに送るのよ」

「どうやって持ち込むのですか？」

私は、聞いた。

「その国に出入りしている人や旅行者に頼んで、一緒に持ち込んでもらうみたい」

一度に大量に運び込んだりはできないから、空からパラシュートで落とすこともあるようだ。それには莫大な費用がかかるから、賛同者から資金を集めて、義手や義足を運ぶための支援をするのだという。島津氏が亡くなった時、いくらかの貯金や資産は美鈴さんが譲り受けていたようだが、決して裕福な生活ではなく、むしろ、美鈴さんは質素な生活をしていた。

「でも、少しずつ生活を切りつめながら、送ることにしているの」

私は、美鈴さんの平和への思いと行動に強く心を打たれた。決して派手ではないが、こうして戦争で傷ついた人を支えている人々がいることを教えられた。

「生きていると、時々無力感に襲われたり、社会が空しく感じられたりする時もあるけど、未来を信じて、今自分がやれることをしようと思っているの。大きな流れに翻弄《ほんろう》され、そのまま受け入れて生きるのではなく、残りの人生を少しでもしっかりと生きて、他の人の役に立ちたいと思っているのよ」

そう語った美鈴さんの言葉が印象的だった。

（三）

私が美鈴さんと会って、四回目の春を迎えようとしていた。

三月に入ると、東大寺二月堂では修二会《しゅにえ》の行事がとり行われる。関西では「お水取り」として広く知られている。「お水取り」の行事は、奈良時代から途絶えることなく延々と続けられ、二〇〇七年には千二百五十六回を迎えた。地元では「お水取りが終わらないと春が来ない」とさえ言われ、三月半ばの「お松明《たいまつ》」の行が終わると、ようやく暖かい春がやって来る。

美鈴さんは、この年も春が来ると、あちこちへ出かけることを楽しみにしていた。私は八十歳を超える美鈴さんの体を心配して、「お水取り」には誘わなかった。この年は、例年よりも寒さが厳しかったからである。その代わり、四月に入ってから白毫寺の五色椿を見に行く約束をしていた。美鈴さんは、萩の花が乱れ咲く秋の季節には毎年行くが、春の白毫寺はあまり訪れようとはしなかった。しかし、今年は「行きたい」と言っていた。

しかし、その頃から、美鈴さんの体調がすぐれなかった。美鈴さんは前年の十一月にも体調を崩して、一週間ほど入院していた。

三月に入って、三十八度を超える熱が二、三日続いたので、病院で風邪薬を処方してもらったようだが、一向に熱が下がらず、家で倒れてしまった。

私がそのことを知ったのは、病院からの電話でだった。看護師によると、どうにか自分で連絡をして、救急車で運ばれてきたようだった。美鈴さんは舟橋通りにある病院に入院しており、私は直ぐに病院に駆け付けた。

私が病室に入ると、美鈴さんはベッドで点滴を受けていた。私の顔を見るなり、美鈴さんは申し訳なさそうに言った。

「心配かけてすみません。一人で心細くなったので、連絡してもらったんですよ」

「そんなこと、何も心配しなくていいですよ」

「昨年倒れた時から、一人だと心細くてね。誰も身寄りがないというのは、こういう時は本当に困るわ」

「大丈夫ですよ。二、三日ですぐに帰れるそうですから」

私は医者から容体を聞いていた。美鈴さんは少し安心したようだった。

「村木さん、私そのまま来たから、玄関の鍵も掛けてきてないの。閉めてきてくれない？」

「いいですよ。それで鍵はどこに置いてあるんですか」

「台所の右側の柱に掛けてあるから。玄関を閉めたら、鍵は『タコ壺』の中に入れておいてくださいな」

美鈴さんは、そう言って微笑んだ。

昨年の秋に入院した頃から、私は美鈴さんの体力の衰えを心配していた。だから、気になっていた北海道の中川夫妻のことを話した。

「美鈴さん。もうそろそろ中川さんたちに会ってもいいんじゃないですか。中川さんたちだって、いつまで元気かどうか分かりませんし、病気にでもなったら本当に来られなくなりますよ」

私は毎日説得を続けた。

「会っていろいろと話をしたらいいし、お墓参りぐらいさせてあげたらどうですか」

最初、美鈴さんは首を縦に振らなかったが、自分の身体のことも思ってか、ついに静かに頷いて、中川夫妻が来ることを承知してくれた。

「でも、島津の墓はないのよ。だから、家に来てもらうしかないわね」

そう言えば、私も毎年、家にある仏壇に線香をあげさせてもらうが、墓に行ったことはなかった。

「島津が『淋しかったら、いつまでも傍に置いといていいよ』って言ってくれたので、骨壺は、ずっと押し入れに入れたままなの。それに、お墓を造っても、私も亡くなったら、誰も墓参りなどしてくれる人はいないわ。だから、美佐子には、二人とも亡くなったら、どこかのお寺に預けて永代供養してくれるようにお願いしてあるのよ」

美鈴さんは、そんなことまで話してくれた。美鈴さんは、最終的に頼れる人として、大阪にいる美佐子さんと私を考えているようだった。私は後見人ではないが、近くにいてあげられるので、ずっと世話をしてあげようと考えていた。

私は、もう一度念を押すように確認し、その日の夜、中川夫妻に連絡をした。

中川夫妻は、四月の一週目の日曜日に奈良に来ることになった。

美鈴さんは、この時は五日間ほど病院にいて、家に戻ってきた。中川夫妻が来ることを聞いて、心待ちにしていた。


美鈴さんの体調が悪くなって、再び入院したのは、それから三週間ほどしてからであった。私が病院に駆け付けると、美鈴さんは酸素マスクをしてベッドに臥《ふ》していた。私の顔を見ると安心したのか、何かを話したい様子で、酸素マスクを外そうとした。私が、入ってきた看護師にそのことを話すと、「少しなら」と許可してくれた。

「心配かけて済みませんね」

美鈴さんは申し訳なさそうに、この前と同じことを言った。

「何も心配いりませんよ。それより早く元気になってくださいよ。もう少ししたら、中川さんも来てくれますよ」

「中川さんは、本当に日曜日に来てくださるのですか。楽しみですわ」

嬉しそうに言った。

「何か欲しいものがあったら言ってくださいね」

私がそう言うと、美鈴さんは、頷きながら微笑んだ。

四月に入って、一斉に桜が咲き始めた。佐保川沿いに植えられた桜の木が、何キロにも渡って咲き誇る。病院の窓から見える桜の木も綺麗に咲き始めていた。美鈴さんがいる三階の窓からは見えづらいので、少しベッドを起こして、窓際まで移動させた。

「美鈴さん、桜の花が見えますか？　綺麗でしょう」

そう言うと、美鈴さんは外を見ながら嬉しそうに頷いた。

「少し調子が良くなったら、散歩でもしてみましょう。近くの佐保川の土手まで行くと、いっぱい桜が咲いてますよ」

私は美鈴さんを励ましたが、もう外へ出られるほど元気ではないことを知っていた。医者からも、

「お年なので、かなり免疫力が低下しています。風邪をこじらせて、肺炎の症状が見られるので注意が必要です。抗生物質で抑えながら、点滴での水分と栄養補給。それと酸素吸入を続けます」

そう告げられていた。

「日曜日は、天気が少し崩れるようですが、中川さんも来ますからね」

私はそう言って、また美鈴さんを励ました。

美鈴さんの容体が急変したのは、土曜日の夜であった。その日、私は、少し早目に仕事を切り上げて、昼過ぎから夕方まで病院にいた。その時は、まだ話もしていたので、夕方六時頃に自宅に

戻った。帰る頃から雨が降り始めていた。

病院から電話があったのは、十時過ぎであった。雨の中を急いで病院に駆け付けると、美鈴さんは病室の方から、看護詰所の横にある集中治療室に移動していた。

医者から、すぐに診察室の方に呼ばれた。医者は、レントゲン写真を映し出すシャウカステンにフィルムをバチンと挟み入れ、横にあったスイッチを入れた。美鈴さんの胸がシャウカステンに映し出された。医者は腕組みして立ったまま、それにじっと見入りながら、

「うーん。広がっている」

そうポツリと呟いた。白っぽい部分が、肺一面に広がっていた。

「今夜が、山になるかも知れません。これ以上、薬を投入できませんので、あとは本人の生命力に期待するしかありません」

私は、にわかに医者の言うことが信じられなかった。

(夕方まで、あんなに元気だったではないか)

病室に入ると、美鈴さんは昼間とは違って、苦しそうに「はあはあ」と大きく肩で息をしていた。横には脈拍と心電図を表す機械が置かれており、画面に緑の波長が表れる度に、規則正しくピッ、ピッと乾いた無機質な音を放っていた。部屋に入ってきた看護師に聞くと、モニターに映し出された画面の見方を教えてくれた。

「この上から順に、脈拍、血圧、酸素飽和度、呼吸数を示しています」

美鈴さんという人間が、簡単なグラフと数字になって表されていた。それよりも私は、美鈴さん

の気持ちや心の中を映し出す機械はないのかと思った。

「美鈴さん、村木です。分かりますか」

私が耳元でそう言いながら手を握ると、美鈴さんは少し頷いて、握り返してきた。

「電話しておいたから、明日早く美佐子さんも来てくれますからね」

それから美鈴さんは、しばらく静かに落ち着いて眠りについた。


私は家の方に電話をして、その夜は病院で付き添うことにした。

私は時々廊下に出て、疲れた身体をほぐすように背伸びしたりした。窓の外を眺めると、夕方からの雨風は一層激しくなっていた。時々、横殴りの雨が、激しく窓を叩きつけていた。

（これでは、今年の桜は全部散ってしまうなあ。もう一度、美鈴さんに満開の桜を見せてあげたいのに……）

明け方になって、美鈴さんは再び苦しそうに「はあはあ」と息をし始めた。全身で息をしているように思えた。

「美鈴さん、大丈夫ですか⁉」

私は耳元で大きな声で呼びかけた。美鈴さんは、もう頷くこともしなくなった。

すると突然、数値の異常を示すアラームが鳴り響いた。急いで看護師と医者が駆けつけてきたが、なす術がなかった。しばらくして、モニターの波長が消え、ピィーッと長く鳴り響いて静かに止まった。美鈴さんは、日曜日の朝七時過ぎ、天国へと旅立った。

私は、しばらくして病院を出た。昨日からの激しい雨は、ほとんど上がり、小雨となっていた。私は傘もささずに、美鈴さんの家へと向かった。しばらく歩くと、冷たいしずくが首筋を通って背中に滴り落ちた。奈良女子大のところまで来ると、昨日の激しい雨で散らされた桜の花びらが、道の上や佐保川の川面に重なるように散らばり、無残な姿をさらしていた。私は泣きながら、冷たい小雨が降る中を一人で黙々と歩き続けた。

その頃、新千歳空港に二人の老人の姿があった。中川夫妻である。貞心と雪江は、七歳と五歳になる長男幸一の孫たちに見送られ、午前十時三十分発、全日空７７２便に乗り込んだ。窓際に座った雪江は、デッキから見送る子どもたちに目を向けた。貞心も雪江も、関西への旅は初めてであった。奈良で美鈴さんと会って、島津の仏前に花を供えてから、その日は奈良に泊まり、翌日は京都を見物して、もう一泊して明後日の午後の便で北海道に戻る予定をしていた。二人は、やや緊張して座っていた。

やがて、飛行機は、静かに離陸を開始し、滑走路を離れると機体を大きく上に向けて高度を上げた。低い雲を突き抜けると真っ青な空が上空に広がった。飛行機は朝の陽光に白い機体を光らせ、ゆっくりと左に旋回しながら、一路、機首を大阪伊丹空港へと向けた。

遠くに、白い雪をかぶった羊蹄山がうっすらと望めた。

（完）

あとがき

この物語は、実在の人物をモデルにしたフィクションである。

二〇〇一年六月。当時、私は生協で仕事をしていた。梅雨の鬱陶《うっとう》しい曇り空を眺めながら、総務部のデスクに戻った時、私のもとに一通の手紙が届いた。差出人は、岩上武（仮名）と書かれていた。見覚えのある名前だった。私が以前に北関東で仕事をしていた時に、何度か面識があり、先輩にあたる人だった。その頃、彼は北海道の生協支援のために宮城県から赴任し、その傍らで「信濃会」の幹事の仕事をしていた。後になって分かったが、彼は三歳の時に「空母信濃」で父を亡くしていた。

彼の手紙には、北海道に住む中川貞心（仮名）という人から依頼され、「奈良に住んでいた島津さんの住所を探してほしい」と書かれてあった。そして、簡単な理由といきさつが添えられていた。しかし、遠い昔のことなので「島津」という苗字しか分からないこと、また「美鈴さん」という女性と一緒に住んでいたことなどが書かれていた。

私は最初、何故、戦後五十年以上も経ってから友人を探しているのだろうかという疑問を持ったが、手紙を読み進むうちにその内容に驚いた。そして、美鈴さんという女性に心を惹かれた。

（この女性は、戦後、どんな思いで生きてきたのだろうか……）

それで、何とか見つけてあげたいと思って引き受けることにしたが、探し始めるとそう簡単ではなかった。
私は、先ず島津氏が生きていた当時の電話帳から調べ始めた。その頃は、電話がある家なら、ほとんど電話帳に記載されていたからである。県内の電話帳には、「島津」と名のついた家が、七十二軒あった。しかし、いきなり電話で事情を話すことも憚《はばか》られたので、理由をしたためた手紙を全員に郵送した。そうすると、三分の一ほどの人から返事があった。あとは何の音沙汰もなかった。宛先不明で戻ってきたもの数通あった。それで確認できなかった家を、一軒一軒訪ね歩いた。しかし、その中に探している島津氏の家は含まれていなかった。今度は、美鈴さんが中川氏に宛てた手紙などからの情報をもとに、仕事の関係や傷痍軍人の会、義肢装具関係、パソコン部品会社、防衛研究所、果てはフルネームを調べるために学生時代の名簿など、考えられるところをあちこち探しまわったが、今度は個人情報の問題が大きく立ちはだかり、ほとんど協力が得られなかった。そして困り果てていた時、友人から、電話帳には記載されていない「島津」姓の家が、他にもあることを教えられ、今度は県内の住宅地図を全部集めてきて、すべての家を一軒ずつチェックしながら、「島津」と書かれた家を一つ一つ訪ねて歩くことにした。

美鈴さんを探しはじめた頃、私は中川夫妻（仮名）には、三度ほど会っている。最初は、先輩に車で案内してもらった。中川氏は私に会うなり、「君、どんなことがあっても絶対に戦争だけは、しちゃいかんよ」といきなり言われた。そのことが、今でも心に強く残っている。細身の体で背が高く、薄いピンクがかった眼鏡をかけた好紳士であった。奥さんは、小柄でふくよかな明るい人だった。その時は、先輩とともに戦争中のことや空母信濃の話を聞いて辞した。

二回目は、夏に北海道に行く用事があり、その際に一人で立ち寄った。駅からの道が分からなくなり、ご夫婦に途中まで迎えに来てもらった。家に入るなり、奥さんが、

「美味しい夕張メロンを冷やしておいたから……」

そう言って、メロンを半分に切って出してくれた。今までスプーンで豪快に食べるような食べ方をしたことがなかったので大変驚いたが、美味しくて忘れられない思い出となっている。

二階に案内されると、部屋の天井近くに神棚のようなものがあり、そこに島津氏と藤本洋（仮名）氏の命日が書かれた紙と「空母信濃」の写真が貼ってあり、棚にはケーキ箱のような四角い箱が置かれていた。「士官帽」が入った箱である。

その時、中川夫妻から不思議な話を聞かされた。美鈴さんから、形見の士官帽が送られてきた時のことである。

「前日に、一羽の鳩が二階の部屋に迷い込んできて、窓から追い出そうとしたが、部屋を飛び回ってどうしても外へ出ていかない。仕方がないので一晩泊めてあげて、翌朝に窓を開け放つと、ようやく飛び去っていった」という。そして、その日に士官帽が届いたので「不思議なことがあるものだねえ」と二人で話し合ったという。このエピソードは、小説の中には含めなかった。嘘っぽくなるからである。でも、実際に中川夫妻から聞いた話である。「事実は小説より奇なり」ということか。

三回目は、十二月の初旬に北海道に研修で行った際に立ち寄った。この日は、夕方から激しく雪

が降り出したので、予約していたホテルを断って、ご厚意に甘えて泊めていただいた。この時に夜遅くまで話をして、夕張にいた時のことなど、いろいろと聞かせていただいた。翌朝、貞心さんとは、歩くのに不自由されていたので玄関でお別れし、奥さんにバス停まで送っていただいた。小柄な奥さんが、ブーツで一歩一歩雪を踏みしめながら前を歩いていく。私は、その足元を見つめながら続いて歩いた。雪はもうほとんど止んでいたが、お別れする時、バスの中から挨拶する私に向かって、雪江さんは傘を左手に持ち、微笑みながら胸の前で右手を小さく振って見送ってくれた。この時が、元気な二人に会った最後となってしまった。

貞心さんは、二〇一二年十二月三十日に天国へと旅立った。享年八十九歳だった。

島津氏や中川氏、そして美鈴さんにとって、亡くなるまで戦争は終わっていなかった。

戦争で大切な家族や友人を失った人たちの悲しみや心の傷は、何年経っても癒されることがない。

「こんな体験は、もうさせないでほしい」

「戦争はしてはならない」

この本は、この人たちの願いや想いを伝えるために書きました。

今の若い人たちに、これらのことがどこまで伝わるのか分かりませんが、美鈴さんたちが生きてきた人生の中から、戦争というものを少しでも感じ取っていただければ幸いです。

平和を願う人は、戦争のことを知らなければならない。
平和を残そうとする人は、戦争を語り継がなければならない。
平和を守ろうとする人は、平和を愛する人たちとともに、行動しなければならない。

この本を、天国の島津義明、坂本美鈴、藤本洋、中川貞心氏に謹んで捧げます。

主な参考文献並びに資料

『空母信濃の生涯』豊田穣　集英社
『信濃！――日本秘密空母の沈没』ＪＦエンライト、ＪＷライアン　光人社ＮＦ文庫
『空母信濃の少年兵』蟻坂四平、岡健一　元就出版社
『海軍伏龍特攻隊』門奈鷹一郎　光人社ＮＦ文庫
『東京大空襲』早乙女勝元　岩波文庫
『図説東京大空襲』早乙女勝元　河出書房新社
『東京大空襲』Ｅバートレット・カー　光人社ＮＦ文庫
『大和ミュージアム』呉市海事歴史科学館
『聳ゆるマスト――日本海軍反戦兵士』山岸一章　新日本出版社
『幻の天理「御座所」と柳本飛行場』高野眞幸編　解放出版社
『戦争の中の子供たち』増間作郎、菅原権之助　光人社刊
『証言記録：日本人の戦争』ＮＨＫ（テレビ放映）
『戦禍の記憶――戦後六十年　百人の証言』北海道新聞社編　道新選書
『昭和史――日本人はなぜ戦争をするのか』半藤一利　平凡社
『女子学徒たちの敗戦――東京女高師文科生の記録』22年文科の会編

『学徒兵の青春――学徒出陣五〇年目の答案』奥村芳太郎　角川書店
『学徒出陣の記録――海軍飛行予備学生　青春の記跡』永沢道雄　光人社
『「きけわだつみのこえ」の戦後史』保坂正康　文藝春秋
『朝鮮人強制連行の記録』朴慶植　未来社
『夕張の郷』小縄龍一　光陽出版社
『「夕張」あの頃の炭都』安藤文雄ほか　河出書房新社
『海軍技術研究所』中川靖造　日本経済新聞社
『朝日新聞の戦争責任』安田将三、石橋孝太郎　太田出版

著者プロフィール

村城 正（むらき ただし）

1950年　京都府生まれ。宇都宮大学卒。

社会福祉施設(奈良県)に勤務。地域福祉の向上をめざすオピニオンリーダーとして活躍。

小説を書くために57歳で大阪文学学校の門をたたく。仕事のあと、通信制、夜間部に通いながら小説を書き始める。

栃木県民生協 常務理事、生協連合会北関東協同センター 専務理事、株式会社CWS代表取締役、市民生協ならコープ常任理事などを歴任。

現在、社会福祉法人協同福祉会 理事長。

ちっちゃいもん倶楽部代表、坂本冬美FC会員、日本民主主義文学会準会員。

著書に『協同センターの現状と到達点』『どうする！高齢社会日本』がある。

海鳴りの詩《うた》　愛と哀しみの日々に生きて

2016年11月15日　初版第1刷発行
2017年1月20日　初版第2刷発行

著　者　村城 正
発行者　瓜谷 綱延
発行所　株式会社文芸社
〒160-0022　東京都新宿区新宿1-10-1
電話　03-5369-3060（代表）
03-5369-2299（販売）

印刷所　株式会社フクイン

ISBN978-4-286-17774-8